# 多谢款待 1

[日]森下佳子 丰田美加——著
子狐——译

重庆出版集团 重庆出版社

版贸核渝字(2016)第266号
GOCHISOUSAN Vol.1 & 2 by Yoshiko Morishita & Mika Toyoda
Copyright ©Yoshiko Morishita & Mika Toyoda 2013(Vol.1), 2014(Vol.2)
All rights reserved.
Original Japanese edition published by NHK Publishing, Inc.
This Simplified Chinese language edition published by arrangement with
NHK Publishing, Inc., Tokyo in care of Tuttle-Mori Agency, Inc., Tokyo
through Beijing GW Culture Communications Co., Ltd., Beijing

**图书在版编目(CIP)数据**

多谢款待. 1 / (日)森下佳子,(日)丰田美加著;
子狐译. -- 重庆：重庆出版社,2020.10
ISBN 978-7-229-15236-9

Ⅰ.①多… Ⅱ.①森… ②丰… ③子… Ⅲ.①长篇小说—日本—现代 Ⅳ.①I313.45

中国版本图书馆CIP数据核字(2020)第145336号

### 多谢款待 1
DUOXIE KUANDAI 1
[日]森下佳子　丰田美加　著　子狐　译

策划编辑：李　子　李　梅
责任编辑：李　梅
责任校对：何建云
装帧设计：九一设计

重庆出版集团
重庆出版社　出版

重庆市南岸区南滨路162号1幢　邮政编码：400061　http://www.cqph.com
重庆升光电力印务有限公司印刷
重庆出版集团图书发行有限公司发行
E-MAIL:fxchu@cqph.com　邮购电话：023-61520646
全国新华书店经销

开本：890 mm×1240 mm　1/32　印张：11.25　字数：310千
2020年12月第1版　2020年12月第1次印刷
ISBN 978-7-229-15236-9
定价：49.80元

如有印装质量问题，请向本集团图书发行有限公司调换：023-61520678

**版权所有　侵权必究**

## 目录 CONTENTS

第1章　一莓一会 / 1

第2章　与蛋黄的相遇 / 27

第3章　来吃纳豆吧! / 54

第4章　用心款待 / 80

第5章　真心实意 / 106

第6章　以海带决胜负 / 130

第7章　勤俭持家 / 159

第8章　抱歉茄子 / 187

第9章　爱你如冰淇淋 / 215

第10章　天神祭糕点 / 243

第11章　最讨厌的沙丁鱼 / 271

第12章　每日款待 / 302

第13章　福气来了! / 330

# 第1章
## 一莓一会

1945年（昭和二十年），大阪。战争留下的伤痕依然触目惊心，在一片烧焦的废墟中，一股白烟徐徐升上蔚蓝的天空。白烟来自一组由石头搭建而成的简易灶台。灶台上架着空袭中残留下来的铁锅，热气腾腾地煮着令人胃口大开的杂烩菜。一位头发蓬乱、身着农用裤的女人正在认真地搅拌着锅里的烩菜，她的四周围着一群衣衫褴褛的孩子，每个人都拼命地想挤到队伍的最前面。

"大家要分着吃哦。"

女人将杂烩菜盛在各式各样的器皿中，其中有扭曲的头盔，还有残破的瓷碗。她将食物一一递给身边的孩子们，饥肠辘辘的孩子们得到食物之后，迫不及待地吃了起来。乞食的孩子源源不断地汇聚过来，女人也忙个不停。

她的脸上蹭上了污泥，但是整个人看起来闪闪发光。她身上的光芒是那样的温柔，那样的美丽。

"阿姨！多谢款待！"

四周响起了爽朗的童声，女人把铁锅抬了起来，她的眼中映满了孩子们的笑容——开心的笑容、满足笑容、感激的笑容——女人也跟着笑了起来，宛如万里晴空一般，她开心地喊道：

"欢迎再来哟！"

## 多谢款待 1/

1911年（明治四十四年），一个春天的早上。

在东京一家西洋餐馆"开明轩"的厨房中，炉中的焦炭唰的一下被点燃了。像是听到了信号一般，正在二楼睡觉的少女芽衣子的鼻子也跟着轻轻颤动了一下。

在卯野家的厨房中，釜下燃起了火焰，米饭中冒出了热气，腌制好的米糠腌菜从罐中取了出来。芽衣子的嘴不由自主地开始咀嚼，睡梦中的笑脸看起来非常幸福。

放入平底锅的黄油，随着热度的升高渐渐熔化。芽衣子露出了难受的表情，忽然在床上翻了一个身。睡在隔壁的弟弟照生对此毫无察觉，依然细声细气地扯着呼噜。纳豆的香气、切腌菜的声音、往锅里倒蛋液的声响，统统融合在一起，随着空气飘了过来。吸入香气之后，芽衣子的小嘴又开始咀嚼起来。

"吃饭了！"房门刚被推开，芽衣子就一个鲤鱼打挺从被窝里钻了出来。

"你又梦到吃饭了？"

阿郁目瞪口呆地望着床铺上的女儿，只见她的嘴边沾满了口水。芽衣子虽是个刚开始上学的孩童，但是说到对食物的执着，连一个成年男子都要甘拜下风。

滑溜溜的米糠腌菜、黏糊糊的纳豆、热乎乎的浓汤。在芽衣子炯炯有神的目光的注视下，一道道精心烹制的菜饭被端上桌来。最后端上来的是一盘巨大的煎鸡蛋卷，蛋皮是鲜嫩的金黄色，散发着阵阵香气。芽衣子感动不已，打心底发出了一声赞叹。

"看起来很好吃吧，芽衣子。能煎出如此完美的鸡蛋卷的人，在整个东京，只有你父亲我了。"

身穿厨师装，露出豪爽笑容的男人，正是芽衣子的父亲大五。大五年轻时曾经在帝国大酒店学习过，是一位手艺高超的专业大厨。他性情豪爽，就算到了不惑之年，也依然保持着天真的童心。

芽衣子的所有注意力都被煎蛋卷夺走了，她顺着父亲的话不住地点头。阿郁盛了一碗饭搁在女儿面前，有些不快地瞪着丈夫：

"为什么要煎这么大？"

两人之间的空气忽然紧张起来，祖母阿虎赶紧出来打了圆场。卯野一家加上学徒山本（昵称小轰）共有六人，大家围在饭桌前坐了下来。在大五说完"开动"之后，所有人便朝着一桌子的饭菜合掌作揖。父亲的话音刚落，芽衣子就赶紧抬起头，端起桌上的饭碗大口吃了起来。

三下两下喝完浓汤，狼吞虎咽扒起米饭，大家对芽衣子饿虎扑食一般的样子已经司空见惯了。

"看芽衣子吃东西的模样，真让人心情愉快呀。"

阿虎微笑着朝孙女的碗里添了些煎蛋卷，芽衣子一边咀嚼着饭菜一边发出嗯嗯的回应。

大五也十分得意："好吃吧。爸爸的料理是世界第一吧！"

煎蛋卷的块头虽大，口感却非常柔软，入口即化。阿郁一开始也沉浸在煎蛋卷的美味中，但是她很快就反应过来，立刻对丈夫提出了质疑。

"所以，你到底用了几个鸡蛋？"这次绝不能让他蒙混过关。

"蛋黄放十天就压扁了,反正也不能给客人吃,给家里人吃也挺好的呀。"

"放一个月也没关系啊,其他餐厅都是这么做的。"

开餐馆是件很辛苦的事,但是大五有着作为大厨的尊严。夫妇两人互不相让,大声争执了起来。见此状况,阿虎又赶紧出来打圆场:

"算了算了,也不是什么大事。多亏这些剩下的鸡蛋,我们才能吃上这么美味的早餐呀。"

大五是农家出身的五男,是入赘到卯野家的,阿虎对这个上门女婿总是要宽容一些。就在此时,照生突然哇哇大哭起来,原来是芽衣子抢走了弟弟盘中的煎蛋卷。

"芽衣子,这是小照的那份。"

眼见阿郁的怒气即将爆发,芽衣子赶紧咽下煎蛋卷,含糊不清地说了一句"多谢款待",然后忙不迭地逃离了饭桌。

女儿的不懂事让阿郁有些头痛。偏偏在今天,又发生了让阿郁烦心的事。听说女儿在学校受了伤,她匆匆赶去学校,结果事情真相却令她又是羞愧又是生气。原来芽衣子想去偷学校的鸡蛋来吃,生气的母鸡发起了自卫攻击,这才让她这个小偷挂了彩。

就算遭到母鸡疯狂的攻击,芽衣子仍死死守着怀中的两个鸡蛋,她对食物的执念实在是太令人敬佩了。

浑身带伤的芽衣子站在办公室里,正眼巴巴地盯着桌上的鸡蛋。

"因为,他们说用刚生下的鸡蛋来做煎蛋卷,肯定会更好吃……"

她不情不愿地为自己辩解。

似乎是自己和大五早上的争论,让她产生了这种念头。阿郁觉得自己的头痛得更厉害了。

"你在说什么啊,这种时候你应该说什么?"

"……啊!"芽衣子立刻站直了身子,对老师大声说道,"请把鸡蛋给我吧!不吃掉的话太可惜了……"

话音未落,芽衣子的后脑勺被母亲重重地拍了一掌。

"不行吗?阿婆……"

饥肠辘辘的芽衣子,一听到楼梯上传来脚步声,就急匆匆地推开了房门。

"你母亲说,今天绝对不能给你吃饭。抱歉啦。"见祖母手上一个小饭团都没有,芽衣子顿时愣住了,一句话也说不出来。

"……不过,真的很想尝尝新鲜鸡蛋做出来的煎蛋卷是什么味道呀。"

"阿婆也想吃吗?"

"当然想呀。不过芽衣子,外面的东西可不要随便乱吃哟。"阿虎给芽衣子讲述了自己的友人因为偷吃柿子感染了大肠伤寒,还差点丢掉性命的故事,听完之后,芽衣子害怕得吞了一下口水。

"……阿婆。我、我再不会偷吃外面的东西了!"

阿虎微微一笑,从袖子里掏出一块蛋糕:"乖孩子,那阿婆给你一个奖励。"随后又学着武士的口吻,指着手中的蛋糕表演起来。

"什么?!尔等居然是长崎人士?什么?!因为尔等是后辈,所以不能用剑斩杀？尔等不希望用剑砍，而是用手撕？为何如此，那是因为手撕的话——"

"会更加好吃——"芽衣子学着祖母的腔调，顺势接了下去。

阿虎把蛋糕撕开，分了一块给芽衣子。芽衣子大口大口地咬下蛋糕，把脸颊塞得满满的，看起来一脸幸福的样子。

"……真有活力啊。芽衣子，"阿虎温柔地笑起来，"想吃东西就是有活力的表现，是充满生命力的象征。这是佛祖赠予芽衣子的礼物啊。"

"……唔唔。"虽然不明其意，芽衣子还是含糊不清地回应了祖母。

楼道上传出了祖孙两人的欢声笑语，站在楼梯口的阿郁听了一会，将原本打算给芽衣子吃的面包收了起来。

某一天，在家吃完点心之后，芽衣子来到了经常玩耍的寺庙。她在院子里寻找小伙伴千代的时候，偶然发现同校的男生三人组也在这里，这三人分别是源太、贤二郎和捣蛋鬼阿太。芽衣子赶紧埋下脸，想趁他们还没发现自己的时候偷偷溜走。但是源太冷不丁转过身来，把她抓了个正着。源太平时就喜欢欺负芽衣子，是三人组里最调皮的一个。

"喂喂，你这家伙，快来帮忙！"

源太把芽衣子带到靠近本堂的地方，指着昏暗的房间对芽衣子说："看到没有，那个供奉佛祖的东西？" 芽衣子朝屋内望过去，发现了源太说的"那个东西"。

"……那个，是什么？"是个从未见过的玩意，像某种水果，又像某种点心。那玩意儿又滑又亮，看起来很好吃的样子。芽衣子忍不住吞了

## 第1章 / 一莓一会

吞口水。

"你不想尝尝那个吗?"

在源太的怂恿之下,芽衣子对食物的执念终于战胜了道德感。他们商量了一个偷盗的方案,芽衣子先把和尚带出本堂,然后源太就趁这个空隙去房间里偷东西。

成功让和尚远离本堂之后,芽衣子一路飞奔回到院内。见小伙伴都匍匐在草丛当中,她就跟着钻了进去。源太他们正围着"那个东西",一脸烦恼地讨论着。

"这玩意儿到底能不能吃啊,说不定有毒呢。"

芽衣子的脑海中,突然响起了祖母说过的话。"偷来的柿子""大肠伤寒"……这个说不定也会吃坏肚子呢。而且,自己之前不是跟祖母保证过也再不偷吃了吗?对食物的执念和罪恶感,在芽衣子的脑中展开了激烈的交战。

"还是算了吧。"源太话音刚落,芽衣子忽然伸手抓了一大把"那个东西"塞进嘴里。

她紧闭双眼,忐忑不安地咀嚼着嘴里的东西。这是——

"喂,芽衣子。你肚子不痛吗?"芽衣子的举动把源太吓了一大跳,他提心吊胆地看着对方。

芽衣子嘟嘟哝哝地答道:"好吃!"柔软的果肉,在口中渐渐散开的酸甜味道,直冲鼻尖的清爽香气——"我从没吃过这么好吃的东西!"

听完芽衣子的感想,其他人也一个两个抓起"那个东西",迫不及

7

待地塞进了自己的嘴里。

"我也要！我还要吃！"芽衣子也想挤进去，却被男生们撞了出来，摔倒在地上。

"给我吃啦！"

最终，闹在兴头上的孩子们被和尚抓了个正着。被领回家中的芽衣子，被阿郁教训了一顿不说，还挨了一顿板子，连晚饭都不让吃。

"这次真的不能给你，那可是供奉佛祖的东西啊。"

阿虎一边哼唱着自己创作的曲子，一边上下翻弄着用来制作腌菜的米糠，完全不理会饿得肚子咕咕直叫的孙女的哀求。

"那个，到底是蔬菜还是水果呢？阿婆，你知道吗？红红的，有这么大，上面还有许多小点点，又酸又甜……哪里有卖的呢？"

"不清楚呢……"

虽然表面一副不感兴趣的样子，但是第二天放学的时候，阿虎却带着照生到校门口，打算接了芽衣子之后，祖孙三人一同跟和尚确认"那个"到底是什么东西。

"孙女偷盗了贵寺的物品，怎么也要买同样的东西作为赔偿吧。"

"……婆婆，是你自己想吃吧。"

"你可不要胡说。"

动机虽然有些奇怪，但是寺庙的和尚表示，自己也不太清楚那是什么。

"别这么小气，快告诉我们吧，糟小孩小和。"

原来那个因为偷吃柿子染上大肠伤寒的人就是这个和尚。这个倒霉外号的全称是"偷吃腐烂的柿子的糟糕的孩子小和"。

"少说废话,你这个囫囵阿虎!"和尚毫不退让地反驳,"你家阿婆啊,橘子也好、馒头也好、饭团也好,无论什么东西都能一口吞掉。实在是太贪吃了。"

两人争执了一番,最终还是无法得知"那个东西"叫什么。大失所望的芽衣子只得闷闷不乐地跟着祖母回了家。两人来到了餐馆,老主顾新井社长正在品尝大五开发的新菜品。

"不错不错,唔唔。主厨的手艺真是精致……芽衣子?你也要吃吗?"

被小孩子这样眼巴巴地盯着,果然没法装作没看到。阿郁匆匆将女儿拉开,叮嘱她赶紧回家。这时,和新井社长有约的艺伎豆奴推门走了进来。豆奴的袋子上别着一个红色饰品。这种形状和颜色……芽衣子睁大了双眼,这个饰品——不就是"那个东西"吗!

"这个、就是这个!请问这是什么东西?!"

"这是社长从欧洲带来的礼物。叫什么名字来着……"豆奴歪头望着新井。

"这叫 Strawberry,在日本被称为'草莓'。"

竟然连名字听起来都这么的甜美,芽衣子感动不已。她咬紧下唇,像念咒一般重复着这个名字:"草莓、草莓、草莓……"不过社长告诉她,因为草莓的栽培非常困难,所以一般人很难吃上。

回到家里的厨房之后,芽衣子不断地唉声叹气,正在翻弄米糠的阿虎见状,不由开口问道:"草莓是什么味道的?"

芽衣子努力向祖母表达草莓的美味,但却怎么也表达不好。

/ 多谢款待 1/

"总之,真的很好吃!"芽衣子十分坚定地做出了总结。听到孙女的赞美,阿虎叹了一口气。

"真好,芽衣子已经吃过草莓了。阿婆也想吃一次看看呢。"

果然,还是因为这个呀。芽衣子连忙向祖母伸出了自己的小指头。

"……总有一天,我们会一起吃草莓的,拉钩钩。"

贪吃鬼的祖孙二人,愉快地钩上了彼此的小指头,许下了郑重的诺言。

虽然新鲜草莓难寻,但是新井社长的手头正好有一瓶草莓果酱,几天之后,他将这瓶果酱送给了芽衣子。拿到草莓果酱的芽衣子激动不已,无时无刻不沉浸在果酱的美味中,不管是眼巴巴地望着自己的照生,还是打算用米林糖贿赂自己的祖母,她都严守阵地,一点都不分给对方。看着私心霸占食物的芽衣子,阿虎有些惊诧:

"你这样子,竟然连父亲都不给了啊,他不是叫你分点给他吗?"

"……父亲他,看起来好可怕。还把肉切得咚咚直响!"

就在前不久,为了让父亲帮自己打开牢固的瓶盖,芽衣子来到了厨房。当时大五正在恶狠狠地盯着一张报纸,看了一会,他忽然怒吼:"一个外行人也敢胡说八道!"说完,他将报纸揉成一团扔进垃圾桶,又操起菜刀在菜板上用力地剁起肉末来。

原来这份报纸上有一个名叫"蒙面记者《最佳美食》甘辛采访记录"的连载,这期连载提到了"开明轩",但上面尽是些负面的评价:

这家餐馆的味道只是单纯模仿本家而已。虽然制作认真,但是却没有任何有趣的地方。从装潢到服务都只是一般的街头小店,

## 第1章 / 一莓一会

却非要整出一流餐厅的派头，不给客人提供米饭，也不给客人提供筷子，而且还价格不菲。真是个不上不下的半壶水餐馆。

阿郁把报纸从垃圾桶里悄悄地捡了起来，关上门之后，她一边读着恶评的文章一边轻轻地叹气，她抬起头环视陈旧的餐馆室内，果然，这里怎么也配不上一流餐厅的称呼。

"几乎有一半的客人都想用米饭下菜。店里就算提供米饭也没什么关系吧？最重要的是让客人吃得心满意足吧？大家不是都这样做吗？"

虽然阿虎提过这样的提议，但是都被大五用"这不是我喜欢的做法"为由干脆地拒绝了。法国料理是用面包下菜的，怎么能用米饭呢？没有米饭，自然也不能提供筷子。这是大五一贯坚持的原则，他认为做西洋餐厅就不应该随波逐流。同时他也非常乐观，认为"只要我们坚持下去，情况总会好转的"。然而每日计算账本，直面残酷现实的阿郁，很清楚这种局面是不可能轻易扭转的。

"快放下来，这不是能带去学校的东西吧！"

一大清早，玄关前就传出阿郁生气的怒吼。芽衣子沉默不语地握着挂在胸前的布巾，然后用幽怨的眼神注视着母亲。

"放在家里的话，很快就会没有了。"

布巾中包着一个小瓶，没错，就是那瓶草莓果酱。芽衣子无论在睡觉的时候，还是在吃早饭的时候，都紧紧地握着这瓶草莓果酱。而另一边，干劲十足的大五做出了一桌豪华的法国大餐。看起来他对那篇报道耿耿于怀，所以用这种方式展示自己的手艺。

11

/ 多谢款待 1/

无视唉声叹气的妻子投过来的目光,大五自豪地说:"我打算借这个机会,把店里的食材都换成更高级的材料。"但是购买优质材料的资金,又要从哪里来呢?

怎么一个两个都这样,真不让人省心……回想起早上的情况,阿郁觉得胃都开始痛了。

芽衣子最终还是无视母亲的训斥,把草莓果酱带到了学校。源太对她脖子上的围巾很感兴趣,她就骗对方说这是腹痛药。午休时,她以腹痛为由不跟千代一起玩耍,一个人悄悄地来到人迹罕至的水池边。芽衣子兴奋不已地从瓶中掏出草莓果酱,忘我地舔舐着只属于自己的美味。

"喂,芽衣子。这个,并不是什么药吧。我不会告诉别人的,你分我一点吧。"

被尾随而来的源太发现之后,两人便开始争夺草莓果酱来。在来来去去的推揉之下,瓶子不慎掉入池塘中,芽衣子匆匆忙忙跳进池中,拾起瓶子。但是为时已晚,瓶子里的果酱已经全部漏了出来。芽衣子失望不已,火气顿时冲上了脑门。

"把草莓果酱还我!"她一边吼着一边朝着源太打了过去。

扭打在一起的两人,最终双双站在了老师的面前。

"往学校里带这种东西就不说了,卯野为什么不肯分一点出来呢?你们不是朋友吗?"

"才不是朋友。"芽衣子狠狠地瞪着自己的脚尖,"我们才不是朋友。"

如果芽衣子知道源太是因为担心自己才跟上来的，还会是这种强硬的态度吗？

"没错，我们绝对不是朋友！"

听见源太带着怒气的吼声，芽衣子也顽强地不看自己的小伙伴。

我才没做错！芽衣子固执地想着，但是心中的郁闷却久久无法散去。回家后闷闷不乐的芽衣子推开了餐馆的门，看见餐桌上摆放着琳琅满目的各式料理。

"……哇……哇……哇！这是什么！"

"这是鸭肉料理，这是鲷鱼夹蟹，是用黄油烧的。这些可是帝国大饭店也做不出的豪华大餐哟。"

看见芽衣子开心不已地扑向餐桌，大五的脸上露出了满意的笑容。

"好吃吧，爸爸做的料理是世界第一吧。"

此时，一直默默地缝补着餐布的阿郁，忍不住开了口。

"你只是在逃避现实吧。无论给这孩子吃什么，她都只会说好吃！"

就算被妻子看穿意图，大五还是一副若无其事的样子。

阿郁终于忍无可忍道："这种又花钱又费时的东西，是不可能在店里出售的！这样一来，店里是撑不下去的！"

"那你说，我要怎么做才行？现在我只能靠这些料理来挽回荣誉了！"

"是你太顽固了，非要墨守成规！上门的客人们只想在轻松的环境下进餐而已。就是因为你的冥顽不灵，餐馆才会被人批评成那样！"

/多谢款待 1/

妻子每句话都踩准了自己的痛处,大五已经找不到理由为自己辩解了。

"……那好!那就由你来决定好了。看你这样子,比我懂的多得多嘛!"

"统统给你做!"大五一把扯下厨帽,狠狠地扔在地上,从店里跑了出去。

这天晚上,芽衣子一边吞咽着父亲做的大餐,一边向祖母阿虎询问报纸的事情。

虽然被报道批评的父亲有些可怜,但是,更加令芽衣子介意的,是当父亲离开之后,默默捡起地上厨帽的母亲。

"……其实我今天,也跟别人吵架了。"芽衣子闷闷不乐地将跟源太打架一事告知了祖母。

"芽衣子为什么一点都不分给别人呢?"

"因、因为会减少啊。"

"这样啊。因为草莓果酱会减少啊……但是呢,随着草莓果酱的减少,其他东西就会增加哟。"

"怎么会有这种东西?"

"那么,虽然果酱没有减少,但是相对的,有没有其他东西变少了呢?"

——我们绝对不是朋友。源太的怒吼浮现在芽衣子的脑海中,她停住了吃东西的手。

"……才没有。"芽衣子不愿意面对问题,板着脸又继续吃了下去。

正在大家为第二天营业做准备时,大五突然提出要把店给关了:

"从明天起,我们店就只做预约的点餐吧。这么一来,也不会浪费食材了。喜欢我们店料理的客人自然会来预约的。"

"你说真的?你不是梦想在这条街点燃法国料理的星星之火吗?怎么遇到点挫折就要放弃了?"阿郁的怒气远远压过了心中的哀伤。

就在两人之间的气氛渐渐紧张之时,厨房的门被突然推开。原来是芽衣子回来了。不知为何,她的身后还跟着同年级的源太三人组和好友千代。

"请给我们上菜!"芽衣子皱着小脸,抬头望向父亲。

"他们说我家的料理不好吃。他们胡说八道!你一定要告诉他们不是这样的!"

今天上学时,芽衣子本想向源太道歉,但是源太不理会她,还在她的桌上涂上了"小气芽衣子"的字样。芽衣子费力地擦拭涂鸦,看过报道的贤二郎等人又围上来,毫不留情地嘲笑大五的厨艺不好。当源太也加入嘲讽队伍之后,芽衣子愤怒地反驳道:"父亲的料理是世界第一的!"

"……好啊。快过来坐吧。反正现在也没有客人预约。"

阿郁很快就反应过来,热情地将孩子们一一带入座席。又对一脸不情愿的丈夫说:"你害怕吧?因为小孩子最诚实了。你没有自信让他们称赞你的料理吧。"

阿郁的挑拨,成功地让大五燃起了熊熊的斗志。

但是，眼前的客人只是一群连菜单都念不出来的小学生。一顿饭吃下来，只听到他们不断地抱怨"面包没有味道""想吃米饭！""刀叉太难用了"……芽衣子一边教同学们使用西洋餐具，一边不停地跑到厨房给父亲提要求。对于孩子们的要求，大五每次都以"按规矩不可以"为由给严厉拒绝了。

孩子们对西洋料理的反馈并不好，像酱鹅肝这样的大五自信之作，有些孩子都吃不下去。跟来者不拒的芽衣子不同，比起正宗的法国料理，其他的孩子更喜欢经常接触的日本食物，比如像红豆糕和牛肉火锅这样的。

"……等等，你们等一下！还有更好吃的东西，我马上就端上来！"

泫然欲泣的芽衣子拼命拦下打算回家的源太等人，又噌噌噌地跑去了厨房。

"父亲！做西红柿炒饭和煎蛋卷吧！就是便当盒里放的那些东西。我和千代交换便当，她都说那个很好吃！如果是煎蛋卷，他们一定会很喜欢的！"

所谓西红柿炒饭，是大五利用餐馆剩余的肉末和蔬菜做的，并不是正式的法国料理。

"不行！那样的东西怎么能端上桌！你给他们说，我绝对不会做的！"

"……我不去。父亲做的料理可是世界第一啊！是全世界第一好吃的料理！一定要让他们知道！"

芽衣子的双眼充满了泪水，她毫不退让地跟父亲对视着。

"……我也喜欢孩子他爸的料理。"不知何时，阿郁也站在了父女的身边。

"花上一周时间精心熬制的法式酱汁、小心翼翼用筛网过滤的白辣酱油、黏稠适中的浓汤,这些都让我由衷地感受到'啊,这就是法国料理啊……'一名优秀的厨师,只要是从他手中做出来的食物,就是法国料理。哪怕是用锅底的黄油和冷饭做出来的西红柿炒饭,也是优秀的法国料理。这是,只有孩子他爸才能做出来的法国料理啊。"

这个世界上,最爱大五,最爱大五的料理的两个人,终于用她们的肺腑之言打动了大五那颗顽固的心。

我到底在焦虑些什么呢?我到底是为了什么才做料理的呢?

"……米饭……还有米饭!快给我抬过来!"大五忽然大声喊道。

"知道了!芽衣子,你也来帮忙!"阿郁充满干劲的声音响彻了厨房。

最后,"开明轩"特有的西红柿炒饭和煎蛋卷,得到孩子们异口同声的称赞。

考虑到自己不是客人,芽衣子一直忍着没有上桌吃饭。注意到这一点的源太,把自己的餐盘推到芽衣子的跟前。得到母亲的许可之后,芽衣子也兴高采烈地跟大家一起尝起了桌上的料理。源太一开始还乐呵呵地等着,结果看到狼吞虎咽的芽衣子根本不打算住手,他就有些着急了。就在这时,芽衣子忽然停下了手中的动作,源太以为她终于吃够了,没想到芽衣子竟然把煎蛋卷倒进西红柿炒饭里,又大口大口地吃了起来。

"大家也拌着吃吧!拌着一起吃!太好吃了,实在太好吃了!"

孩子们有样学样,跟着芽衣子把煎蛋卷和炒饭搅拌在一起,兴致勃勃地塞进了口中。一时间,孩子们的欢声笑语充溢了西餐店。

/ 多谢款待 1/

大五和阿郁站在店内的一角,静静地望着眼前这份其乐融融的景象。

"我就是为了看到这样的笑容,才选择做厨师这一行的啊。"

听到丈夫的感慨,阿郁露出了欣慰的笑容。

"阿婆,我知道了,果酱减少之后会增加的东西是什么。"

晚上,对着正在腌制腌菜的祖母,芽衣子得意扬扬地说道。

"就是'多谢款待'!"

源太离开餐厅的时候,支支吾吾地对她说了一句话。

"……多谢款待。芽衣子。"

"果酱虽然减少了,但是多谢款待增加了哟。"

阿虎不由得笑起来:"芽衣子,'多谢款待'这句话是指……"话未说完,胸前袭来一阵刺痛,她不得不捂住胸口蹲在了地上。

"阿婆你怎么了?!"祖母的异常反应吓到了芽衣子,她匆匆忙忙跑到店里通知了父母。大五和阿郁赶紧找来医生为阿虎看病。

医生回去之前告诉他们,阿虎虽然看起来身体很硬朗,但其实她的脉搏混乱,心脏患有疾病。一时之间还不会怎么样,但最好不要让她太过操劳。

对着忧心忡忡的女儿,阿郁随口安抚道:"不用担心,你要当个好孩子,不能再让阿婆费心费力照顾你了哟。"

从第二天早上开始,芽衣子的言行就产生了巨大改变。

平时母亲不喊就不起床的芽衣子,今天居然自己爬起来了。不但自己穿上了衣服,还主动提出想帮忙做家务。小脸上的表情稳重多了,说话也不像以前这么随便。

"……你这家伙,好像跟以前不太一样了啊?"小伙伴的变化让源太摸不着头脑。

"阿婆她病倒了。所以,我必须更加努力才行!"

这一天,芽衣子放学回家之后,一直嚷着要帮母亲做家务,无奈的阿郁只好让她去跑腿。

"你能帮我买些点心吗?就是阿婆喜欢吃的那种。"

芽衣子兴高采烈地买回了豆沙饼。这是祖母最喜欢吃的点心。但是阿虎只是小小吃了一口,就让给芽衣子和照生了。

"……阿婆,我能帮你做什么吗?"

阿虎稍微思索了一下,回答说:"……那么,芽衣子帮我做米糠腌菜吧?"

"姐姐。米糠腌菜会变好吃吗?"

当天晚上,照生钻进被窝,一脸担心地向芽衣子问道。

"都是按阿婆说的去做的。肯定会很好吃的!"

回想起揉米糠时的手感和味道,芽衣子的心情十分愉快。

"如果成功了,就让你尝尝。"

结果到了第二天,孩子们做出来的米糠腌菜跟祖母的完全不一样,就算想给孩子们打气也实在夸不出口。

另一方面,阿虎的饮食越来越糟糕,有时候甚至连汤都喝不上几口。

"母亲说吃了东西后,胃里就很不舒服。"

"但是现在不吃的话,以后就会更吃不下了。"

阿郁和大五对阿虎的现状忧心忡忡。

在厨房中,芽衣子无力地捏着手中的米糠。

——阿婆好不了的话,以后再就也吃不到她做的米糠腌菜了……

下课之后,芽衣子垂头丧气地坐在庭院中,源太跑过来跟她搭话。

"你家阿婆,情况不太好吗?她有没有什么想吃的东西?"

源太习惯性地用小指抠起了鼻屎。看见这个动作,芽衣子突然想起一件事。

——打钩钩许愿!

"谢谢你!"芽衣子一边道谢一边跑了出去,只留下源太还在原地莫名其妙地抠着鼻屎。

"芽衣子,怎么这么晚还没回来?"

厨房的时针跳过下午四点的位置。阿郁觉得女儿也许是跑到什么地方玩耍去了,不过正如帮工的山本所说,那个贪吃鬼就算天崩地裂也应该先回家吃点心才对。

阿郁的目光突然停留在店里张贴的一张海报上。这是前段时间交警来店里贴的,内容是提醒大家注意近期在附近出没的诱拐犯。不会吧,难道芽衣子她……阿郁不由担忧起来,思虑再三,她决定亲自出门寻找女儿。随后她在路上遇上了源太,小家伙了解情况后也加入了寻人队伍。两人走街串巷找了半天,都没发现芽衣子的踪影。

这时,芽衣子正在吭哧吭哧地爬着山间小道,走着走着,肚子里忽然传出咕噜噜的响声。

今天的点心是什么呢?芽衣子不由自主地盯着手里的小纸袋。就在饥饿感即将战胜理智时候,她猛地握紧了纸袋的封口。但是因为实在太饿了,她已经没有力气走回去了。

像是说服自己一样,芽衣子喃喃自语道:"我只吃一颗……"她小心翼翼地打开了纸袋,两眼发直地盯着袋子,那里面装着自己经历千辛万苦才得到的几颗草莓。

"……嘿嘿,我开动了。"芽衣子将小小的草莓塞进了自己的嘴里。

受到源太的启发,芽衣子想起了和祖母一起吃草莓的约定。她一个人跑到寺庙,向和尚打听供奉草莓的是什么人,想请这个人分一些草莓给她。

和尚也不清楚是什么人送来的,就把被供奉的死者赤岭生前的住址写给了芽衣子。

一名男子见芽衣子像无头苍蝇一样在街上乱逛,便上前跟她搭话:"小朋友,你怎么了?"一番对谈之后,男子搞清楚了事情的原委和芽衣子的目的,非常凑巧的是,这位名叫黑田的男人,正好与芽衣子想找的赤岭有着非同寻常的关系。

"去世的赤岭先生,生前一直在从事草莓种植的研究。"

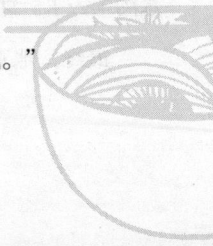

赤岭有两位助手,其中一名是黑田,另一名则是给赤岭供奉草莓的白川。芽衣子被这两人带到了进行草莓栽培的基地。

季节原因,现在并不是草莓的收获时期,映入芽衣子眼帘的全是葱郁的绿色植物,她不由大失所望,不过研究人员说兴许还有漏网之鱼。三人便一同在草莓栽培地里找了起来。

让所有人在任何时候都能吃上草莓——这是黑田等人的梦想。

"务必请阿婆也尝尝我们的草莓哦。"

功夫不负有心人,他们终于找到了三颗藏在叶面下的草莓。

随着光线渐渐变暗,周围的景色也变得模糊起来。

"草莓、草莓……"

突然之间,一阵冰凉的液体从天而降,滚滚而来的乌云加速了夜幕的降临,芽衣子在瓢泼大雨中匆忙奔跑,全身上下被雨水淋得通透,身体也变得像铅一样沉重。

"马上就到了,马上就到了!"芽衣子迈着沉重的步伐,不断鼓励自己。但是祸不单行,木屐的带子突然断掉了,芽衣子一个趔趄翻倒在泥潭里。

"啊啊!"芽衣子好不容易从泥潭中爬起来,却发现手里的袋子不见了!

她急忙地四处张望,原来装着草莓的袋子被雨水带走,冲到一旁的水沟里去了。芽衣子光着脚跳进水沟,双手伸进水中不停地捞。

最终,她幸运地找回了袋子,但是袋子里一个草莓都没留下。"不会吧……"

"在这里!在这里!"听到源太在前方的呼唤,阿郁跟跟跄跄地奔了过去。

"芽衣子!真是的,你在做什么!"阿郁哽咽的声音中带上了几分安心。

"……草莓,掉到水里了。阿婆,我想让她吃草莓。"

看着一身污泥和伤痕的芽衣子,阿郁的胸口一闷,这孩子对祖母的心意,真是太真挚了。

"无论如何你先上来吧,会染上风寒的。"

无论阿郁怎么劝说,芽衣子都跟着魔了似的,孜孜不倦地在水中找寻草莓。

"你这孩子太不像话了!"为了唤醒女儿,阿郁只得狠心扇了她一巴掌。

"如果连你都病倒了,阿婆她会有多伤心啊!你这个笨蛋!小源也是,赶紧回家洗个澡,千万别感冒了。"

芽衣子垂着头,沉默了一会,终于不情不愿地从水里爬了出来。

回家之后,芽衣子自觉无颜面对祖母,便一个人来到了厨房。她一边揉着米糠,一边小声叹气。就在这时,芽衣子身后伸出一双手臂,紧紧将她抱了起来:

"芽衣子,你去帮我找草莓了吗?我很高兴,谢谢你。"

"但是,草莓不见了……平时都是阿婆拿点心给我吃,还给我做好吃的米糠腌菜，但是，我连草莓果酱都不愿意分给你……就连这个草莓也……"

就在芽衣子快要哭出来的时候，耳边传来祖母温柔的声音：

"多谢款待。"

阿虎把茫然的芽衣子转过来，面朝着自己：

"……很久很久以前，为了给客人做上一顿饭菜，主人家可是非常辛苦的哟。必须骑着马四处奔跑，找寻可以作为食材的蔬菜和鱼类。被招待的客人为了感谢这份厚重的心意，就用'策马奔驰'来表达感谢，这个词最后就演变成了'多谢款待'的样子。"

阿虎一边念着"多谢款待"，一边在芽衣子的手中写下了文字。然后，再次向孙女表示了自己的欣喜之情。

"所以，多谢款待啦，芽衣子。"

"……我都没有，请你吃到草莓。"

"你为我到处奔波，吃了这么多苦头，你的招待已经非常周到了。我啊，觉得自己似乎已经饱餐了一顿呢……"

看着祖母一如既往的温柔笑容，芽衣子的心中充满了暖意。对不起，对不起。

"我，吃掉了一个……如果没吃的话，就能带给阿婆了！"

芽衣子颤抖地说着，就在这时，浑身湿透的源太一边喊着芽衣子的名字，一边冲了进来。他凑到芽衣子的身边，嘻嘻地笑着，然后打开了手掌。

在他的掌心中，躺着一颗掉进水沟的草莓。

原来源太并没有回家，而是冒着大雨，在黑夜中一直寻找这颗草莓。

"就这样,我回去啦!"源太笑着离开了屋子,望着小伙伴的背影,芽衣子哽咽地喊道:

"……谢谢你,小源!"

急急忙忙把草莓洗干净之后,芽衣子把它送到了祖母跟前。

"哦哦,这张小脸可真红。生什么气呐?你这家伙,靠近一点靠近一点,来来,再靠近一些。"

阿虎装模作样地朝草莓靠了过去,快要碰到嘴边时,她忽然张口,把草莓整个吞了进去。

"唔、唔。"阿虎意犹未尽地回味着嘴里的味道。

"好吃吗?阿婆。"

"多谢款待。芽衣子。"阿虎对孙女露出了心满意足的笑脸。

"嗯!"芽衣子也开心地咧开小嘴,紧紧抱住心爱的祖母。

在那之后,西红柿炒饭配煎蛋卷的吃法,变成了名为"蛋包饭"的新料理。开明轩改进了经营策略,开始为客人们提供米饭和筷子。与此同时,大五还用蛋包饭这道料理在坊间获得了一致好评。如今开明轩时常有小孩子和学生光临,变成了一家门庭若市的西洋餐馆。

(而我,阿虎,虽然已经离开人世。但我的灵魂还留在厨房的米糠坛子里,继续默默地守护着这个家。)

柴火灶台变成煤气炉,文明的进步也在一个小小的厨房中体现出来。阿虎所在的米糠坛子,仍然保持着原样,静静地放置在厨房的一个角落里。

在那之后，芽衣子茁壮地成长，如今已经完全变成一个大姑娘了。

1922年（大正十一年）春。漆黑顺滑的长发，闪闪发光的双眸，纯真可爱的容貌——年满十七岁的芽衣子，一本正经地正坐在佛坛前，朝着阿虎的灵牌合掌作揖。

"……那么，我开动了。"

芽衣子把供奉的小煎蛋塞进嘴里，毛毛躁躁地站了起来，身材高挑的她站直之后，头顶已经快够着天井的房梁了。

（这孩子，就这么冒冒失失地，平安无事地，长成亭亭玉立的大姑娘了……）

## 第2章
## 与蛋黄的相遇

（我有一个从小爱吃独食的孙女，名叫芽衣子。从她将草莓分给我那天起，已经过去整整十年了。我的住处变成了这个米糠坛子，家里的情况也发生了巨大的改变。）

大五一边做着正宗的法国料理，一边开发平易近人的新品料理，"开明轩"的生意也日渐兴旺起来。

照生到店里当起了学徒，从给熟客送浓汤这样的简单工作开始做起。阿郁忙于打理店里的事务，将家务都交给了女佣阿熊。

（然后，我的孙女芽衣子，已经成长为一名花样年华的女学生——）

"真是的，什么时候才能好好起床啊。你可是女子学校五年级的学生了！"

阿郁和阿熊忙碌地准备着早餐，嘴里还不忘念叨女儿几句。

"我已经起来了。女孩子事情比较多嘛。"芽衣子故作成熟地回道。

"好了好了。赶紧去做纳豆和腌菜。"

芽衣子每天早上的工作如下：首先将纳豆拌匀，然后把蔬菜从米糠坛里取出来。黄瓜、胡萝卜、白萝卜，每一份都既光滑又闪亮。"不错不错。"芽衣子眯起了眼睛。

"唔——！唔——！阿熊，这个竹荚鱼烧得真好，太棒了！"

芽衣子还是那副大大咧咧的吃相，从米饭到烤鱼，她的筷子在食物中灵活地穿梭。

看着女儿的吃相，大五还没说什么，阿郁已经叹了一口气。

吃下芽衣子特制纳豆的山本，发出了一声赞叹："哇，这个好吃！"

"因为纳豆里的芥末太辣了，我就试着加了点瓜草和麻油。"

芽衣子把纳豆盖在米饭上用筷子拨平，一脸满足地说："纳豆最棒了！"

吃完早饭，她提起大得离谱的便当包，精神满满地出了家门。

"小姐为什么不学做菜呢？她这么喜欢吃东西的话，应该对做菜很有兴趣呀……"芽衣子每天去厨房只做米糠腌菜和纳豆两个菜而已，阿熊有疑问也很正常。

"关于这一点，我以前也问过……她说反正什么都不做就能吃到美食，就不来给我们添乱了。"阿郁无可奈何地说。

"这孩子长这么高，实在不好找婆家。哪怕学做点家务也行啊，连女子学校都让她读了，结果还是一事无成。"

芽衣子一边确认上学路上的各种小店，一边向学校走去。发掘新的饮食店是她每天必做的功课，这可是她人生中最大的乐趣，不，应该说是生存的意义才对。

"您今日心情如何，芽衣子小姐。"

听见悦耳的招呼声，芽衣子赶紧转过头去，看见同年级的堀之端樱子和野川民子向她走来。樱子是有钱人家的大小姐，人如其名，本人就如同樱花一般美丽。而民子则是一位像野菊一般，清雅又可爱的女孩子。

"我今日的心情，就像春日阳光一般愉悦。樱子小姐，民子小姐。"

像向日葵一般生机勃勃的芽衣子，也装模作样地回答了她们，三人六目对视之后，大家扑哧一声笑了起来。

三人虽然性格各异，却是亲密无间的知心良友。这天放学后，樱子邀请两人一起去银座的咖啡店。按规定来说，女校的学生是不许出入这种地方的。不过据樱子说，那间店是她哥哥的朋友的父亲开的，不仅可以网开一面让她们进去，还可以免去她们的费用。

一踏进店里，芽衣子就沉醉其中。店里的客人都打扮得好正式，宛如身处异世界一般。

"我们去角落啦，去角落比较好。芽衣子，被发现要被退学的。"

一本正经的民子拉住芽衣子的袖子，把人拽到一个偏僻的座位上。

"点什么好呢……不管吃多少都是免费的吧？"

"姑且，考虑一下常识啦，好吗？"

民子阻止了芽衣子肆意点餐的冲动之后，不经意地朝樱子的方向望了一眼，发觉她正在和一名年轻男子亲密地交谈着。

当点的东西上齐之后，芽衣子对着姗姗来迟的布丁，开始了她惯例的小剧场。

"你在发抖吗？你这家伙，真让人怜爱呀。安心吧，今晚我就从头到尾疼爱你，把你吃得干干净净！"

芽衣子的双眼闪闪发亮，嘴里念念有词。

"别玩了。这种像演戏一样的口气，让人怪不好意思的。"

"……啊哈！融化了，要融化了。那好，接下来我就来好好疼爱你吧。"

眼见芽衣子对着圣代又演起了恶霸的戏码，民子只得放弃了劝说。这时樱子在一旁坐了下来，民子便问起了刚才的事情。樱子既害羞又甜蜜地坦言，刚才那名男子想与她交往。因为兄长的关系，那名男子借书给她，之后两人利用书签互通心意，日子一长，感情就日益深厚起来。听完朋友的恋爱故事，民子不由捂嘴感慨道："好罗曼蒂克呀。"

两人很快就沉浸在恋爱话题中，她们低声交谈着，不时发出"真棒""真不错"的感叹。

"真好，樱子。居然遇到这种小说一样的情节。"芽衣子露出了跃跃欲试的样子。

只对食物感兴趣的芽衣子，居然对这种男欢女爱的事情感兴趣——对芽衣子抱着偏见的两人对她的反应极为惊讶。

"就算是我，也想找个心意相通的人啊！我的目标是自由恋爱和自由结婚！我想跟小指头的红线紧紧相连的那个人坠入爱河！"

虽然一副振振有词的模样，但是嘴角还挂着奶油的芽衣子，实在是没有说服力。

"……总而言之，我非常有兴趣，但是，看起来没什么机会……也、也许是因为我太高了吧，像我这种身高，对着男人的话，一般都是俯视的。如果不是因为这个身高，我也有会有很多桃花运吧！"

芽衣子激动地挥舞着双手，刀叉上的奶油随之飞了出去。就像瞄准

了目标一样,奶油落在隔壁桌的一名男学生的肩膀上。发现情况不妙的民子慌慌张张站了起来:

"请、请问您没事吧?"

男学生的表情没一丝动容,只是默默地擦拭着肩膀上的奶油。芽衣子也注意到这边的异样,赶紧找来沾上清水的餐巾,满脸愧意地来到男子身边:

"真是非常抱歉!污迹,让我帮您擦擦吧?"

"不用了,你这是白费工夫。"

"白、白费工夫……"对方的用词让芽衣子目瞪口呆。

"所谓擦拭污垢,就是用一种物质吸收另一种物质,再将之除去的行为。啊,你还不明白吗?生奶油形成的污垢,本质上就是油脂,水和油是水火不容的关系,也就是说两者无法融合,油脂无法被水吸收。所以你现在的行为不但没有效果,还会进一步加重污垢。这就是所谓的白费工夫。"

男学生一本正经地讲解了一番:"总之,就是这样。"说完,他又埋头看起书来。

镶着金色纽扣的立领,别在立领上的徽章,椅子上摆放的制服帽——"原来是帝大的学生啊。"樱子哼了一声。芽衣子茫然地呆立在原地,对方的说辞让她有些不舒服。

"……但是!但是我觉得是有效果的。起码这样,能表达我的歉意啊。"

"你的……歉意。"男学生喃喃地复述了一遍,随后他板着脸,从座位上站了起来。

/多谢款待 1/

……好高。这名男学生竟然比自己还高了不少。芽衣子咽下口水,紧紧望着他,只见男学生右手撑在嘴边,左手插在腋下,一副若有所思的模样。

"那么,可不可以请你压低嗓门,或者是离开这张桌子呢?这才真是帮上大忙了。"

说完,男学生理所当然地坐了下来,重新翻开了书本。

"太过分了,实在太过分了!"

"这根本不叫聪明,根本是恶心人吧!"

回家的路上,为了安慰闷闷不乐的芽衣子,樱子愤愤地声讨着刚才的帝大学生。

"……那是关西人吧。"民子的脸颊上隐约染上些红晕。

"那个、那个叫什么来着?大阪有一个,像塔一样的东西……对了,就叫通天阁!"

"对!就是通天阁!那个混账,就叫他通天阁好了!"

这时的芽衣子,还不知道这个"通天阁"会和自己产生多大的联系,只是开心地跟着友人们一同嬉笑打闹。

(说起来惭愧,十年过去了,芽衣子的脑子里除了食物就是谈恋爱。她显然已经成长为被世间称为"轻佻放荡"的女学生了——)

这一天,当芽衣子回到家中后,被家人告知了一个重大消息——即将有一名帝大的学生来家中寄宿。

"社长的邻居家安置了不少学生,但是他准备搬家了,学生们就没了住处,他现在四处打听下家。我们商量了一下,决定帮他接纳一个学生。"

所以阿虎的房间就用来当客房招待那名学生,阿郁吩咐芽衣子去清理那间房间。

不会这么巧吧,想起之前的遭遇,芽衣子莫名地有些担心。被女儿问到寄宿学生的长相,阿虎便掏出了一张男学生的合照,还炫耀这是她用了点小手段才弄来的。

芽衣子忐忑不安地扫视着照片,哎呀,站在中间的男人,不就是那个讨厌的"通天阁"吗?

"母、母亲,是哪一个?!"

"这个嘛。"阿郁伸出手,在众人中指出了一位,竟然是通天阁——身边的另一位长脸男生。芽衣子终于松了一口气。这名男学生名叫近藤,光看照片就知道是一名俊美的好青年。

这天晚上,芽衣子惯例在厨房里揉着米糠。揉着揉着,她忽然停下手中的动作,闭上了双眼,在脑中不住地浮想联翩。

(是呀。近藤先生是个不错的男人呢。嗯嗯。但是,如果进展顺利的话,也不用搞什么私奔了吧?)

原本十分沉醉的脸上,忽然浮上了一丝阴影。

(你父母非常想把你推销出去呢,就差对人说"敬请笑纳"了。)

芽衣子盯了一会眼前的坛子,不知为何,她忽然将米糠从坛子里掏出来,朝自己的脸上抹上去。

(你在做什么啊……啊!啊啊!你是在用米糠敷脸吗……)

"喂喂,有点臭啊。你不能用新鲜的米糠吗?"

用米糠敷过的脸颊滑溜溜的,芽衣子自我感觉十分良好,不过,对她身边的朋友来说可就遭罪了。

"太麻烦啦。"芽衣子嘿嘿地笑起来。她把帝大学生来家里寄宿一事告诉了朋友们。樱子和民子露出了既羡慕又兴奋的神色,这简直就是恋爱小说里的发展啊。

"不过这个人,个子有点矮呢。"

"别在意这种小事,如果以后生活在一起,一定会发现对方更多优点的。"

在民子温柔的鼓励之下,芽衣子又鼓起了干劲。

"你说得没错!内涵和品格才是最重要的!"


回家之后,芽衣子非常认真地打扫了房间,从桌子到天井都擦得一尘不染。随着对方上门的日子越来越近,芽衣子开始苦恼自己的衣着——要穿什么衣服才合适呢,要怎么下功夫才会显得比较矮呢?为了解决芽衣子的烦恼,三人特意跑到豆汁店去商议对策,最后得出了"只要改变言行举止就可以显得比较矮"的结论。

"……但是,我的言行举止不是挺普通的?"

"一点都不普通。声音太高了,带的便当也太大个了!"樱子毫不留情地反驳了她。"我知道了,只要模仿民子不就好了嘛。"

细小的步伐、优雅的性格。只要做到这些,说不定就能让向日葵表现出小野菊的感觉呢。

"我会好好干的！"

回到家中的芽衣子，小步小步地靠近阿郁，小声地发问："母亲大人，今日、那位大人、已经下榻敝宅了吗？"说完，还扭捏地歪了歪头。

阿郁正在忙于开店前的准备，抬头看见装模作样的女儿，忍不住扑哧一声笑了出来。在一旁帮厨的阿熊毫不留情地评价道："简直就像歌舞伎的女形一样嘛。"现场的气氛一时有些尴尬，就在这时，芽衣子的身后传来了开门的声音。

——来了！芽衣子紧张地转过头，只见身穿立领制服，身姿潇洒的近藤从门口走了进来。随后，从他身后走出一个更加高大的身影，芽衣子吞了吞口水。这不是"通天阁"吗？就是那个无礼至极的帝大学生！

近藤向大五端端正正地行了一个礼，然后说出了一句让众人惊讶不已的话。

"非常抱歉，能不能让他代替我寄住在贵府呢？"

近藤和"通天阁"之前是住在一起的，"通天阁"后来搬去了另一家。但是，那户人家的客厅里有一个世代相传的贵重格窗。因为身材高大，"通天阁"在房间中行走时经常撞到那个格窗，这让心脏不太好的家主忧心忡忡，病情也加重不少。"通天阁"就拜托四处同窗，看谁家比较方便的话，就和自己换一下住处。

"原来是这样呀，换到我家是没问题的。"

芽衣子不由得在心底大喊"有很大的问题"，但是这事由不得她拍板，其他人三下两下一合计，就把事情定了下来。

"通天阁"的名字叫西门悠太郎，今年二十二岁，正就读于东京帝国大学工学部的建筑学科。专攻方向是混凝土工程学，主要内容是学习钢筋混凝土建筑的理论和相关设计。

"简单来说，就是先用钢筋和木架组成支架，然后在其中灌入混凝土，最后再等混凝土凝固就可以了。换个说法就是用人工制造的石块来建房子。这种房子与木房和砖房相比，无论是耐震性还是防火性都要好很多。是一种非常优秀的建筑技术……"

悠太郎介绍了一番之后，卯野家的人纷纷发出了感慨之声，其实谁也没有听明白。

"哎呀，所以才特意去帝大读书的嘛！哎呀，太厉害了！真是太厉害了！对了，你的饮食如何？关西跟这边不太一样吧？"

实在跟不上对方话题的大五，强行把话题扭了回来。

"虽然不太一样，不过我吃什么都觉得好吃，是个很好打发的人。"

芽衣子疑惑地打量着悠太郎，无论是店里见面时，还是相互介绍时，这个男子都是一副礼貌周到的好青年模样，就像完全不认识她一样。

就在芽衣子不断揣测对方想法的时候，母亲吩咐她带悠太郎去家里参观。

"——然后，大家就在这里吃饭。早饭是早上六点左右。晚饭一般从店里带回来，阿熊也会多少做一点。"

悠太郎一边听着芽衣子的说明，一边打量着客厅中巨大的饭桌，他问道:"你们不分食吗?"

"我家很忙,阿……祖母就说,那就不要折腾,大家热热闹闹聚在一起吃吧。"

"……哎,听起来很不错。"

对方看非常感叹的样子,芽衣子很不以为然:"也许是吧。"

芽衣子把悠太郎带到了客房。悠太郎对芽衣子道过谢之后,便坐下来整理自己的包裹。

这家伙到底在想什么啊……望着悠太郎高大的背影,芽衣子心中的疑惑越来越重,她不由得脱口而出:"你这个人,能不能别演戏了,还非要装出初次见面的样子。"

"演戏?"见悠太郎一脸迷茫,芽衣子更是气上加气,这家伙有完没完了。

"前不久,我们不是见过吗?就在银座的咖啡馆。"

"咖啡……?啊啊!你就是那个在咖啡馆大声喧哗,还手舞足蹈的人啊。"

芽衣子一下愣住了:"你、你不记得我了?"

"是啊,这种事情很容易就忘记了。"

"这、这种事情……喂,你这说法,是不是太失礼了?"

"失礼……失礼……失礼。"也许是思考时的习惯,悠太郎又摆出在咖啡馆争执时的动作,在房间中不停地走来走去,"这么说,让我永远记住你的那些失态会更好?比如放学后偷跑到咖啡馆,大声说着一些不堪入耳的话语,兴奋之余还把汤勺乱挥,将奶油甩到别人的肩上。这些事情,

## 多谢款待 1

你是想让我永远都铭记在心吗？"

"不、不需要……！"

"那我忘掉这些事也可以咯？"

"可以可以……"芽衣子莫名其妙就被说服了，她羞愧地说，"但是……如、如果这样的话，那今天就当作第一次见面吧！我、我先告辞了！"

对方还未做出回应，芽衣子就已经将门狠狠拉上了。

楼下传来了大家的欢声笑语。今天的晚餐兼做了悠太郎的欢迎会，所以菜品非常丰富。

"我才不和那种失礼的家伙一起吃饭呢。"以写作业为由，芽衣子把自己关在房间里。她一边啃着从厨房拿来的干面包，一边垂涎三尺地闻着楼下传来的阵阵香气。

"快说快说，到底好吃还是不好吃？我做的汤锅。"

悠太郎看起来食欲不错，吃下了不少饭菜，但是他全程没有做出任何评价和反应。微醺的大五缠着他，一定要得到一个明确的回答。

悠太郎稍稍沉默了一会，一脸真诚地说："大将。您真是太棒了。"

"是吧——？！这锅汤底，可是我花了八个小时辛苦熬出来的啊。"大五的情绪高涨起来。

被香味勾起馋虫的芽衣子，以制作米糠腌菜为由跑去了厨房。家里难得吃一次汤底火锅，自己居然被排除在外。没了自己，他们还吃得这么开心，芽衣子实在咽不下这口气，只得狠狠地揉捏米糠。

阿郁把收好的碗筷端到了厨房。她对着芽衣子感慨道："那个孩子真特别。你父亲那些唠唠叨叨的料理解说,他居然也能认真地听得下去,一定是个心地善良的人。"

"……那些都是装腔作势而已!"

撂下狠话之后,芽衣子跑去了后屋的庭院。在庭院的某个角落里,放置着一盆草莓的盆栽,芽衣子跑到这盆草莓的跟前蹲了下来。

"……今天也不行了吗?"

也许是苗的质量不太好,这株草莓虽然能长出叶子,却一直无法结出果实。凝视着草莓的绿叶,芽衣子不由想起了源太的事情。

"这个,就是草莓吗?"

芽衣子转身一看,悠太郎不知何时跟了过来,还认真打量着她的花盆。

"让草莓结果很难吧。你对这种栽培有兴趣吗?"

"没有。不过草莓对我来说,是非常特别的存在。我和草莓之间有很多的回忆——有一些是关于我和青梅竹马的。不过,他很早就搬走了,说不定现在撞上也认不出彼此了。"

"没有这种事,对方一定会牢牢记住你的。"不知道为何,悠太郎说得非常肯定。

他似笑非笑地盯着芽衣子:"怎么可能会忘记呢,这种高声大叫抢回草莓酱,还把人撞飞的女孩子。你们不是一同偷过供奉的物品,一同被家长打过屁股的战友吗?"

"……你为什么知道这些事?"

芽衣子听得呆若木鸡,随后,她的脸像草莓一样红了起来,对着屋内的人发出了怒吼:

/ 多谢款待 1/

"父亲!你又对外人乱嚼舌根!"
(——一阵鸡飞狗跳之后,芽衣子迎来了她十七岁的春天。)

"哎,来的居然是通天阁!呜哇,真是令人幻灭的悲痛啊。"
第二天,听到朋友汇报的樱子发出了长长的悲鸣。
"不仅如此,那个混账,还把我的事情忘得一干二净!"
更令芽衣子生气的是,除了她之外,家里其他人都对悠太郎很有好感。
"明明是个讨厌的家伙,大家都被他骗得团团转。"
本来以为那种人的长处只有读书而已,结果,他一大清早就在院里挥舞竹刀,把阿郁和阿熊迷得神魂颠倒的。只是帮忙送一下外卖而已,照生就对他十分的亲近。至于父亲那边,仅仅是把米饭一颗不剩地全部吃掉,就得到了他的高度赞赏。

这一天之内,仿佛被人诅咒了一般,让芽衣子欲哭无泪的倒霉事接连不断地发生。藏在袖子的零食被班主任宫本老师现场抓包,罚她一个人去庭院里除杂草。下午,理科考试的卷子发下来之后,无论怎么看卷面上都只有一个圆圈,这次考试竟然只得了一分。放学后,她被老师叫去办公室,被告知下周的补考成绩如果没上五十分就只能留级。

站在归家的小桥上,芽衣子捏着考卷不住地唉声叹气。就算不懂什么比热,不也能过得好好的吗?不过,无论怎么消沉家总是要回的。
芽衣子刚迈出步子,却一头撞上了对面走来的行人,书包和考卷统统掉在了地上。今天真是太倒霉了!芽衣子匆匆忙忙地捡了书包,当她把手伸向考卷时，另一只手抢在了她的前面。

芽衣子抬起头，正想向对方道谢，等看清对方相貌之后，她不由皱起了眉头。怎么又是这个"通天阁"！

"还给我！"芽衣子从对方手里抢过考卷，赶紧将它塞进了书包。

"居然能考一分，你真是很厉害呢。"悠太郎发自内心地感慨道，"我小时候也这么干过。比起考一百分，只考一分真的太难了。其他问题都要答错，只能答对一道。结果还被老师评错分，给了我三分。"

看着对方一副不甘心的模样，芽衣子露出了微妙又复杂的表情。悠太郎察觉到对方的异样，不由大吃一惊。

"……难道，你不是故意的？"

芽衣子觉得又生气又好笑，她转过身，背着对悠太郎，望着河面发出了一声叹息。

对方的反应让悠太郎有些介意，他走到芽衣子的身边，停住了脚步。

"可以的话，让我教你念书吧？"

"啊！……真的吗？"

"当然啦，只要五十分吧，也花不了多少工夫。"

"……不愧是帝大高才生啊。"芽衣子无法想象自己居然能考上五十分。

回家之前，两人在外面吃了一顿饭。

"补考的事情。千万不要告诉我父母。只要他们不知道，这件事就可以当作没有发生了。"

芽衣子避开悠太郎的眼神，生硬地叮嘱道，无论如何，考出一分这种事实在是太丢脸了。

"这点道理我还是知道的。"

两人沉默不语地吃着饭菜，忽然，悠太郎放下筷子，十分认真地对着芽衣子说："芽衣子小姐，请加油。"

"……好、好的。"芽衣子有些不知所措。这个男人真是个怪人。

补习就在芽衣子的房间里进行。说起来，和非亲非故的男人独处一个房间，这还是第一次呢。

无视芽衣子的紧张，悠太郎拿起教科书，向芽衣子靠了过去。

"喂，跟你确认一下考试范围，是到这里吧？"

两人变得十分亲近。芽衣子一边嘀咕，一边不动声色地挪开了一点。

"男、男女七岁之后就不能同席了。"

"男女？"悠太郎摆出思考的动作，反复念着，"男女……男女。"

"够了，我知道你根本没把我当女人看待！"

"不是这个问题，我是在想，要不要接受你把我当作男性来看待这件事。"

如果继续顾虑的话，不就承认了他的话吗？芽衣子赶紧回到了座位上，用行动表明了她的选择。

"拜托你了！"芽衣子向对方低下了头，这个男人虽然经常作弄她，但是当起老师来却头头是道。

教完教科书上的音读部分之后，悠太郎又让芽衣子做相关习题。

"对了一半。不过，你是凭感觉做的吧？"

悠太郎简单地过了一遍答卷，立刻发现了其中的问题。

"这可不行啊。不说清楚哪里不明白，我是没法教你的。说说看，哪里不明白？"

悠太郎叹了一口气，指着教科书上的习题一一询问。

无可奈何的芽衣子只得坦白："……我不知道哪里不明白。"

"抱歉，你这是什么意思？什么叫不知道哪里不明白？"

见对方似乎真的不明白自己的意思。芽衣子深受打击，沮丧地趴在桌上。

悠太郎强势地翻开了课本："那么，我们就从头再讲一遍吧。"

忍无可忍的芽衣子猛然关上课本："不学——了！不学了！真是的，我不想学了！"说完，她便自暴自弃地收拾书本。

"留级不留级又有什么关系。反正我都是要嫁人的。"

悠太郎直直地盯了芽衣子一会，最后只说了一句话。

"……是吗？"

气愤不已的芽衣子粗暴地揉着米糠，想借此发泄自己的怒火。

（好痛！好痛！下手稍微轻一点啦。）

芽衣子叹了一口气，停下了粗暴的动作。但是胸中的怒火却怎么也消不下去。

（……啊啊，是啊。优等生，怎么能体会到差生的痛苦呢。）

对着米糠撒了一顿气之后，芽衣子终于冷静了一些。脑海中不由浮现出朗读着课本的悠太郎的身姿。

（但是，那个人非常认真地在教你啊，态度也很好。）

"……真是烦人。"

（咦，烦人？）

"啊啊，真是的，我想结婚……"

在当时的环境中，不少女孩子被家中父母订下婚事之后，就会选择从女校退学。这种事情并不少见，还会令其他同学羡慕不已。如果自己订下婚事，就不用顾虑什么补考，可以堂堂正正地从女校离开了。芽衣子异想天开地想着，期望自己也通过这个手段脱离目前的困境。令人意外的是，居然真有男生给这个天真笨拙的孩子送来了情书。

"我和想你谈一谈，今天下午四点，神社的内院，我等着你的大驾光临。"

在一个爽朗的大晴天，芽衣子在自己的衣袖里发现了写着以上内容的书信。

送信的人，似乎是早上与她擦肩而过的男学生。

"这、这就是情书啊！没错！不是恶作剧！樱子你看，这是放在我袖子里的……"

"没错没错，就是情书！恭喜你！芽衣子！"

## 第 2 章 / 与蛋黄的相遇

欢欣雀跃的两人紧紧拥抱在一起。站在一旁的民子谨慎地问道:"这种信,会不会有点危险啊?"

人生第一次收到情书的芽衣子,自然是不会把这句话当回事的。

这时,在大学里的悠太郎,满脑子想的都是如何提高芽衣子的学习成绩。近藤帮他想了一个法子——"如果让她对学习产生兴趣,说不定就没这么痛苦了。"

悠太郎一路思索着回到卯野家。刚走到餐馆前,便看见一人跌倒在地。

"您没事吧?"他赶紧上前搀扶对方,原来是一位衣着邋遢的落魄男子。

"没事没事。刚滑了一跤。啊!是你!你就是来这家寄宿的学生?啊,我叫室井。室井幸斋。我正打算写一篇以料理为主题的小说,经常来这家店里取材。"

这身打扮再配上蓬乱的头发,跟一般人眼里的文人形象实在相去甚远。

"我回来了。"

还未开始营业的厨房中,大五和山本、照生三人正在面有难色地商议着什么。自称万事通的室井告诉悠太郎,一般出现这种情形,就表明店里新菜品的开发遇到了困难。

悠太郎本想问阿郁自己能不能帮上忙,突然之间,他想起了一件事。

"请问……芽衣子小姐的兴趣是什么？"

"哎？为什么问这个？"阿郁不由生出了小小的期待，然而得到的回复却是"为了帮助芽衣子小姐的学习"。

"小姐的兴趣啊，就只有吃东西了吧。"阿熊这样说道。

"说到那孩子的优点，那就是她的舌头了。她的舌头真的很厉害。我们店的特色菜蛋包饭、特色炖菜，还有奶油米饭咖喱等等，都是因为那孩子说想吃这样的菜，才开发出来的。如果是男孩子的话，肯定就让她进餐馆当厨师了，但是毕竟是个女孩子，所以就……"

芽衣子的品位得到了大五的信赖，每次开明轩开发新菜品，他都会咨询女儿的意见。

听完这番话，悠太郎陷入了思考。就在此时，厨房那边传出了一些做菜的声响。

"请问您在做什么？"

"哎呀，小悠回来了啊。这是苏格兰煎蛋。"

大五正在开发一种用碎肉包裹鸡蛋煎炸而成的食物。最理想的状态是出锅后的鸡蛋处于半生不熟的状态。但是煎蛋的火候很难掌握，做出来的成品大五一直不满意。

悠太郎做出惯例的思考姿态，目不转睛地盯着圆圆的煎蛋，喃喃自语道："火候、火候……"

不久之后，芽衣子也放学归来了。她刚推开大门，就听到前方传来大家热情的呼唤声。原来父亲等人正在厨房中殷切地等候着她的到来。不

/ 第 2 章 / 与蛋黄的相遇

知为何,今天的迎接队伍里多了一个人,就是寄宿的悠太郎。他不但穿起了厨师服,还戴着厨师帽。芽衣子还计较着昨晚的事,急忙将目光从他的身上移开。

"芽衣子,正好,你快过来看看。这个很有意思哟!"身着同款厨师服的室井朝她招了招手。这个男人一直在店里吃霸王餐,每次都念着要写料理相关的小说,可是从未见他提笔写过。不过他从不畏惧大五的责骂,常常跑到店里来蹭饭,还跟大家打成一片,真是一个不可思议的人。

"……算了。你们好像很忙的样子。"

"说什么呢。这可是一个大好的学习机会。"大五有些不满。

"是啊、是啊。反正你这么高,也嫁不出去啦,不如学点做菜的手艺。"照生随口说了句玩笑话,但是芽衣子听到之后,眼中竟然落下泪来。

"喂、喂!你怎么了,芽衣子?"

芽衣子的反应让大五和照生顿时紧张起来,连一贯冷静的悠太郎也露出了惊讶的神色。

"……又不是我自己想长成这样的!又不是我自己想长这么高的!"

在男人们不明所以的注视中,芽衣子狠狠地擦了擦眼泪,从门口扭头跑开了。

回到房间之后,芽衣子沉闷地扑在书桌上,直到天色完全暗下来都维持着原样。令她如此消沉的原因,就是今天早上收到的那封来信。总而言之,寄信的男学生仰慕的人并不是芽衣子,而是她的好友——民子。男学生只想向芽衣子打听民子的情报,才把她叫了出去。男人啊,果然不喜欢比自己高的女人。

最后，芽衣子败给了肚中的馋虫，饥肠辘辘地走下了楼梯。路过客厅的时候，她看到悠太郎坐在桌边，正在静静地看书。

"我已经拜托他们，闭店之后再给你做吃的。"知道来者是芽衣子，悠太郎头也没抬，"还有我那份也一起。"

"……西门先生，你有没有因为身高，遇上什么不开心的事？"说完，芽衣子叹了一口气，"……果然男生的话，就不会遇到吧。"

"光是走在街上，就会被人当作稀罕的玩意指指点点，还会背地里叫我什么'通天阁'。"

"……？！"芽衣子暗暗一惊，难道和樱子的玩笑话被他听到了？

"不过我毕竟不是女性，被人嘲讽的情况也不算多。这世间大多数男人都喜欢被女人仰望吧。所以你遇到不开心的事情的概率，应该比我高多了。"

芽衣子是个心性单纯的女孩，眼下对方居然好言好语地安慰自己，她不由得有些飘飘然。

"不过，像你这样把身高当作借口而自我放弃的人，也实在不多见。"

"借口？放弃？"这、这是什么意思？！

"你觉得自己不受男生欢迎，是身高的缘故吧。"

被戳中要害，芽衣子顿时愣住了："……就、是因为我太高了，那些男生才会对我敬而远之啊。"

"这一点我无法否认。不过，我想说的是，如果你觉得只有这一个原因，那就大错特错了。"悠太郎终于放下书本，向芽衣子望了过去，"总而言之，那是因为你，太没有魅力了。"

"……为什么我要被你说成这样？！"芽衣子气得差点说不出话来，"你根本就不了解我！"

"虽然说不上完全了解，不过跟你相处了这么久，我没有在你身上发现一个优点。"

"……！"居然、居然斩钉截铁说出这种话。说完之后还若无其事地继续看书。

"这个世上，的确有很多学习成绩不好的人，但是你明明有机会去学校读书，却认为读书无用，反正女人都是要嫁人的。而且，虽然你嘴上说着要嫁人，但是家务和料理却一窍不通。你希望别人把你当作一名女性对待，你自己却不把自己当作女性来打磨。"

悠太郎的严厉指责令芽衣子羞愧难当，一句反驳的话都说不出来。

"每天只想坐享其成。你不去喜欢别人，却天天幻想有人能喜欢上这样的自己。在我眼里，你就是一个毫无魅力，毫无可取之处的人。就算给我一百文钱，让我给你写情书，我也不会动笔的。不过，也许是因为我文笔不好吧。"

"我会学习的！学到能当老师的程度为止！这样你就满意了吧！"

无视张牙舞爪的芽衣子，悠太郎漠然地把手中的书翻过一页。

芽衣子怒气腾腾地把课本和笔记本搬出来，统统扔到了悠太郎的面前。

"请教我学习！"

"一会再说吧，现在肚子还饿着呢，没有力气教你。"

无可奈何的芽衣子只得背起了课文，好不容易熬到十点，她也饿得前胸贴后背了。

就在这时，悠太郎突然站起身，几步走出了房间。芽衣子以为他放弃自己了，没想到没过多久，悠太郎又回来了，手里还端着满满一盘食物。

"你先吃吧，你吃饱了我再吃。"

虽然搞不懂悠太郎的想法，饥肠辘辘的芽衣子还是拿起刀叉对准了盘中的苏格兰煎蛋："我开动了。"

一刀切下去之后，柔软的蛋黄就从切口处缓缓地流淌下来。"……这、这是！"芽衣子迫不及待地把煎蛋塞了嘴里。这个煎蛋，和之前试吃过的口感完全不一样。之前的煎蛋在嘴里咬开之后，并不会流出柔软的蛋黄。不过最大的差别，还是味道，不知道比之前的好吃了多少倍。

"嗯——！这才是我理想中的苏格兰煎蛋！蛋黄和汁水、碎肉完全融成一体的感觉。"

看着沉浸在美食中的芽衣子，悠太郎忽然提问："你知道这个苏格兰煎蛋为什么可以保持半熟的状态吗？"

似乎没有期待对方能够回答，他继续说道："只要减少煎炸的时间，蛋黄就可以保持半熟，但是这么一来肉饼的香味又不够了。所以，我们就转变思路，从物质的热传递，就是从比热上入手！"

听到这个意外的词语，芽衣子不由得呆了一下："就，就是考试出的那个比热吗？"

"没错。大将说按他的经验，肉比鸡蛋熟得更快。这就意味着，肉的比热比鸡蛋更低。这么看来,就算是同样的厚度,肉也比鸡蛋熟得更快。"

悠太郎一边在笔记本上画着解说图,一边用简单易懂的词语向芽衣子解说:

"即是说,如果在两侧加固肉饼的厚度,就能既保证肉的分量,又能保证鸡蛋的半熟状态了。以上,这就是我对这个问题的解决思路。"

大五按照悠太郎的做法再做了一次,果然获得了巨大的成功。

看着柔软的蛋黄从煎蛋卷中缓缓流出,芽衣子全身的细胞都兴奋起来了。

"料理就是科学。热传导和比热,这些并不是跟你人生毫无关系的东西。如果你明白了这一点,说不定就会对科学多产生一些兴趣——"

悠太郎的话音未落,芽衣子迫不及待地追问起来。

"还有呢?!……还有更多的吗?就像这样神奇的东西。"

芽衣子积极的态度让悠太郎既惊讶又欣慰。

从那一天开始,悠太郎就开始教授芽衣子各种各样的科学知识。有时,还会用料理制作来代替化学实验,让芽衣子体验到科学的奥妙。

眼见女儿一天天的转变,阿郁的心里十分欣慰。她在阿虎的灵位前,开心地汇报芽衣子的情况。

"就像变了一个人似的,母亲。不过,她本来就是那样的孩子啊。只要选中了目标,就会像个笨蛋一样勇往直前,直到实现自己的目标。"

回想起儿时为了采摘草莓四处奔波的女儿,阿郁微微笑了起来。

/ 多谢款待 1/

原本在研究室画着设计图的悠太郎,因为心里一直惦记着一件事,只得提前请假回到了卯野家。

今天是芽衣子补考的日子。悠太郎坐立不安,在屋子里来回踱步,忽然,玄关处传来了开门的声音,一阵精神抖擞的脚步声传了过来。悠太郎难得慌张起来,他匆匆拿起一本书,坐在了书桌前。

下一个瞬间,拉门被人气势汹汹地推开了,"西门先生!"芽衣子响亮的声音从背后传来。

"一般来说,开门之前应该先打招呼吧?"

(一般来说,拿反的书也是看不懂的。)

悠太郎刚转身,一份答卷就赫然挡在了他的眼前。

五十六分!悠太郎暗暗地松了一口气。

"轻而易举!"看见悠太郎的反应,芽衣子开心地嚷道。

"这叫勉强过线吧!"

"喂喂,一般来说,不是应该先对我说恭喜吗?"

"……一般来说,你应该先对我说谢谢吧。"

不想芽衣子太过得意忘形,悠太郎拿过试卷,认真地检查起来。

"喂喂,你能不能还给我?"

芽衣子话音未落,悠太郎突然"啊"的大喊一声。

"怎、怎么了?"

"你的字。"悠太郎露出一副了然的神情,他指了指答卷上的文字,"你写的答案,有些字大些,有些字小些,我觉得有些奇怪。看了一遍之后,我发现凡是字大的地方,都是对的,凡是字小的地方,都是错的。大概你在答题的时候，遇到心里有底的问题，字就会写得大些，拿不准的地方，就写得比较小心，字体也显得小了些。"

"……真的呢！"芽衣子有些感动，睁大双眼盯着自己的答卷。

"这样一来，你也知道自己哪里明白哪里不明白了吧？"

当芽衣子的视线从答卷移到悠太郎的脸上时，她一下屏住了呼吸。悠太郎，他竟然在微笑！

"真是太好了。"悠太郎的笑容，是那样的温柔，那样的温暖。

"啊！不……啊啊，那个。"芽衣子的心脏突然剧烈地跳动起来，脸上也不知不觉染上了红晕。

"多……多谢款待！"

芽衣子狼狈地夺门而出，只留下悠太郎在原地莫名其妙。

"……空气、空气，要放点空气进去。"芽衣子慌慌张张打开米糠坛的盖子，用力地揉来揉去。

（啊啊，真不错，畅通了不少。不过，应该是你呼吸不畅了吧？）

——只不过跑了一小段路，怎么现在都喘不过气来。

（……错了哟。喘不过气不是因为跑步哟。）

为什么心脏一直咚咚跳个不停呢？难道是因为……

（这跟你肚子饿了也完全没有关系哟。）

为了平复心绪，芽衣子继续用力地揉了起来。

（芽衣子，这个声音，是你的人生开始向前迈进的声音哟。）

## 第3章
## 来吃纳豆吧!

悠太郎像往日一般,静静地坐在饭桌前吃饭。一旁的芽衣子微微偏头打量着他,一不小心撞上对方的视线后,又慌慌张张地低下头,继续扒着碗里的饭。看见芽衣子狼吞虎咽的样子,悠太郎不由得感慨道:"你真是很能吃呢。"

芽衣子觉得自己被人鄙视了,生气地反驳道:"能吃不好吗?"

"我是在夸你啊。觉得你的日子过得很开心的样子。"

芽衣子想了想,总觉得对方是在讽刺自己。这个悠太郎,不管端上来什么菜都会面无表情地吃下去,也不会发表任何感想。

芽衣子赌气说道:"啊啊,难吃的东西,你也会强忍着吃下去吧,真可怜!"

"将情绪轻易挂在脸上,是很容易出问题的。"悠太郎简明扼要地回答。

"如果遇到讨厌的食物怎么办?"照生好奇地问道。

阿郁慢悠悠地插了一句:"你真是不会察言观色。西门先生他啊,早上的纳豆可一次都没碰过。"

"……被您发现了。"

当听到关西人都不太爱吃纳豆这一说法后,芽衣子受到了巨大的冲击,表示非常难以置信。

"这么好吃的东西居然不吃?你尝一下吧!一口就行!挑食可不好哦!这么好吃的东西都不吃,可是人生一大损失啊!"

芽衣子一边说着,一边把盛着纳豆的小碗凑到悠太郎的鼻尖。

"习惯之后,这个味道和黏性可是让人欲罢不能哟,就当被骗了,来尝一口吧!"

来到东京四年,已经能很好地融入当地生活的悠太郎,唯一无法接受的事物就是纳豆。"非常抱歉。"他一脸无法忍受地把小碗推了回去。芽衣子却不依不饶地塞了回去:"绝对好吃!你就尝一口吧!"

"真的很抱歉,请放过我吧。"

"啊!那你把鼻子捏住吧,这都不行吗?"

"你这孩子真烦人!每个人都有自己的口味,不要强迫别人!"

大五实在看不下去,开口叱责了芽衣子。见芽衣子停下了动作,悠太郎悄悄松了一口气。

但凡牵涉食物的事情,芽衣子的执念简直比怎么也扯不断的纳豆丝还要顽强。

这天晚上,芽衣子满脸笑容地迎上放学归来的悠太郎:"你回来了。"

"……我回来了……"对方殷勤的态度让悠太郎大感不妙,这时,一股纳豆特有的气味传进了鼻中。

芽衣子不怀好意地扬起了嘴角。

今天课堂上,她准备了一张纸条,上面写着"如何让讨厌纳豆的人喜欢上纳豆，请赐教 芽留"的内容。当她扔给朋友的时候，很不巧地被班主任宫本老师发现了。本以为会招来一顿怒斥，没想到宫本老师不但没有生气，还帮她出了一个主意——让对方亲手做一下纳豆料理，说不定就能产生兴趣了。而现在，她正在实施着这个计划。

"就帮忙一下啦。"她跑到悠太郎的背后，推着对方的背往厨房走去。

"男、男人不下庖厨……"

"我家的男人都在厨房做事，没有关系啦。"

心中警铃大作的悠太郎，伸手将芽衣子推开，狼狈不堪地逃离了现场。

这天夜里，在火星飞散的厨房中，传来了咔嚓咔嚓的声响。

让悠太郎亲手制作纳豆料理的计划无疾而终，芽衣子十分不甘心。到了半夜，她怎么也睡不着，就起身来到厨房，自己做起了纳豆料理。她将纳豆搅拌好之后，盛在小碗里，又将切好的梅干放了进去。"好啦。"终于大功告成，芽衣子挑出一小块尝了尝，果然是纳豆特有的味道。

芽衣子撒一些山椒进去。"……嗯？！"她脸色一变，纳豆的味道似乎淡了一些。像是想到了什么，芽衣子喃喃道："……那就来试试吧？"

"这个，味道应该合得来。啊，这个也不错……哎呀呀，东西在那里呢。"芽衣子一边撒着作料，一边兴奋地自言自语。随后，为了获得更多作料，她偷偷地潜入了餐馆的厨房。

（哎呀。是不是觉得越来越有意思了，芽衣子。）

第二天早上，随着一声"让你们久等了"，芽衣子将好几盘菜端上

/ 第 3 章 / 来吃纳豆吧！

了桌子。她煞有介事地掀开布巾，只见里面放着各种作料和汤底制作的纳豆料理。

"这是黄瓜紫苏拌的纳豆，这是味噌山椒拌纳豆，那边是用蛤仔汤熬的，其他还有很多，大家都来尝尝吧。"

众人虽然有些摸不着头脑，还是下筷品尝了起来。只有悠太郎依旧如故，一次都没有碰过那些纳豆料理。

"西门先生也稍微尝一点吧？"

悠太郎正要回绝，耳边突然传来其他人的赞扬之声，"啊！真好吃！！""都吃不出纳豆的味道了呢。"不知如何是好的悠太郎，发现自己正被芽衣子用挑衅的眼光紧紧盯着。"……那我就……"他小心翼翼地用筷子夹起纳豆，紧紧闭上双眼，将它缓缓送入口中。

——吃下去！芽衣子情不自禁地探出了身体，兴奋不已地盯着对方。下一刻，悠太郎突然停下进食的动作，把纳豆又放回了小碗。

"……实在很抱歉。我果然还是做不到。我不想浪费粮食。"

"你之前不是教训我，不能当个坐享其成的人吗？为什么你自己却可以这样？"悠太郎竟然一口都吃不下去，芽衣子感到非常的挫败，"你不是还强迫我去做不喜欢的事吗？"

"强迫？我认为那是得到双方同意之后进行的活动。"

两人的争执渐渐升级，完全脱离了原题。

"别人说了不喜欢，就不要勉强别人！"发现芽衣子竟然使用了贵重的鱼子酱，忍无可忍的大五终于对芽衣子怒吼起来。委屈的芽衣子悄悄打量其他的人，发现其他人好像也是站在大五那一边的。

57

"难得你费尽心思做出来,真的,十分抱歉。"

看见悠太郎松了口气的模样,芽衣子气不打一处来,她愤愤地拌起碗中的纳豆。

人生在世,不可能事事如意的。不过,因为悠太郎引发的这件事,后来竟然朝着完全不同的方向发展了。

"我是觉得,能增加一种喜欢吃的东西,不是件好事吗?"

芽衣子一边吃着便当,一边向朋友们讲述早上的事。听完之后,民子小心翼翼地问道:"……我说,芽衣子啊,你是不是喜欢西门先生?"

"喜、喜欢?" 芽衣子一时无法理解这个说法,她愣了一会儿才反应过来,"……那、那种家伙,脾气固执又坏心眼,还不吃纳豆!我才不会喜欢呢!"

"民子,你喜欢他吗?通天阁。"

敏感的樱子一刀见血指出问题所在,民子红着脸点了点头。

"……咦?……咦?咦咦!为什么?!"

"因为,他是个优秀的人啊!又聪明又有气势,还很温柔!但是,像他这么优秀的人,一定已经有了心心相印之人吧。说不定,连未婚妻都有了呢。"

一贯内敛的民子,此时正眼巴巴地盯着自己,芽衣子只好无奈地表态。

"……那,那我就不动声色地去打听一下?"

但是,对于对恋爱一窍不通的芽衣子来说,要不动声色地打探悠太郎的情报可是一个大难题。两人一同就餐的时候，她磨磨蹭蹭了好一阵，终于硬着头皮开了口。

"……我说，你有没有……喜欢的……"

"喜欢的什么？"

因为心虚，芽衣子被悠太郎的反应吓了一跳，下意识地掩饰道："你有没有喜欢的海星？"

真是个奇怪的提问，不过悠太郎还是认真思考起来。

"这方面我不是很清楚，不好回答你，不过一般橙色的海星比较常见吧。难道说，你想尝尝海星的味道吗？"

对方一副兴趣盎然的模样，芽衣子只能硬着头皮忽悠下去。两人一边吃着饭一边继续着这个话题，完全偏离了芽衣子最初的目的。

"难道，你真的想吃海星吗？不知为何，看到你这样的人，就觉得自己的烦恼真是太愚蠢了。"

"你在嘲笑我吗？"

"我不是这个意思。我是觉得只要看到你，就会得觉得充满干劲……"

说着，悠太郎露出了淡淡的微笑，不知为何，芽衣子突然觉得无法直视这个笑容。

就在此时，阿郁走了进来，强硬地要求女儿为悠太郎下周日的剑道比赛准备便当。

"这个便当，就让民子来做好了！到那时，芽衣子就说自己忘记做了，那通天阁一定会很烦恼。这时，民子偶尔路过，就可以顺水推舟把自己的便当让给通天阁了。"

樱子兴致勃勃地提出了计策，又拼命劝说犹豫不决的民子："没关系没关系，需要讲话的地方就由我来应付吧！"芽衣子跟不上两人的节奏，一直插不上嘴。因为上次打听悠太郎喜欢的人失败了，她就跟民子约定，这次一定要问出对方喜欢的食物。

"喂，你最喜欢吃什么？"

悠太郎刚回到家，就被在房里守株待兔的芽衣子没头没尾地问了这么一句。当回答没有之后，芽衣子仍然穷追不舍地追问："喜欢的食物哦，真的一种都没有吗？"

"喜欢的食物……食物……除了纳豆，其他的我都不挑。"悠太郎摆出一贯的姿势，略加思考给出了回答。

"哎，那你不是挺幸福的。除了纳豆什么都不挑，你喜欢的食物真多啊。"

芽衣子的感慨，让悠太郎开始了新的思考，他直直盯着饭桌，说道：

"……我觉得，你说的'不挑'跟我说的'不挑'，估计不是一个意思。你说的'不挑'，基本上等同于'喜欢'，而我说的'不挑'，是'不讨厌'的意思。"

"你让我再想想"留下这句话后，悠太郎就离开了。芽衣子看着他远去的背影，表情竟然有些落寞。

时间匆匆而过，终于到了悠太郎参加剑道比赛的这一天。芽衣子故

## 第 3 章 / 来吃纳豆吧！

意来晚了一些，民子和樱子已经在观众席上坐着了，赛场上的比赛也拉开了序幕。

另一边，悠太郎正在后台静静地等候出场。身穿剑道服的他，简直就像变了一个人似的，仪表堂堂威风凛凛。被叫到名字之后，他活动了一下筋骨，然后昂首走进了赛场。这副凛然的身姿深深地吸引了芽衣子的目光，就连樱子也不禁直呼："啊呀呀，好帅气啊，通天阁。"一旁的民子已经感动得热泪盈眶。

随着裁判的一声令下，场中的两人开始了比赛，悠太郎紧紧地盯着对面的动作，当对手挥刀砍下之时，他抓住了瞬间暴露出来的破绽，迅速出手攻击，转眼之间就反夺下了一刀。

"赢了……赢了！"樱子和民子兴高采烈地鼓起掌来。

"……很像他的作风呢。"芽衣子小声地嘀咕着。每次当跟悠太郎争执时，对方都会冷静地等候时机，一旦抓到弱点就给予最强的反击。

望着台上的悠太郎，芽衣子不由露出了笑容。而这一切，都被民子看在了眼里。

到了午休时间，随着大学同学的加入和与樱子等人的"偶遇"，悠太郎的午餐最终变成了多人聚餐。樱子的作战非常顺利，由于芽衣子的失误，悠太郎的午餐没有了着落，"前来观看表哥比赛"的民子手里"恰好"有一份多出来的便当，便顺理成章地交给了悠太郎。

端起民子的便当，悠太郎津津有味地吃了起来。

"请问，您觉得味道如何？"

"这是你自己做的吗？你很会做菜呢。"

两人交谈的模样，简直就像初次约会的恋人一样。

"那两人真配啊。"樱子的感慨，突然了刺痛了芽衣子的心。

"……我，我要走了，今天店里很忙。"

正欲离去的芽衣子，忍不住朝悠太郎瞥了一眼，但是对方完全没有注意到她，仍然沉浸在与民子的交谈之中。

回家的路上，芽衣子突然停下脚步，抬头望了望天空。

"……天气真好。"万里无云的蓝色天空，似乎把眼睛都灼痛了。

（明明计策大功告成。芽衣子的心底却浮起了一丝阴云。这样的心情，当时的她还不能用语言表达出来。）

这天晚上，悠太郎难得因为喝醉酒而晚归了。醉了的他变得比平日开朗了许多，挂在脸上的冷漠面具卸下来之后，言语也变得俏皮起来，对芽衣子的态度也真挚了几分。

"我们获得了第二名！第二名才是最好的！这样，我们才会在下次比赛中努力争取第一名。"

心情大好的悠太郎侃侃而谈，说着说着又开始对民子赞不绝口，让作为听众的芽衣子心情有些复杂。

不管芽衣子的少女心如何纠结，第二天的朝阳依然升了起来。站在教室门口的芽衣子拍拍双颊，努力挤出了一个笑容，推开了大门朝两位朋友走了过去。

"他夸民子做的菜很好吃,还说民子是个可爱的姑娘。"

还有一句多余的评价:"这么优秀的女孩真的是你的朋友吗?"芽衣子自然是不会对朋友汇报的。但是不知为何,民子和樱子看起来都不太开心的样子。

"通天阁,好像已经有喜欢的人了。"

听到樱子的解释,芽衣子顿时哑口无言。原来在芽衣子走后,两人已经向悠太郎打探过了。"……我没有喜欢的人,但是……"悠太郎的回答很有他的风格。

"请问,'但是'是什么意思?"樱子不依不饶地追问,悠太郎却暧昧地回答:"有这么一个人……不过我对那个人,还没到可以用喜欢来形容的程度吧。"

话虽然说得有些不明不白,但是悠太郎这是承认自己心有所属了。

民子在巨大的冲击之下,仍然鼓起勇气向悠太郎询问对方是怎样的女性。

"据西门先生说,是一位很能吃的女性,她做事认真性格开朗,只要看到她心情就会变好。"

"很意外呢,真不像他会说出来的话,会这样明确表明对一个人的好恶。"樱子这样说道。

"对对,他以前说过他不挑食,没有喜欢的食物也没有讨厌的食物。他还特意解释过,他所谓的'不挑食',只是不讨厌那些食物的意思,他好像就是这种人。"

"不过像他这样的人,用'喜欢'这个词来形容的话,那不就是说明,他非常在意这个人了吗……"

——是这样吗？芽衣子的胸口，突然传来阵阵刺痛。

——怎么会这样呢？

心神不宁的芽衣子，用力将蔬菜从米糠坛子里掏了出来。看着手中的蔬菜，她脑中突然灵光一闪。

悠太郎心中之人，是一位很能吃，做事认真性格开朗，只要看到她心情就会变好的女性。

芽衣子狠狠地掰断了一根黄瓜，脑中则闪出一幕幕过去的场景。

当她端出纳豆料理的时候，悠太郎说了句什么来着，好像是"难得你费尽心思做出来，真的，十分抱歉"——似乎抓到了什么重点，芽衣子咔嚓咔嚓地啃起了黄瓜。

当两人一起进餐的时候，他好像也说过"只要看到你，就会心情愉快"。

——芽衣子的脑子变得一片混乱，砰的一声倒在地板上。

"……我和民子……是情敌？"

（你应该先确定一下西门先生的意思吧？）

就算钻进被窝，芽衣子还是兴奋得两眼发亮，久久无法入睡。

（——说到底，这孩子从未有过被人当作女性对待的体验，所以一旦陷入"好友喜欢的人可能喜欢自己"这种复杂的局面，就会涌出很多奇怪的想法……）

"但是，我并没有喜欢他啊。所以，只要被他讨厌就可以了。"

（有时候，甚至会得出非常扭曲的答案）

## 第 3 章 / 来吃纳豆吧!

从那天后,芽衣子就一反常态地处处都给悠太郎摆脸色,阿郁看不下去的时候也训斥过她。芽衣子的转变让悠太郎不知所措,但是对方的行动毫无道理可言,他只能每日头疼不已。

也许是作怪的报应吧,放学路上,倾盆大雨突然而至,没带遮雨工具的芽衣子只得沿路奔跑。当眼前出现了悠太郎撑伞的身影时,芽衣子不由自主地呼唤了对方的名字。等她反应过来之后,急忙捂住了嘴,但是为时已晚。听见呼唤的悠太郎转过身来,看到芽衣子像根木棒似的站在大雨中,不由得露出了惊讶的表情。

"快过来,我们一起回家。"

"……不、不用了!男女……授受不亲!"

芽衣子推开了撑过来的雨伞,急急地冲进雨中,悠太郎只得紧紧地跟了上去。

"你之前不是说你并没有把我当男性对待啊?"

"被、被老师看见会被责骂的。"

"那这把伞你打吧,"悠太郎几步走到芽衣子跟前,把伞递到她手里,"我不想眼睁睁地看你感冒。"

悠太郎理所当然的体贴周到,却被芽衣子误以为是爱情的表现,她一时情急之下脱口而出:

"……我不会喜欢你的。就算你做了这种事,就凭……这点小事,我是绝对不会喜欢你的!"

吼完之后,芽衣子又转身冲进了雨中。虽然最近对方老是刁难自己,

/ 多谢款待 1/

但是芽衣子激烈的反应还是让悠太郎目瞪口呆。

扔下悠太郎之后,心绪混乱的芽衣子茫然无措地向家里走去,当她路过餐厅门口时,发现楼梯上躺着一名四十出头的男子。此人紧捂着自己的脚,正痛苦地呻吟着。

芽衣子慌忙扶起男子,把他搀扶到店里的椅子上休息,然后对阿郁解释:"好像上楼梯的时候扭到脚了。"

男子身上的西装和胸口的手绢都被淋湿了,皮靴上有一道显眼的擦痕。

"非常抱歉!我、我现在就去叫医生!"

大五见状赶紧从厨房走了出来,满脸歉意地对着男子解释:"真的很抱歉,楼梯的踏板好像有些腐烂了。"

"……也就是说,你们明知道有问题还坐视不管是吧。真是恶心!"

愤怒的男子奋力地站了起来,一把甩开前来搀扶的芽衣子,顽固地拖着伤腿,一瘸一拐地走了出去。这时,悠太郎也回到店里,与跟跟跄跄的客人擦肩而过。

"总而言之,那个楼梯必须全面整修了,都坏成这样了。"

阿郁叹了一口气。不管店里的料理多么美味,如果在这种地方让客人感到不快,那可就竹篮打水一场空了。

听完事情经由,悠太郎主动提议:"我来做一个不会腐烂的梯子吧。"

"因为我不是专业工匠,所以不知道最后能做到什么程度。"

说完,悠太郎撑起雨伞,走到门外检查损坏的楼梯。看着对方认真的侧颜，芽衣子觉得心里又乱了起来。

为了能够早日完工，每天从大学回来之后，悠太郎做的第一件事就是修建楼梯。明明没有刻意关注对方，但是芽衣子的目光总是追随着悠太郎的身影。

樱子曾经评价悠太郎对此事过分热情了，现在看来，好像是这么一回事。他听说阿熊的膝盖不太好，就马上展开图纸增加了一个栏杆。今天还特意从大学借来了工具，随便吃了两口晚饭之后，就跑去前门搅拌水泥，说是想趁天晴加快施工进度。

大五叫芽衣子把特制的大餐端过去，来到房间，只见悠太郎精疲力尽地趴在饭桌上。

"西门先生。饭好了，吃饭了。"

"……雨停了的话，请再叫我起来。"

芽衣子守在悠太郎的身边，过了一阵子，自己也不知不觉地睡着了。当她被阿郁叫醒之后，发现房间里已经没有了悠太郎的身影。当得知对方已经收拾好餐具，还要打算施工到半夜，芽衣子既吃惊又惭愧。

为了表示歉意，芽衣子给工作中的悠太郎送去了咖啡。两人一同喝起了咖啡，但是却无话可谈，一时间气氛变得有些尴尬。

"啊！民子她呀，说西门先生是个非常亲切的人呢！"芽衣子绞尽脑汁找到一个话题。

"……我不是亲切的人。"

"……咦？"

"我的母亲在外出的时候,遇到了火灾。火势非常迅猛,短时间之内就变成了熊熊大火。母亲为了救助来不及逃跑的孩子,便留在了房间内。最终因为倒塌的东西挡住了道路,她失去了逃生的机会。那个房子的走道非常狭窄,材质也是易燃的木板。从那时起,我就坚定地认为:如果母亲不是居住在这样的街道,肯定就不会葬身火海了。从那之后,我的梦想就是建造一个可以令人安全居住的街道。所以,我会来修整这个楼梯,并不是因为我为人亲切……"

芽衣子一时无语,原来眼前这个宽阔的肩头,担负着远远超过自己想象的重任。

听过悠太郎的梦想之后,芽衣子思考了很多东西。

日子一天天过去,悠太郎的手艺也越发熟练,楼梯变得像模像样起来。每当芽衣子回想起夜里那个辛勤劳作的身姿,就算吃着最喜欢的煎饼和红豆面包,也会禁不住叹一口气。

这天在教室里,芽衣子也是一边吃点心一边唉声叹气,结果被迎面而来的宫本老师逮了个正着。作为放自己一马的条件,芽衣子只得跟着宫本老师去烹饪室磨菜刀。

"我这个人……没什么梦想,也没什么想做的事,我从来没有思考过这些东西。"

芽衣子一边磨着菜刀,一边向宫本老师倾诉心里的烦恼。她本来认为作为一个女人,只要安安心心等着嫁人就好了,没想到好友们的想法跟她截然不同。民子说如果得到双亲的许可，就去考取教师资格；喜爱读书的樱子，则梦想有一天可以从事写作工作。芽衣子还是第一次听好友们谈这些事情，这让她很受打击。

"菜刀这种工具，本质只是一坨铁块罢了。只有将它反复不断地打磨，才能变成一把锋利的菜刀。梦想的话，不也是同样的东西吗？这样的一坨铁块，打磨之后才能使用，使用完毕之后再去打磨，只有这样反复打磨，才能找到满意的角度，磨出自己期待的菜刀。如果自己不用双手亲自打磨的话，就永远无法明白其中的道理。"

不知为何……感觉先生讲了一个非常重要的人生道理。

随后，宫本将一张小纸条递给芽衣子。

上面留着芽衣子的字迹——"如何让讨厌纳豆的人喜欢上纳豆，请赐教。芽留。"

"这个，说不定就是你的磨石刀呢。"宫本对芽衣子微微一笑。

这天夜里，悠太郎给开明轩带来一位意想不到的客人。

"这是我的前辈竹元勇先生。他最近来帝大为我们授课。"

原来他就是那名在店门口楼梯上扭到脚，最后愤愤离去的男子。竹元是一位知名建筑家，曾经在美国视察过世界一流的工程技术。那天在雨中擦肩而过时，悠太郎就记住了他的容貌，没想到，竟然在大学的课堂上与他重逢了。悠太郎按下心中的惊讶，装出初次见面的样子，向竹元介绍了自己现在寄宿的地方，大力称赞那是一家让自己非常自豪的西洋餐馆。

"啊，今天就不收您的费用了，请随意点餐。"

/多谢款待 1/

面对眼前这位紧皱眉头的男子,阿郁忐忑不安地说道。

料理端上来之后,悠太郎一边进餐一边暗暗观察竹元的神色,竹元一脸阴郁地评价道:"这个店太大众化了。尽是些随处可见的菜品。"

虽然评价不高,竹元还是一点不剩地把料理全部吃完了。阿郁为他倒了一杯水,又小心翼翼地问:"请问,本店的料理还合您的口味吗?"

"真是对牛弹琴啊。没错,就是对着粗野的牛弹奏高雅的曲子。"仍然是那副高高在上的口气。

阿郁不明白这句话的意思,就没有转述给在厨房焦急等待的大五。

最后,结束了这顿不知客人是否满意的招待,悠太郎把板着脸的竹元送到门口。

"这里的水泥露出来了。"和悠太郎并肩走过楼梯时,竹元不经意地扔出一句话。

"这样是不是不太好?"

"水泥也是会劣化的……而且最重要的是,这个风格跟这个店根本不搭配。"

悠太郎微微垂下头:"……那您刚才评价对牛弹琴是什么意思呢?"

"四处可见的大众料理,居然在里面花费了这么多功夫。这家的主厨,竟然能熬出这么柔软的猪肉。仅仅用好吃是无法表达我的心情的,所以就借用了这句话!"

"你很满意这家店吗?"

"只有一点不满意,那就是你这个不成熟的作品,真没办法,让我助你一臂之力吧。"

不知这人是不会说话呢，还是故意为难人，悠太郎苦笑了一下。

回家之后，芽衣子就一直在厨房里埋头苦干，并不知道店里发生了什么事情。

她一心一意地磨着手中的山芋，因为第一次做，没想到剥了皮的山芋会这么滑，手心会变得这么痒。芽衣子忍耐着阵阵刺痒，把磨好的山芋浆倒入盆中与纳豆搅拌。然而她一不小心，失手将盆子打翻在地。望着地上的东西，芽衣子忽然鼻子一酸。

不过她很快就打起精神，弯腰捡起了地上的东西。当她打算重做的时候，阿郁来到了厨房。

"你在做纳豆料理吗？"阿郁盯着芽衣子问道。

"虽然大家都说我多管闲事，但是我还是想再努力一下……如果我多花点心思在料理上，说不定悠太郎就能吃下去了。但是，我连山芋……都磨不好。"

看着脸颊和双手都因为过敏而红肿的芽衣子，阿郁心里十分感动，这孩子太有诚意了。

"水里要放点醋。山芋沾了醋之后，就不会这么滑，手也没有这么痒了。"

阿郁没有回到店里，而是留在厨房，一步步地教芽衣子处理食物。

"对不起，芽衣子。你长这么大却什么都不会做，这都是我的错。因为平时店里太忙了，一直抽不出时间好好地教你。"

"……不，是我自己没有好好学啦。"

不知不觉当中，女儿已经长得比自己还高了。阿郁微微一笑，递上了试菜的筷子："那你来做做看吧。"

对"开明轩"的料理非常满意的竹元送了一些瓷砖给悠太郎做楼梯，大五得知之后，心中非常感激。

"让你帮了这么多忙，以后啊，我就不能再对你摆出长辈的架子啦。"

打烊之后，大五让照生去做下酒菜，兴致勃勃地拉着悠太郎喝酒聊天。

"这是什么？"

悠太郎的目光，停留在与啤酒一起端上来的油炸食物上面。

"很好吃哟，快来尝一尝。"被阿郁殷勤地催促之后，悠太郎把鼻尖靠近油炸食物，一脸怀疑地嗅了嗅。

——千万别闻！躲在厨房的芽衣子紧紧注视着悠太郎，凝神屏气的她咽了一口唾液。

"馅里放了很多东西哦。不知道会吃出什么味道来呢。"

吃了一口就察觉不对劲的大五，正要提醒悠太郎，却被阿郁巧妙地拦了下来。

"这还真有意思呢，那我开动了。"

悠太郎慢慢地咀嚼着食物，认真品味着在口中散开的味道。吃完之后，露出了一个看似不太满意的表情。

随后，他注视着饭桌上的油炸食物，做出了一贯陷入思考的姿势。就在芽衣子以为事情败露之时，悠太郎竟然又夹起一个放入嘴里。

"很好吃！这个！有点酸又有点甜，很奇妙的味道。里面到底放了什么？"

阿郁转向厨房，大声问道："芽衣子！里面放了什么？"

"是！纳！豆！"芽衣子兴冲冲地从厨房里跑出来，擦了擦喜极而泣的眼泪。"是纳豆！"她带着笑容，又高声回答了一遍。

这个答案让悠太郎十分震惊，他瞪圆了双眼，一句话也说不出来。

"果然是纳豆啊。"大五评论道。

"纳豆里加了砂糖和梅干，还有芝麻油和切碎的花生，和山芋浆搅拌均匀之后，裹在面粉里油炸的。"

宫本老师说在她的家乡会在纳豆里加砂糖，芽衣子就借鉴了这个做法。

"……西门先生。味道不错吧？"

芽衣子笑意盈盈地望着悠太郎，在不经意之间，悠太郎被这个笑容俘获了心神。

"……是的。多、多谢款待！"

看见女儿浑身上下散发出开心的气息，阿郁不由得为她感到欣慰。

芽衣子用力揉着米糠，脸上的笑容怎么也停不下来。

（啊，是吗？有这么好笑吗？看到西门先生知道真相后的表情。你这孩子啊，真是淘气，怎么笑成这样。）

好不容易笑够之后，芽衣子回想起悠太郎吃下纳豆的情景，一股喜悦之情涌上心头，眼眶中又盈满了泪水。

（很开心吧？烹制料理这件事。用自己的手辛辛苦苦做出来的料理，被别人说了"多谢款待"，是不是感到特别的开心？）

芽衣子忽然盯住自己的双手。

（这种心情，请好好地感受吧。）

就像领悟到什么似的，芽衣子握紧了自己的双手。

这时的悠太郎，正一手握着竹刀，挺直了腰板在房中打正坐。为了平复心中的骚动，他做起了挥舞竹刀的打击训练。

"……我竟然吃下去了。二十二年间，从来没吃过的东西……"

忽然，一张开怀的笑颜在脑海中闪过。悠太郎愣了一下，马上回过神来，像是为了给自己打气一般，又用力地挥起竹刀。

就在这时，拉门冷不丁地被人推开，只见芽衣子兴高采烈地走了进来："西门先生！"

"……你、你敲门之前都不会打招呼的吗？"

"喜欢吃的食物，你想到了吗？你之前不是说要考虑一下吗？从明天开始，我就自己做便当了，也可以顺便帮忙做西门先生的那一份。"

"啊，这样吗……那么，就做饭团吧。"

"……你看不起人吗？觉得我这种新手只会做饭团，是不是？"

"你这种说法，才是看不起饭团吧？"

"……我明白了！从明天开始，做出世界第一的饭团就是我的目标了，为了实现目标我会努力的！"

既然嘴上说不过他，就用味道来一决胜负吧！

芽衣子扬起双眉,气势汹汹地合上了拉门。

然而,出现在早餐饭桌前的芽衣子,却没有了昨夜那种昂扬的斗志,整个人一副挫败又消沉的模样。

她把便当递给一脸茫然的悠太郎,头也不回地跑了出去。

让她消沉的原因,正是这份让她一大早就爬起来制作的便当。鱼皮被烧得焦黄,蔬菜也散得七零八落——是一个被樱子看到之后大呼小叫的失败之作。

"捏饭团,真的好难啊……"

刚刚煮好的米饭很烫手,芽衣子连稳妥地握在手心都做不到。好不容易捏出来的饭团,实在是一塌糊涂,口感也很糟糕。

"能做出这种饭团,你也很厉害了……"

颓废的芽衣子狠狠啃了一口饭团,心中暗暗想着:明天绝对不能让悠太郎再吃这种东西。

回家之后,芽衣子在厨房闷闷不乐地揉着米糠,抽空前来探望的阿郁,自然就成为了她的救星。

"这边弄完我再过去,先煮饭吧。难得有个机会,我就教你怎么煮饭吧。"

店里还有很多事等着处理,阿郁催促女儿道:"快,赶紧做起来。"

"首先,把米轻轻洗一下,再把水倒掉。不要慢吞吞的,动作要快。把水倒干净之后,就开始搓米。搓的时候手不要太用力,不然米会碎掉。"

/多谢款待 1/

阿郁从洗米开始,一步一步教芽衣子如何煮出又香又软的白米饭。

"……原来煮饭最重要的是听声音啊。"

"是的,听着声音来搓米,听着声音来蒸饭。"

芽衣子合上双眼,像欣赏音乐一样,静静地聆听着蒸饭的铁锅里传来的各种声音。

十五分钟过后,摘下铁锅的盖子,里面露出一颗颗闪亮的米饭。

阿郁本想盛出一点米,等凉了之后再捏饭团,但是芽衣子说热热的饭团才好吃。她强调自己会吸取教训,坚持现在就要开始捏饭团。

阿郁让芽衣子先用凉水泡了泡手,又抹上一些盐,再把米饭抓在手里。

——果然很烫!芽衣子咬了咬牙,坚持捏了下去。

"捏饭团的诀窍就是,不可太过用力。要让米粒之间充满空气,轻轻地握在一起。"

裹上新鲜的海苔之后,热乎乎的饭团终于大功告成了。光看外表,就知道这些饭团跟今早的截然不同,每一个都又白净又松软。

"我开动了!"站在灶台边的芽衣子,迫不及待地咬了下去。

"嗯?!嗯?!这是?!吃进嘴里的米粒都松开了。"

"所以说,所谓的饭团,就是把米粒恰当地聚集在一起的食物。"

"原来是这样啊……原来做一个饭团,也有这么多讲究啊。"

芽衣子还沉浸在捏饭团的感悟中,阿郁抬头望了一下时钟:"那就这样了,记得收拾!"说完,她又匆匆忙忙地离开了厨房。

"母亲!谢谢你这么忙还抽空教我!"对着母亲的背影,芽衣子感激万分地喊道。

悠太郎回来之后,一进门就看到饭桌上摆放着各种各样的饭团。

"你回来了!"厨房那边传来了响亮的声音。芽衣子一边捏着饭团,一边风风火火地跑了过来。她脸上带着红晕,双眼也在闪闪发光。看着这样的芽衣子,悠太郎不由得后退了一步。

"这些都是饭团哦!有放盐的,有放海苔的,还有什么都没放的,米饭也有很多种,我做了很多种类,你全部试吃一遍吧,这样就会知道自己最喜欢吃哪一种了!"

"原来是这样,为这个,你才做了这么多出来啊。"真不愧是对食物无比执着的芽衣子啊。

"西门先生,请来一一品尝吧。这是家里的盐,那是店里的盐,最外侧是社长从海外带回来的盐,还有制作米糠腌菜用的盐。这一列是比较柔软的米饭,那一列是比较硬的米饭。"

"请问,这些全部都是盐饭团吗?没有加梅干,或者是加鲣鱼干的?"

"我想确认饭团最原始的味道,因为那些东西会干扰味道,我就没有放。来吧,一起来寻找西门先生觉得好吃的饭团吧!"说完,芽衣子将一个饭团递了上去。

"……我不是专业美食家,微妙的区别可能分辨不出来。"悠太郎伸手接过饭团,放进嘴里细细地咀嚼。

这个味道,真是太棒了!

"这个,居然是做出早上那个糟糕便当的人做出来的,真是太不可思议了。"悠太郎非常诚实地说出了自己的感受,"啊!我本来还有点担心呢,不知道是你的舌头有问题,还是你故意做那种东西来刁难我。那个便当,实在是太可怕了。"

自己的心血居然被说成这样,芽衣子沉了下脸,故意坏心眼地说:"既然你这么说,那我就继续做那种便当好了。"

"……你不会这样做的。你不是很喜欢吗?"

"咦?"心脏突然漏了一拍。

"你不是很喜欢食物吗?你不会做出这种浪费食物的行为的。"

"……是的!"芽衣子感觉自己得到了极大的肯定,高兴得不得了。

这天晚上,芽衣子把今天学习到的、煮米饭和捏饭团诀窍,一一记录在笔记本上。一想到明天要做的便当,她就十分兴奋。她问悠太郎最喜欢吃哪一种饭团,对方的回答是:"我觉得都很好吃,你就选你觉得最好的来做吧。"

芽衣子喃喃道:"真意外呢……"

(是呀。说不定他也是个贪吃鬼哦。)

悠太郎狼吞虎咽地扫荡着碗里的纳豆。托芽衣子的福,他已经完全克服了对纳豆的畏惧。现在的他,已经可以毫不介意地吃下去了。看见悠太郎的壮举,其他人都热烈地鼓起掌来。

"我、我又不是小孩子了。"悠太郎有些不好意思,芽衣子在一旁咻咻地偷笑。

## 第 3 章 / 来吃纳豆吧！

把今天的便当交给对方后，芽衣子故意比平时迟了一些才出门。

走在路上，她一直凝神注视着前方那个高大的背影。忽然间，高大的背影停了下来。芽衣子踱步来到那个人身边，问道："你忘带东西了吗？"

"不。我想问，今天还是盐饭团吗？"

"……你不喜欢吗？"芽衣子向前走去。

"不，没有这回事。"悠太郎也跟着迈出了步子。

"今天不是盐团饭哦。"芽衣子回答。

"那今天是什么呢？"悠太郎不依不饶地问道。

"那是什么呢……"不知不觉之间，两人肩并肩地走在了一起。

（无论如何，两人的步伐终于一致了。）

## 第4章
## 用心款待

（从小只对食物有兴趣的芽衣子，长这么大，终于体会到让别人品尝美食的快乐。她终于像同年龄的女孩子一样，学会了自己做便当……但是，这份迟来的感觉，到底是什么呢？）

曾经让芽衣子十分头痛的早起，现在已经不是问题了，日复一日，她已经完全习惯了这样的早起。淘好米后再用水泡上，接下来就是制作放入饭团的馅料。今天的馅料是用猪肉味噌汤熬出来的牛蒡。芽衣子的目标是，到女校毕业之前每天做不同馅料的饭团。

当阿郁走进厨房，看到桌上琳琅满目的食材之后，不禁发出了感慨："做个饭团而已，至于搞得这么复杂吗？"全神贯注的芽衣子并未回答母亲，她夹起馅料，握住米饭，捏起了热腾腾的饭团。

发生改变的人不单是芽衣子。讨厌纳豆的悠太郎，如今变得十分喜欢吃纳豆。

"真没想到，居然会越吃越好吃。纳豆特有的味道，一旦体会到其中的魅力，就会变得一发不可收呢。"

悠太郎的评价让芽衣子不由得想入非非，她的心怦怦直跳，犹如小鹿直撞一般。结果一不小心呛到了水，把自己搞得手忙脚乱。

"姐，你打算怎么办呢？毕业之后。"照生突然问道。

"这个嘛……我就留在家里。"

"以学习新娘子课程为理由,在家里啃老吗?"照生的口气有些刻薄,小学毕业之后,他就被父母叫去自家的餐馆里帮忙。对能够继续读书的姐姐,他多多少少有些嫉妒。

"就算学好了,我也没地方去呀。"

芽衣子的回答让大五哈哈大笑起来,阿郁却敏锐地察觉到女儿心境的改变,她忽然对悠太郎说:"对了,悠太郎先生,你不是今年毕业吗?顺便就娶了我家女儿吧,怎么样?"

听到母亲的意外发言,芽衣子吃进嘴里的饭都咽不下去了。

"芽衣子小姐吗?"悠太郎又摆出了惯例的思考动作。

面对这样的对白,惊慌失措的芽衣子红着脸嚷道:"……顺、顺便是什么意思!我、我也有选择权啊……"

悠太郎忽然转头看向芽衣子,芽衣子在对方的眼神攻势下不由得心跳加速,然而等来的却是一句:"……你说得没错。"

期待落空的大五和阿郁半开玩笑地调侃道:"选择权什么的,这孩子也有吗?""也许真的有呢。"被戳中痛脚的芽衣子只能在心里默默地生气。

芽衣子把装着饭团和拌菜的便当交给悠太郎之后,两人自然而然地并肩而行。

"今天的饭团,是什么馅的呢?"这是每天早上都会听到的提问。

"你猜呢?"

"为什么你不愿意告诉我呢?"

"既然知道我不会说,干吗还要问呢?"

"……为什么这么没自信呢?你是怕我知道之后,就会少了几分品尝的乐趣吧。"

"那你能告诉我,你喜欢吃什么馅吗?这样我也不用每天费心费力地折腾了。"

面对芽衣子的反击,悠太郎竟然一时语塞:"……抱歉,我要考虑的东西太多了。"

"啊啊,是吗?帝大生的聪明头脑果然不会用在吃东西这种小事上啊。"

听见这番话,悠太郎立刻进入了思考模式。

"我只是相信你。相信你对食物的执着。只要我的便当跟你的一样,味道肯定就不会差。虽然你在其他地方都不靠谱,但是你追求美味食物的那份执着,我是绝对放心的。"

听起来似乎很失礼的评价,却让芽衣子无法反驳。

她苦笑着说:"……那我就不负阁下期待,继续努力下去吧。"

其实,芽衣子做的饭团非常好吃。"今天的饭团是什么馅呢?"每天带着期待的心情,把饭团塞进嘴里细细地品尝,是悠太郎现在最大的乐趣。

"芽衣子,你变了呢。你居然会自己做便当了!"

看着向民子讨教馅料做法的芽衣子,樱子不禁发出了感慨。

"那——通天阁的便当,也是你做的咯?"

"别误会!我只是给自己做的时候,顺便帮他做一份而已!是顺带的!"

虽然芽衣子在民子面前摆出一副不在意的样子,但是她放学后不去甜品店也要找宫本老师讨教的热忱,早已被朋友们尽收眼底。两人在私下还经常拿这些事打趣她。

回家的路上,芽衣子想起宫本老师提出的利用店里料理的意见,兴致勃勃地思考着各种搭配。

"再加入一点油炸的……啊啊!就这样,肯定好吃!"

她越想越兴奋,当走到餐馆门口时,看见一位女子站在门口,露出了犹豫不决的神色。

"……您好!别介意,请进吧。这个时间店里没什么客人。"

听见芽衣子的招呼,女子转过头来,是一位整洁大方又知性的美人。

就在这时,两人身后传来悠太郎的声音:"阿亚!"看见迎面奔来的悠太郎,芽衣子不由得喃喃自语:"居然用跑的……"

平时稳如泰山的悠太郎,现在居然喘着气朝女子跑了过来。

"小悠,好久不见了。"女子细长的眉眼中,露出了亲切的笑容。

"你真行,居然知道我住在这里。你怎么来了,有什么事吗?"

悠太郎皱起眉头,言语之间十分关切。被彻底无视的芽衣子突然觉得自己很多余。

"嗯,有点事情想找你商量。"

"啊,那我们进去谈吧?我跟大将说一下!你在这里稍等一下!"

看见悠太郎急急地冲进店里,女子愣了一下,轻轻地笑起来。

"不用这么急,我又不会跑。"

芽衣子胸中突然冒出一股无名之火,但又不知道如何发泄出来才好。就在此时,店门被推开,悠太郎探出头来向女子招了招手:"说好啦,快进来吧,快进来!"女子笑盈盈地朝悠太郎走了过去,只剩下芽衣子愕然地愣在一旁。

这位女子名叫村井亚贵子,和悠太郎是青梅竹马,难怪她的口音也带着相似的大阪腔。

悠太郎面朝亚贵子坐了下来,兴致高昂地问道:"如何,在学校学得怎样?"

悠太郎难得露出这样的神情,简直就像换了一个人似的,甚至连芽衣子投出的炙热视线也没有察觉到。

"啊,这位小姐,你想吃什么?我请客!"

大五听完悠太郎的介绍,立刻对她另眼相待。

"亚贵子小姐,你来东京做什么呢?"不知何时,满脸好奇的室井也靠了上来。

"我想成为医生,现在在东京就读女子医学专科。"

"哇!未来的医生!好厉害!府上一定是医生世家吧!"

"不不,是我自己非要读的。所以要放手一搏啊。"

一边是奋发上进志愿成为医生的女学生,一边是不思进取只想家里蹲的女学生。正在为客人倒水的芽衣子,听到这番对话时,心里非常不是滋味。

悠太郎认真地盯着亚贵子,缓缓说道:"看见阿亚,就觉得自己必须加把劲才行。"

"我看见阿悠,也是同样的想法哦。"亚贵子微微笑着,回望悠太郎。

两人之间那种外人绝对无法融入的氛围,让芽衣子很不舒服。

她把水杯生硬地放在桌上,说完"请用",又匆匆离开了。

在等待上菜的空当,两人兴高采烈地聊着天,说着说着,身体还越靠越近。

越发烦躁的芽衣子,不慎被炙热的大锅烫伤了手腕。最后还是学习护理的亚贵子为她包扎了伤口。

"……这点小伤,不用这样吧。"

"说什么呢。你长得这么好看,个子又这么高,简直就像外国杂志里的模特一样。"

芽衣子长这么大,还是第一次听到别人这么夸自己。

亚贵子轻轻摸着她的手背:"你长了一双好手啊,手指这么长,又十分结实。真令人羡慕,我也好想拥有这么一双适合做手术的手呢。"芽衣子听得心里暖洋洋的,不禁为刚才恶劣的态度感到愧疚。

"好啦,包扎完了!"

"啊……谢谢你。"

/ 多谢款待 1/

看到亚贵子灿烂的笑容,芽衣子明白自己完全输给这个人了。

两人走出餐馆时,夕阳已经完全落下了。

"你今天来找我,到底是想谈什么事?"

为友人送行的悠太郎提出了疑问,刚才忙于治疗的亚贵子终于想起了自己的目的。

"对了对了!是这样的,老师问我想不想去读大学。"

"……这不是很厉害吗?女人也能去读大学啊。"

对此,亚贵子感到十分犹豫,因为大学位于遥远的东北,学费又是一笔庞大的开支。

"光男的意见是?"

"他啊,大概会说如果你想去就去吧。所以,我还没有对他说。"

"……他还是那样支持你、理解你啊。"

一时间,两人陷入了微妙的沉默中。

"也许我没资格指手画脚,但是如果光男这么说了,你就接受他的好意吧,这也是为了实现你为父母立下的愿望啊。"

"……你说得有道理。对了,小悠是怎么打算的,明年毕业之后?"

"我这边的话,教授也劝我留在东京,但是……"

"你想实现为母亲立下的梦想吧?"

说完,两人再次陷入只有彼此才能理解的沉默之中。

"还有,那个孩子。她是不是经常做家务?掌心的皮肤,很厚实呢。"

"……啊!大概是因为她每天都在捏热饭团吧?她说不趁热捏的话,

味道就不好了。"

亚贵子露出了了然于心的表情，她抬头望着悠太郎的脸。

"……那是烫伤吧。每天都这样做，所以掌心的皮肤就越来越厚了。那孩子，可是一边忍着烫伤，一边努力地捏饭团呢。"说完，她低声呢喃道，"真是一个炙热的故事呢。"

亚贵子打量着浑然不觉的悠太郎："你真是一点都没变呢，对这种事特别迟钝。"

芽衣子选了一些西洋食材来做馅料，但是味道都不尽如人意。"明天怎么办呢……"她叹了一口气，低头看了一眼亚贵子为自己细心包扎的手腕。

如果是个讨厌的家伙就好了，但是偏偏是个无可挑剔的好女人。

（对呀。又聪明又细心，为人开朗大方，还在努力实现自己的梦想。）

就在此时，芽衣子回想起与亚贵子交谈时，悠太郎说过的一句话——

——看见阿亚，就觉得自己必须加把劲才行。

"……那是就说……"

之前民子打听到的悠太郎对喜欢之人的描述中，不就有这一条吗？

芽衣子慌慌张张地推开门，快走几步来到悠太郎的面前。

"我、我说……那个、我听民子说，西门先生有中意的人……那个人、难道说……就是亚贵子小姐？你喜欢她，喜欢亚贵子小姐吗？"

"那是当然的呀。"悠太郎毫不犹豫地回答，"阿亚这么好的女孩子，怎么会有人讨厌她呢。"

"说得也是呢。"芽衣子带着生硬的笑容,慢慢走了回去。一走进厨房,她就噔噔地跑到一个墙角蹲了下来。一幕幕场景在脑海中闪过,那是她因为会错意,而做出的种种冒失言行。

自己真是个大笨蛋,芽衣子不由得苦笑起来。

她紧紧地抱住自己的头,发出了有生以来最沉重的一声叹息。

第二天,芽衣子因为这件事,一整天都无精打采的。放学后,她在甜品店给朋友们倾诉了那些烦恼。没想到招来两人一阵大笑,芽衣子的心情更加郁闷了。

"……讨厌啦,反正我就是这么的自以为是,还不知羞耻。我真是个大笨蛋。"

芽衣子闷闷不乐地吃了一口冰淇淋。

"那么,你打算怎么办?就眼睁睁地看着通天阁被那个亚贵子给抢走吗?"

"什么叫被抢走啊……对方才是先来的那个。而且他们在一起的时候,那个氛围外人根本就插不进去。"

惊觉自己说漏了嘴,芽衣子马上打住话头,但民子和樱子已经露出了了然的笑容。

"我、我才不喜欢什么通天阁!绝对没有这种事!"

其实民子已经完全放下了对悠太郎的感情。芽衣子越是反驳,她们就越是兴致勃勃地打趣她。最后芽衣子只得答应两人,一定去找悠太郎问清楚两人的关系。

话是这么说，但是要找什么时机比较妥当呢，芽衣子为此烦恼不已。

回到家里，悠太郎正伏在书桌上，认真地画着设计图模样的东西，芽衣子不知如何开口，只得跑去厨房清洗便当盒。最后还是悠太郎先开了口："喂，你今天出什么事了吗？"

闻言，芽衣子回过身来，正对上悠太郎审视的目光。

"今天的馅料是梅干吧。这是第二次了吧。这可是大事件啊！"

"你这是什么意思？"

"你之前不是说，下定决心每天都要做不同的饭团吗？你对食物的执着不是不输给任何人吗？也就是说，你今天居然做出了同样的饭团，那一定是发生了什么大事，才导致了你的失误。我推断得对不对？"

"……只是新口味的开发得不太顺利而已。从明天开始，我会继续努力的。"

芽衣子露出了今天的第一个笑容："你在担心我吗？"

"是啊，不管怎样，我还是很期待每天的便当啊。"说完，悠太郎埋下头，继续画起图纸来。

"……便当吗？"就算是这种说法，听起来也很令人开心了。芽衣子整理了一下思绪，像聊家常一般把话题转到她最介意的事情上，"你们两家住得很近吗？亚贵子小姐，就是你那位青梅竹马。"

"是的，我们是在现场认识的。就是我母亲因为火灾去世的那个现场。"

"啊！"听到意料之外的回答，芽衣子竟一时语塞。

"亚贵子的双亲在那场火宅因为烧伤和重伤去世了。一开始我们两

/多谢款待 1/

人只会又哭又闹……后来阿亚跟我说,她要当医生,她觉得这是去世的父母留给她的梦想……"

亚贵子的行为,显而易见地对悠太郎产生了深远的影响。

芽衣子压下心中的情绪,故作开朗地说:"……还真是个,非常励志的故事呢。一个人立志成为医生,一个人立志成为建筑师,说不定,已经互许终身了吧?"

"这倒没有,"悠太郎很干脆地否认了,"我们之间是不可能的。"

"为、为什么啊?"

"我们不容许彼此变成那样的关系。"

芽衣子心中满是疑惑,但是并没有追问下去。她偷偷地打量开始收拾画具的悠太郎。

(很难受吧,芽衣子。听到如此沉重的回答。)

芽衣子去厨房拿了晚餐,当她走出厨房后门时,门外早已是夕阳西下。

(如果他能开朗地回答"我非常喜欢她,已经决定了要和她共度一生",心里反而会好受一点吧。)

站在夕阳余晖中,芽衣子深深叹了一口气:"……总觉得,好累啊。这种事情,我决定放弃了!"随后她毅然地仰起头,向店里大步走去。

(咦?怎么?就这样放弃了?)

恋情坎坷的芽衣子,似乎得到了上天的眷顾,最近,竟然有人上门向她求亲。对方是名叫"丸山"的料理老店的小少爷。这是店里的熟客新井代为牵线的。

/ 第4章 / 用心款待

"我向女将①介绍之后,她似乎非常中意你,说她家就需要这样能吃、懂品菜的儿媳妇,哪怕是花钱倒贴,也想迎娶这样的姑娘进门。嫁过去之后你也不操劳家事,交给下人做就好了。"暗中担忧女儿前程的大五,听到这样的亲事,自然是期待不已。

"我说你啊,这桩亲事很不错的,你就赶紧答应了吧。"

阿郁打断了大五的话头,对芽衣子认真说道:"考虑清楚再做回复,这件事不急。"

"真的吗?"竟然有这么好的亲事找上自己,芽衣子真是难以置信。

芽衣子用力地揉着米糠,反复思考着相亲的事和新馅料的事,脑子里变得一片混乱。

虽说如此,这天夜里,芽衣子还是想出了新的菜谱,工工整整地记在了便当笔记上。所谓便当笔记,就是一个小册子,上面详细地记录了自己研究出来的饭团做法和配菜内容,已经写满了几十页。

写完之后,芽衣子把脸搁在笔记本上,默默想着,虽然不明白那两人不能在一起的原因,但是有一件事是不言而喻的。

"……我,果然没人要啊。"她一边喃喃自语,一边合上了眼,"就是这么一回事。"

看着比往日更加豪迈地扫荡早餐的芽衣子,悠太郎惊讶得连手中的筷子都停住了。

---

① 在日本,女将一般指家族经营的日式料理店或日式旅馆的女主人,即老板娘。

"你还是……这么能吃啊。"

"新的饭团,我已经想出来了,所以特别轻松!"

昨天晚上,芽衣子在米糠坛子里找出了忘记拿出来的腌黄瓜。

"这真是令人期待呢。"悠太郎笑道,芽衣子也爽朗地回道:"没错!"

——这样就行了。就像往常一样对应就可以了,虽然胸口还是有点痛,但是很快就会忘记的。

然而芽衣子这番努力,却被大五的一句话给破坏了。

"芽衣子,昨天那件事还没考虑好吗?你在犹豫什么啊?"

芽衣子苦笑连连,只希望父亲能放过自己。虽说很清楚自己没人要,但这种事情被当面说出来还是很难受的。

"这么好的亲事,过了这村就没这店了!"

"我知道了,知道了!"

原本默默吃饭的悠太郎,听到父女的对话之后,突然放了下碗筷。注意到这一动静的阿郁,不动声色地观察着他。只见悠太郎表情微妙地望着争执中的父女两人。

至于芽衣子本人,完全没有想过悠太郎会关心自己的亲事。


"你今天不问了吗,饭团是什么馅的?"

故作开朗的芽衣子,向同行的悠太郎随口问道。

"反正问了你也不会说。"今天的悠太郎不知怎么的,面色不太好。

芽衣子微微一笑,毫不介意地继续向前走着。

"如果我没记错的话,你以前不是说,你希望以后能够自由地恋爱,自由地结婚吗?你就这样去参加相亲,真的没问题吗?"

"相亲也是一个认识他人的机会啊。而且,这门亲事真的很好,过了这村就没这店了。"

"是吗?那你为什么还在犹豫呢?"

对着有些咄咄逼人的悠太郎,芽衣子故意反问道:

"西门先生,你觉得我应该去相亲吗?"

看到对方摆出了思考的姿势,芽衣子心里不由得紧张起来。

"嗯?"悠太郎扬起眉头,"你征询我的意见,是不是有点奇怪?我只是个书生而已。"

芽衣子忽然笑了起来:"你说得没错。"

听见这话,悠太郎也装腔作势地说道:"毕竟我们之间毫无关系嘛。"

"那我走了"、"好的",若无其事地告别之后,两人的笑容都从脸上消失了。

下午,放学归来的悠太郎,向正在店中记账的阿郁打了招呼。说明了来意之后,阿郁不由得有些吃惊,对方竟然特意前来打听芽衣子相亲的情况。

她按捺住内心的惊喜,慢慢说道:"是一家名叫'丸山'的料理店,悠太郎听过吗?非常有名的老店。"

"我不是问这个,我想知道他们的家庭情况。"

"婆媳关系之类的?"真是奇怪的问题啊,阿郁悄悄地观察对方的反应,"对方母亲说,非常希望芽衣子嫁过去,而且相亲对象是次男,以

## 多谢款待 1

后肯定是要分家的,所以也不会跟婆家住在一起。真是一门很不错的亲事呢。"

"啊!是这样吗……那真是恭喜了……"

这种反应,难道真是自己猜想那样吗?阿郁继续不动声色地试探,但是最后只得到了"女孩子一生的幸福,是由嫁过去的夫家决定的,希望她今后能够幸福美满"这种不痛不痒的回答。

早一步回家的芽衣子,已经在厨房中埋头苦干多时了。当悠太郎跟她打招呼时,她已经正在试吃新作品。

"这次是全新的尝试。不一定合你口味,来尝尝看。"

热乎乎的饭团递到了悠太郎的手里,一股烤过的味噌香味顿时扑鼻而来。

"……我觉得,你应该去相亲。"注视着手中的饭团,悠太郎说道。

闻言,芽衣子心头一震,努力维持着脸上的笑容:"……是吗?"

"我不知道你在犹豫什么,如果是些无关紧要的烦恼就快些放下吧。我觉得这门亲事真的不错,对方的家境很好,最难得的是,今后也不会有什么婆媳矛盾。"

"这些事情我当然知道!"芽衣子越听越生气,语气也变得强硬起来,"这种事情我比谁都清楚,我不想听你的说教!"

"……你,为什么这么生气?"

"我去不去相亲,都跟西门先生没有关系吧!"

"不是你先征询我的意见吗?"芽衣子的反应惹怒了悠太郎。

"……这样啊。原来是这样啊！那就感谢你大费心思给我提出宝贵意见咯！"

芽衣子从悠太郎的手中夺下饭团笔记本，转身冲了出去，跑回房间的她，愤愤地将饭团笔记本扔进了垃圾桶。在书桌上趴了一会之后，她又忍不住把笔记本从垃圾桶里掏了出来。

"……真是太蠢了。"她撑起双臂，将笔记本紧紧地捂在自己脸上。

（明明决定要干脆放手，要做回开朗爱笑的自己，但是，芽衣子，你不是这么能干的孩子啊，就连一本笔记本，你都舍不得扔掉啊。）

充满了回忆的笔记本，被伤心的眼泪打湿，水分蒸发之后，在纸面上留下了几丝皱痕。

第二天，芽衣子告诉母亲，她同意去相亲。

"因为，这么好的亲事，以后就不一定能遇上了。再等下去，等我年纪大了，以后就越难找了。再说了，父亲他不是很开心我能嫁出去吗？"

新井在热心厨艺的大五准备开店时提供了大量的资金支援，是店里的大恩人。所以作为报恩，大五非常希望芽衣子能接受社长的好意，接受这门婚事。

这件事，是悠太郎在帮照生送外卖的时候听说的。两人回到家中时，一脸高兴的大五正在准备出门。因为芽衣子答应相亲，他准备亲自登门告知新井。

"那孩子，终于想通了，哎呀，真是太好了。"

闻言，悠太郎不由自主地向芽衣子望去，但是一时之间不知说什么才好。吃完早餐后,悠太郎正在收拾东西,芽衣子从后面有些尴尬地递上了便当。

"昨天的事,对不起……"

"我以为你今天不会给我做了。"

"这是我自己决定要做的……是为了自己做的,并不是我待人亲切,懂不懂?"

听见芽衣子的解释,悠太郎不禁轻轻一笑。随后两人就像往常一样并肩走着,若无其事地聊着比如"今天的馅是什么""想尝尝'丸山'的家庭料理"等话题,朝着学校的方向缓缓走去。

"去相亲?咦?那西门先生呢,他怎么办?"

午间休息时,原本迷糊地打着瞌睡的民子,听见芽衣子的话之后,猛然睁开了双眼。

"什么怎么办啊,我跟他之间本来就没什么。而且,这次相亲的对象,条件什么的都很好,简直就是梦寐以求的好姻缘。"

坐在远处的樱子听见这话后,突然一脸肃然地站了起来。她一把挽住芽衣子,将对方连拉带扯地带到了烹饪教室,又气势汹汹地将门锁上,转过身去狠狠地瞪着芽衣子。

"不用这样吧,我又不会跑掉。"

"……你就是喜欢逃避啊,芽衣子!不管是遇到困难的事,还是难过的事,你都只会跑得远远的。"

"你有什么资格说——"不等芽衣子说完,樱子立刻怒吼道:"我跟你不一样。我才不会逃避自己的感情！你为什么要逃避？我最讨厌你这一点！你为什么不堂堂正正地战斗！就算会输,也要战斗之后才有意义！"

好友的愤慨，让芽衣子有些难理解。等樱子摔门而出之后，随后跟来的民子给她解释了其中的缘由。

"那个男人，逃避了樱子的感情。"

那个男人，自然就是樱子曾经提过的"书签君"。因为最近一直联系不上，樱子就主动找到对方询问原因，结果被告知自己的父亲给对方施加了压力，禁止他们继续交往下去。樱子表示不管有什么困难都愿意同他一起面对，对方却视她为洪水猛兽，再也不愿意跟她见面。

"正因为如此，樱子才对芽衣子发这么大的火吧。"

"……好难受。为了对方的一举一动而牵肠挂肚……我好讨厌被对方搞得团团转的自己。真的、太难受了。喜欢上一个人，太难受了……"

"……就算如此，这也是一件美好的事啊。为了让对方吃纳豆而努力的你，为了做出不同风味的饭团而努力的你，是这样的生机勃勃、可爱动人。喜欢上一个人，真的是一件非常美好的事。我很羡慕你，很希望自己能体验这么美好的感情……在心里抱怨'这个混蛋'，也是很棒的体验呀。"

"民子……"

"相亲的话，也有机会邂逅到优秀对象吧，我不会说漂亮的话，如果能在一生中体验到一段改变自己的恋情，那该是多么美好的事情啊。"

看着沉默的芽衣子，民子微微笑道："所以，我很想支援一下这样的恋情。"

/ 多谢款待 1/

民子的话语深深地打动了芽衣子,但是现在她脑子里一片混乱,理不出个头绪来。回家之后,她一直站在门口呆呆地望着悠太郎制作的楼梯。就在此时,室井从店里走了出来。

"室井先生。结婚,究竟是怎么回事呢?"

"你居然问我?我可是连老婆都找不到的人啊。"

话虽这么说,室井还是很认真地帮芽衣子思考着问题。两人说着说着,就见大五一脸兴奋地走了过来:

"喂!芽衣子!明天就去相亲!哎呀呀,社长他,非常高兴哦!"

明天是餐馆的休息日,又是黄道吉日,按照老店的规矩,相亲定在了"丸山"的家中。整件事就像与芽衣子毫无关系一般,一步步地向前推进着。

芽衣子无精打采地揉着米糠,当听到悠太郎"我回来了"的声音后,她匆匆忙忙地洗了手,三步并作两步来到客房,对他抱怨道:"你今天好晚啊。"

"划船部拜托我帮忙,我去参加了临时练习——啊,明天……"

"明天?"芽衣子突然心跳加速,"明天怎么了?"

"明天我必须要去参加划船部的比赛。所以我想拜托你,明天的饭团……"

话音未落,女佣阿熊就急匆匆地闯了进来。

"大小姐,快去试穿明天相亲要穿的振袖啊。"

"我马上就去。再等一下啦——怎么突然就要去对方家啊,真是的。"

听见芽衣子略带尴尬的回答之后,悠太郎一时呆住了,不过他很快回过神来。

"……啊、啊!原来是这样啊。哎呀,你这不是心想事成吗?对方也很中意你的样子呀,你们一定很合适的。"

"……仅仅是这样、仅仅是这样,我就能获得幸福了吗?"

芽衣子好不容易才挤出了这句话,见悠太郎闭上眼做出了思考的姿态,心中不禁有些期待。过了一小会儿,悠太郎睁开了双眼,把便当盒递到了芽衣子的面前。

"今天的饭团也非常好吃!昨天也是,大前天也是。除了第一天,每一天的饭团都非常好吃。托你之福,我现在每天白天都过得非常幸福。"

这番真诚的话语,让芽衣子心潮澎湃,不由得更加期待起来。

"所以,我觉得你一定会幸福的。"

"……唉?"完全意外的展开。

"你已经不是那个什么都不去做,什么也不会做的小孩子了。现在的你,拥有能让自己变得幸福的能力。所以,我觉得你一定会获得幸福的。"

随后,悠太郎微微一笑:"多谢你一直以来的款待。"

"……好的。"芽衣子很佩服自己,竟然还能笑着回应对方。

这次是完完全全被对方拒绝了,自己只能彻底放弃了。

芽衣子的手里,如今只留下一件东西,就是悠太郎每天都吃得干干净净,不剩一粒米饭的便当盒。

第二天，芽衣子像往常一样做起了饭团。昨天夜里，她躺在被窝里怎么也睡不着，想起悠太郎说过的幸福，还是决定坚持做下去，直到自己嫁人为止。随后她从被窝里爬起来，坐在书桌前，摊开了笔记本。她一边想着相亲的事一边考虑着配料，熬到很晚才去睡觉。虽然几乎没有睡，但是她现在一点都不困。

当阿郁进来时，芽衣子已经做好了各种各种的便当配菜。

"……芽衣子。你真的觉得这样就好了吗？"

"……母亲，我觉得嫁去'丸山'家，应该可以过得很幸福的。"

说完，芽衣子打开了便当盒，准备把配菜放进去。但是便当盒里，却赫然放着一张便笺。上面留了几行工整的字迹，很有本人一板一眼的风格——"我想你可能会帮我做便当，不过今天就不用劳烦了。因为我要早点去做训练，所以就先走一步了。"

"……明明这是最后一次了。"

芽衣子扔下小山一般的配菜，愤怒地冲出了厨房。

几乎一晚没睡的悠太郎，第一个来到了河边，等候参加游艇部的训练。因为没吃早餐，所以腹中一直饥肠辘辘。因为没带果腹的东西，只能在其他部员吃着赛前大餐时，两手空空地站在岸边眺望河川。

就在这时，近藤走了过来："喂，怎么？你今天没带便当？"

"今天她要去相亲，这种时候不好再麻烦人家吧。"

"相亲！……不过，随手捏个饭团又不费工夫。"

"……那又不是随手捏出来的。"悠太郎就像自己的事一样夸耀起来，

"一大早就要起来,要费心地煮饭,要准备各种馅料……还要忍受着刚出锅的米饭的热度,才能捏出一个美味的饭团。"

"真是被人爱着呢。你啊,她都愿意为你做到这个程度了,那肯定是喜欢你啊。"

"……不,不是的。那个女孩跟别人不一样,她对美食非常执着,平日就喜欢研究食物。给我做便当只是顺带的。如果说她带着那种感情给我做便当,是对她那份对美食的执着的一种侮辱吧……"

"你啊,真是个笨蛋。"近藤很干脆地结束了对话。

芽衣子一家人来到了料理老店"丸山"的丸纲家。他们走过装饰精美的走廊,来到了宽敞大气的客厅。无论怎么看,丸纲家都比卯野家气派多了。

"这户人家很不错的,很有品位,相处起来令人心情舒服。我觉得很合适芽衣子。"

见阿郁一脸担心,新井连忙宽慰她。接下来的会面也证实了他的说法。虽是初次见面,但是丸纲一家人的态度都很好,亲切自然又不会令人感到拘束。最让人惊讶的是,作为儿子的真次郎身材十分高大,足足高出双亲两个头。

"啊!请问,你可以站起来一下吗?"

真次郎看到相亲对象的芽衣子之后,一边说着一边朝她靠过去。

"你这孩子!太失礼了!"

"非常抱歉,这个孩子有时候比较唐突。"

虽然双亲满脸歉意，但是真次郎全然不介意。

"有什么关系，看，我们很搭呢。"和芽衣子比完身高，他露出了开心的笑容。

高挑的身材、洪亮的嗓门、大方开朗的性格，这个相亲对象无可挑剔。芽衣子找不出任何理由来反对这门亲事。在双方家长相谈甚欢时，芽衣子以如厕为由离开了那个房间。

从厕所出来之后，不想回去的芽衣子在庭院的走廊中缓缓踱步，这时，耳边突然传来"喂喂"的声音，抬眼望去，只见墙边探出一个人头来，原来是室井。

"你在这里做什么？"

"结、结婚这件事……不就跟大米一样吗？！如果是新米的话，无论怎么煮都很好吃。但是时间一长，就会变得又干又涩。这时煮饭就必须考虑做法了，只能花些心思下点功夫，才能煮得像新米那样好吃。如果有一个人，能让自己愿意费尽心思做出让对方开心的米饭……我认为只有和这个人在一起，婚后的生活才能够长长久久！"

知道了芽衣子的烦恼之后，室井就一直思考着自己和对方都能满意的回答。芽衣子一边思索着室井的话语，一边回到了相亲的房间。这时，最后一道菜端了上来，是热腾腾的白米饭。

"这孩子啊，虽然其他东西都不会，但是说到煮米饭，那是很有一手的。"

"啊！真的吗！那下次，请务必让我品尝一下。"

同为大厨的大五和真次郎兴致勃勃地聊了起来，但是另一边——

## 第4章 / 用心款待

"我煮不了。"芽衣子低声说道,她的声音有些颤抖,"现在这样子,我是煮不了的。我是因为想听那个人对我说……'多谢款待',才去努力煮饭的……如果对象是你,我是没法为你煮饭的……所以,非常抱歉!"

随后,芽衣子向对方深深地鞠了一躬,猛然站了起来。

"喂!你这孩子!芽衣子!"

阿郁先是拦住脸色苍白的大五,随后掏出藏在行李里的便当盒,慎重地交给了女儿。

"好了,去吧。"

目送女儿跑出大门之后,阿郁回到走廊,朝着屋内众人郑重地跪了下来。

"真是万分抱歉!那孩子真的很愚笨,她这个德行,实在是不配嫁到贵府上来。我明知如此,还是一意孤行将她带过来,惹得你们如此不快,是我的过错,请容许我在此表达深深的歉意!"

面对愕然的丸纲一家人,作为母亲的阿郁,唯一能做到的就是不停地道歉。

万里无云的蓝天下,响起了一声宣布比赛开始的枪响。沿着岸边奔跑的芽衣子,终于在一艘赛艇上找到了正在努力划桨的悠太郎。

"西门先生,加油!"芽衣子追赶着前进的游艇,大声呼唤起来。

为了让对方听见自己的声音,芽衣子一手抱着便当盒,一手用力在空中挥舞。不知不觉中,她离河岸的距离越来越近。

感觉异样的悠太郎,不经意地朝岸边瞟去。芽衣子没有察觉他的视线,仍在手舞足蹈地为对方打气。她似乎忘记了身上的振袖很繁重、脚上的木屐也很容易打滑。

"西门先生，加油！"话音刚落，岸边忽然水花四溅，芽衣子的身影从地面上消失了。

悠太郎眼神一凝。不会吧，难道落水了？如果现在离开，那一起辛苦训练的同伴们就没法比赛了……悠太郎的内心挣扎万分，但是芽衣子一直没有浮起来。见情况危急，悠太郎只得一把放下木桨，站了起来："各位！对不住了！"说完，纵身跳入了江中。

因为被振袖缠住了身体，芽衣子在水中无法动弹。"好难受、我不行了"——就在芽衣子快要放弃的时候，一双手臂忽然背后伸出来，揽住了她下沉的身体。双臂的主人自然是悠太郎，他紧抱着芽衣子，拼命朝岸边游了过去。

头部露出水面之后，芽衣子连忙大口大口地呼吸，吐了好几口水之后，才渐渐缓过神来。

"你……你在做什么啊！"悠太郎一边调整呼吸，一边对芽衣子怒吼道。

"我要一辈子给你做饭！"

"……！"

"早上也好晚上也好，一天三次，一年三百六十五天。我会努力给你做好吃的饭菜。所以，请让我一辈子给你做饭吧！"

浑身湿透的芽衣子，无比认真地盯着悠太郎。

"我不要宽敞的房子，也不要好看的和服，只要能给你做饭，我就心满意足了。所以，拜托你，让我一辈子给你做饭吧！"

两人之间陷入了沉默，当水鸟的鸣叫声和选手们的呼唤声都消失之后，悠太郎说出了一句简短的回复：

"我拒绝。"

## 第 5 章
## 真心实意

"我拒绝。我不能和你结婚。"

悠太郎的声音,清晰地回荡在芽衣子的耳边。

"……不、不能、结婚。"

芽衣子浑身僵硬地盯着发尖上不断滴下水珠的悠太郎。沉默半晌之后,她像松了一口气似的说:"是吗……原来是这样啊……"

回家的道路,第一次让人感觉如此的漫长。悠太郎缓缓走在前方,芽衣子披着悠太郎的学生服,低垂着头,默默不语地跟在后面。

牵连姻缘的红线就这样断开了。两人的心情就如那张便当布巾一样,渐渐地沉落水底。


在卯野家中,大五和阿郁正吵得热火朝天。

"你既然知道那孩子的想法,为什么还要让她去相亲?"

"她本人说要去的,我也没有办法啊。"

吵着吵着,阿郁注意到两人的身影出现在门口。站在前面的悠太郎浑身都湿透了,躲在他后面的芽衣子也好不到哪里去。

"你们两人,这是怎么了?"

正在气头上的大五见此情景,马上对着悠太郎吼了起来。

"喂喂,你们是什么时候变成这种关系的!我们好意收留你,你居然对我女儿下手,这就是帝大生的所作所为吗?!嗯?!"

正当悠太郎犹豫着如何开口时,芽衣子有气无力地插了话:"别说了,父亲。"

"我可是非常信任你的!但是、但是你都做了什么?你竟然恩将仇报!"

"别说了!我们之间什么都没有,我已经被拒绝了!是我先开口的,但是被他一口回绝了!他不愿意和我结婚!"

"这是真的吗?"阿郁按捺不住内心的惊讶,她原以为悠太郎也有那个意思。

"拒绝是什么意思?你这家伙,你对我女儿有什么意见!怎么?!觉得自己是了不起的帝大生,西洋餐馆的女儿配不上你,是不是这个意思?嗯?!"

大五搞清楚眼前的状况之后,将怒火转移到另一个问题上。

"我并没有——"悠太郎刚想解释,大五却拦住了他的发言:

"虽然她个子又高又能吃、脑子也不太聪明,但她是个开朗又耿直的孩子,煮的米饭也很好吃!这么好的孩子,怎么能被你耍着玩呢!"

"……您说的没错。"

"……那你为什么要拒绝她,你到底是什么意思!"

大五一把抓起悠太郎的衣领,狠狠地瞪着对方。父亲的话让芽衣子觉得自己越发的凄凉,她用颤抖的声音喊道:

"快住手!父亲!求你住手,求求你……"

说完,含着眼泪的她转身跑出了房间。

"……滚出去!"大五一脸痛苦地甩开了悠太郎,"就现在,立刻给我滚出去!别让我再看见你这张恶心的脸!"

不管阿郁怎样为悠太郎说情,阴沉的大五都沉默不语。悠太郎一句辩解的话都没说,去房间里麻利地收拾好了行李,又来到两人面前,朝他们深深地鞠了一躬:"一直以来承蒙关照了,小生感激不尽。"

第二天早上,赫然空出位置的餐桌上,充溢着尴尬的气氛。

"你们都坐开一点!哎呀,没有大块头占位置,坐起来宽松多了!是吧,芽衣子!"

"……嗯。"芽衣子强作笑颜,小声地应了一声。看着这样的女儿,阿郁心中怜悯不已。无论是芽衣子昨晚守着悠太郎的房间,还是早上习惯性做了两份便当,担心女儿的阿郁都看在眼里。

就算如此,来到女校之后,芽衣子仍然振作了精神,向好友们汇报了最新进展:从无疾而终的相亲开始,直到被干脆拒绝的求婚为止。她度过了惊心动魄的一天。

"真是的,我还行不行了。这样下去,以后真的嫁得出去吗?"

故作开朗的芽衣子笑着调侃自己,两位朋友眼中含泪咬紧嘴唇,对这样的好友心疼不已。

"……绝对不原谅他!我,我去找通天阁说理去!"

看着像自己的事一样愤愤不平的好友,芽衣子的心中涌上一股暖流。

"……但是,对方也有选择的权利啊。自己选择对象的……权利。"

芽衣子越说越伤心,声音也哽咽起来。自己的初恋,就如同粉碎的木屑,

## 第 5 章 / 真心实意

消散在了风中……

三人互相对视了一眼，相互拥抱在一起，忍不住大哭起来。

和好友们倾诉完后的第二天，芽衣子在放学路上遇上了给悠太郎送衣服的母亲。

阿郁给她讲述了一些惊人的内幕："悠太郎家里的情况，好像很复杂。因为他是长男，父亲去世之后，他就必须担负起照顾家人的责任。"

因为悠太郎请假，阿郁只在大学里见到了他的同学近藤。近藤知道芽衣子求婚被拒一事后，非常肯定地表示，悠太郎是为了芽衣子才做出了这样的选择。

"因为不想把你卷入复杂的家庭关系里，他才狠心拒绝了你。他拒绝你的求婚，反而证明了他其实非常重视你。"

"……还是算了吧，母亲。"芽衣子告诫自己，千万不能产生多余的期待。

然而就在第二天，由于室井的出现，芽衣子好不容易坚定的决心又被动摇了。

室井闯入了男性稀少的女子学校，被惊恐的女学生当作流氓，一时间闹得整个学校鸡飞狗跳。芽衣子得到了在场的宫本老师许可，连忙把室井带去了烹饪教室。

"拜托，千万不要告诉大将！不然就吃不到免费饭菜了。"

芽衣子从室井那里得知，原来他与悠太郎偶遇后，就一直让悠太郎寄宿在他那里。"我不会说的，然后呢？"芽衣子用冷淡的口气问道。

"你知道吗？小悠他感冒了，好像很麻烦的样子。拜托，去探望一下吧，他不是为了救溺水的你才变成这样的吗？"

"他已经和我没有关系了。"

芽衣子决然地转过身，准备离开烹饪教室，这时身后传来了宫本老师与室井的对话。

"这点感冒，怎么会死呢，只要不恶化成肺炎的话。"

芽衣子身体一僵，不安地回头望去。宫本老师对上她的视线，和蔼地问道："哎呀，你还没走吗？"

回到家中后，芽衣子仍然对悠太郎的事情耿耿于怀。陷入宫本老师话语陷阱的她，一边叹气一边打开了米糠坛子的木盖。不知不觉中，里面的米糠已经变得湿漉漉的了。

芽衣子凝视着米糠，脸上的担忧变得越来越重。

（啊。你很介意吧，如果不去看望一下的话，是不是不太好……但是，对了，一点小感冒而已，怎么会有性命之忧呢，不会这么严重的。）

芽衣子晃了晃头，将水从米糠中舀出来，然而没过多久，她又停下动作，轻轻皱起了眉头。

（啊，室井的话，肯定没钱找医生看病吧。肯定也吃不上像样的东西。不过，两三天不吃东西好像也没什么关系吧。他肯定还有其他朋友嘛。）

一会儿停下来一会儿又继续搅拌……啊啊真的是！芽衣子对优柔寡断的自己十分不满。

"那种家伙，死了算了！"她愤然地站了起来。

## 第5章 / 真心实意

芽衣子怀抱一堆东西,匆匆来到室井寄住的地方。刚来到门口,就见室井从楼上走了下来。

芽衣子本想把零钱和大米塞给室井后就走人,但是对方正准备出门找医生,反而来拜托她帮忙照顾悠太郎。

无法拒绝的芽衣子只好登上了楼梯。在一间堆满了书籍的狭小房间里,她看见一脸薄汗的悠太郎正在沉沉地昏睡着。芽衣子怯生生地伸出手,抚摸着悠太郎的脸颊,滚烫的热度立刻从手上传递过来。

芽衣子心疼不已,实在不忍心再看下去,赶紧去厨房为他熬粥。

合上拉门时,她看见悠太郎的眉间轻轻皱了起来,心想:他在做什么样的梦呢?

不一会,从厨房里传来了一些声响,先是淘米的声音,然后是切菜的声音。在睡梦中的悠太郎有了一些反应,他烦恼的表情渐渐松缓下来,嘴里发出了一阵哈哈哈的笑声。最后,他竟然在自己的笑声中清醒过来。悠太郎撑起半边身体,一脸茫然地张望着四周。确定四下无人之后,不由喃喃道:"我啊,真是个笨蛋。"然后就在这时,拉门突然被人推开了。

悠太郎屏住了呼吸,是芽衣子!

芽衣子端着盛满粥的瓷碗,从外面走了进来。悠太郎目瞪口呆地盯了她一会儿,突然把被子拉起来盖住了头,翻过身体背对着芽衣子。

"稀饭放这里,我马上就走。"以为对方不想看见自己,芽衣子心里有些难过。

"……你、你为什么在这里?"

"你会感冒,不就是因为我落水了吗?"

芽衣子一边说,一边伸手想拿开悠太郎头上的毛巾。悠太郎连忙拒绝道:"不用了,我自己能做。"

悠太郎这么惊慌失措的反应,是因为讨厌自己吗。芽衣子越发地难受,只想立刻离开这里。她匆匆起身朝门口走去,不小心撞到了堆在一旁的书堆。散落的书籍挡在门前,阻碍了门的滑动,就在芽衣子用力推门的时候,身后传来悠太郎声嘶力竭的声音:"请等一下!"

疑惑的芽衣子停下动作,慢慢转过身来,悠太郎却维持着背对她的姿势,说起了完全无关的事情:"我刚才……做了一个梦。"

"我正在登山,脚下一滑掉了下去,掉进了一个沼泽地,沼泽地里全是纳豆,十分可怕。我被黏黏糊糊的纳豆缠住,整个人渐渐地沉了下去。我越是挣扎就沉得越快。不好,这样下去就要死在纳豆沼泽里了……正在我陷入绝望之时,你突然出现了。"

"我……和你一起登山?"

"这是梦呀,不用深究。你拿着一个很长的铁棒,我本以为你会用那个铁棒把我拉上来……但是不知道为什么,你却自己跳了下来,还大声对我说'不用担心',然后就张嘴大口大口地吸了起来。最后,你用那张大嘴,把沼泽里的纳豆全部吸上去了!简直像个妖怪一样。"

"妖怪……"不要说当妻子了,在他眼里自己竟然连女人都不是,只是一个妖怪而已。

"见你吸完了纳豆,我哈哈大笑了起来,然后,我就醒了。醒了之后,就看到你站在我眼前。"

悠太郎只是跟对方随意聊天，但是芽衣子却不这么想。她不明白对方絮絮叨叨的想表达什么。她拧眉思索了一会儿，终于得出一个结论。

"啊！所以你才这么吃惊吗？没事没事，我不会抓着你的弱点趁虚而入的，好了，你记得多喝点粥。"

见对方完全没有领会自己的表白，悠太郎一下坐了起来，用尽全身的力气大声吼道：

"笨蛋！你真是个笨蛋！我想对你说的是，只要和你在一起，不管遇到什么事我都不用担心，可以笑着去面对！只要和你在一起，哪怕是纳豆的沼泽地我都可以爬出来。但是，你为了救我，也跟着我一起陷入了困难的处境中，这样一来，说不定会让你吃很多苦头。就算如此，你也愿意和我在一起吗……这才是我想问你的问题！"

所以，悠太郎才会十分抗拒结婚这件事，一直到他到遇见了芽衣子。

"……这个、那个、你的意思是，愿意和我在一起……吗？"

看着懵懵懂懂的芽衣子，悠太郎放弃了委婉的表达。

"我非常喜欢你！！喜欢你……吃饭的样子。"

从给自己添麻烦的路人女学生，到寄宿人家的贪吃鬼女儿，从有眼睛鼻子的普通异性，到拥有可爱笑颜的向日葵女孩，这个转变，究竟是什么时候开始的呢？

现在的她，在悠太郎的心中，已经是一个无法忽视的存在了，而且她的存在感，还在生机勃勃地不断成长壮大。

"所以，让你一辈子为一个人做饭的权利，就请交给我吧！"

悠太郎一生一世的告白，令芽衣子目瞪口呆。

/ 多谢款待 1/

"那就请多指教了。"颤抖的声音,带着毫不动摇的坚定。这样的幸福,是出生以来任何美食都无法媲美的。芽衣子的眼中溢出了晶莹的泪水。

"今后,请多指教了。"

看见芽衣子郑重地向自己行礼,悠太郎的脸上,露出了安心的微笑。

从室井家回来之后,芽衣子觉得自己宛如身在梦中。第二天上学时,她笑得合不拢嘴,反复向好友们讲述自己的恋爱故事。

"你就这样,掉进纳豆的沼泽地了!"

"芽衣子是变成纳豆怪兽登场的吧。真的是,我已经听够了!"

"啊,你对双亲说了这件事吗?"

"因为父亲还在生气,我打算跟他好好解释一下。但是悠太郎说,他要亲自登门造访,让我在那之前什么都别说。"

被芽衣子搞得不胜其烦之后,樱子和民子的话题转向了学校的考试。

"他说跟我家人好好谈过之后,就带我一起去大阪!"

悠太郎毕业之后,原本打算回大阪的政府部门就职。但是考虑到芽衣子离家太远,就有了留在东京的打算。芽衣子深知他对梦想的执着,所以选择陪他一起回大阪。

而另一边,对此毫不知情的大五,正瞒着阿郁帮芽衣子寻找新的相亲对象。

"我觉得啊,得赶紧给芽衣子再物色一个对象才行。你没看见半夜她一个人在那里傻笑吗?还不停地拍打自己的脸。肯定是因为被人给甩了,打击太大,才会变成那样的。"

就在此时，满脸窃笑的芽衣子走了进来，对着大五说："父亲，今天的晚餐呢？"

果然脑子不太正常了，真是个可怜的孩子，大五的眼眶中满是泪花。

"你看看这孩子，就没觉得不对劲吗？"

就在大五开始考虑要不要带芽衣子去看医生时，悠太郎突然来到了店里。不知为何，室井也跟着一起来了。

"大将，我有话想对您说。"

——终于来了。芽衣子紧张起来，等待着悠太郎接下来的发言。

"请把您的女儿嫁给我吧！"

"……芽、芽衣子？"

明明之前才斩钉截铁拒绝了婚事，现在又跑来说把女儿嫁给他。

大五不由得火冒三丈，挥起拳头向悠太郎打了过去。悠太郎的下巴结结实实挨了一拳，哐当一声整个人都摔倒在地上。"你、你没事吧？！西门先生！"脸色发青的芽衣子赶紧跑上去，把他扶了起来。

"因为我家的情况很复杂，所以我早就放弃了追求家庭的温暖。我觉得这是跟自己无缘的世界。"悠太郎一边挣扎起身，一边目光坚毅地望向大五。

"但是，自从我来到这个家之后，突然觉得这样的家庭，其实也挺好的。这是一个连吃饭都能感到幸福的美好家庭，我很喜欢这样的家庭！如果您愿意让女儿嫁给我，我觉得自己也一定能获得幸福！所以……"

"你是想让自己获得幸福，才来娶我的女儿的？你居然是这个意思？！让心爱的女人获得幸福，这才是男人的责任吧！"

面对大五地动山摇般的怒吼，悠太郎却毫不退缩。

"您说的有道理，但我认为幸福的家庭，光靠一个人的努力是无法完成的，如果我现在信誓旦旦说我会给你女儿幸福，我觉得是一种傲慢的表现。"

"我不要听你鬼扯！我想知道的是，为了让芽衣子获得幸福，你能做些什么？！"

愤怒的大五把悠太郎和室井一起赶出了家门，还像驱鬼一样在门口撒了几把盐。

从这天开始，大五就全面禁止芽衣子和悠太郎接触。

"还想背着双亲偷情？十年之后吧，你这个'家里蹲'。"

在父亲的严厉管制之下，芽衣子为悠太郎做的便当被没收了，上学路上也被山本一路监视。大五还警告她，如果不听话，就不让她继续读书了。

"真是的，尽做些让人无语的事，啊啊，怎么才能和西门先生取得联系呢……"

听完芽衣子的抱怨，民子等人伸出了援助之手，担当起了为两人传递书信的重任。

到了傍晚，去室井家送信的民子和樱子，又原封不动地把信带了回来。因为悠太郎已经离开了室井住宿的地方。

樱子气愤地对芽衣子说："芽衣子的父亲威胁他，如果继续让悠太郎住下去，就不让他免费蹭饭了。虽然并没有直接开口让他离开，但是只要室井抱怨几句,通天阁就会自己收拾包裹走人了。真是太过分了,那个人。"

樱子她们对室井的做法愤愤不平,芽衣子却很明白,全是父亲专横霸道的错。明明之前很中意悠太郎这个人,为什么现在却如此反对——她完全不能理解父亲的想法和做法。

——为了获得幸福……吗?空荡荡的研究所内,悠太郎一下仰靠在椅子上。

"……要怎么做呢?"

摆出一贯的思考姿态,悠太郎开始思索起来。这时,窗边传来了咚咚的声响,他走过去一看,竟然是芽衣子在外面敲打窗户。

悠太郎赶紧打开窗户,把她放了进来。

进屋之后,芽衣子一脸凝重望着他:"我们一起私奔吧!"

这个时候,阿郁在女儿的房间发现了一张纸条,上面写着"不要来找我"的字样。她将店中事务托付给女佣之后,匆匆忙忙地踏上了通向帝大的路。说不定,悠太郎会把那个笨蛋女儿给送回来吧,正当阿郁这么想着的时候,道路前方传来了两人争执的声音。

"你不是喜欢我吗!"

"为什么我们一定要私奔呢?"

"因为,两人相爱的话,不是连父母都可以抛弃吗?"

……这孩子,爱情小说看多了吧,这是什么话啊。阿郁赶紧喊道:"芽衣子!"

看清来人之后,悠太郎露出了如释重负的表情。阿郁三步并作两步跑到两人身边,先是向悠太郎道了谢,然后对着芽衣子训斥起来:

"你这孩子,悠太郎他还在读书啊。你能不能为对方多着想一点?"

"我会努力说服你父亲的,所以,你能不能再等我一段时间?"

在悠太郎的劝慰下,芽衣子勉强答应了下来,脸上还是写满了不情愿。看见这样的女儿,阿郁露出了若有所思的表情。

"这边是头,这边是尾。鲣鱼屑必须从头开始削。反过来的话会变细。对着刀刃要反过来削。大概这个角度,来,你试试。"

暑假第一天的大清早,芽衣子就被阿郁从被窝里抓了起来,交代了削鲣鱼屑的任务。芽衣子按母亲教的去做,却一直都做不好,还累出了一身汗。

"……母亲,你来做啦!"

"你这孩子,你打算对着婆婆也这么说话吗?意见不合就离家出走,完全不考虑对方的情况。区区一个鲣鱼屑都削不好。我要是你婆婆,肯定受不了你这样的儿媳妇。在等待悠太郎期间,你有很多需要学习的东西。"

不愧是严母阿郁,决不纵容女儿的任性。从这天开始,芽衣子就开始了艰苦的新娘课程。

在厨房要学习食材的准备和餐具的清洁,在房间里要学习打扫,在庭院里要学习晾衣服,米糠的准备也是必须掌握的技能。整整一天芽衣子都没好好休息过。她只要一叫苦,就会被母亲用"婆婆"来堵住她的嘴。

终于连味噌汤也做得像模像样的时候,大五却因为连日来天气炎热,一口也没有品尝过。

"这是没有食欲吧。厨房的温度很高,每年这个时期都是这样的。"

最近,阿熊开始代替忙碌的阿郁指导芽衣子做家务,她也非常支持芽衣子和悠太郎的婚事,是芽衣子又一个有力的后援。

"其实说到底,老爷是担心大小姐吧。如果他看到大小姐能独当一面的话,说不定就没这么反对了,也许会重新考虑你们的事情呢。"阿熊建议芽衣子,如果能结合家人的情况做出改善食欲的料理,也会令大家刮目相看的。

为了做出适合夏日口味的味噌汤,芽衣子考虑过各种各样的配料,但是这些年阿郁和阿熊差不多都做过了。就在这时,原本去别墅避暑的樱子突然来到店里。原来她在别墅的时候,每天都在就餐时间被安排与陌生男人相亲,她不胜其烦,就一个人先跑回来了。

这是学生生涯中最后一次暑假,她邀上芽衣子和民子,三人一同去了海边。

在另一边,悠太郎苦苦思索一个月后,终于做出了抉择。

这一天,亚贵子来到研究所,告诉悠太郎自己决定去东北上大学。

"这样啊,阿亚,你入春就去东北了呀……"

"只要能考上的话。小悠,你决定去哪里工作了吗?"

校园内,两人并肩坐在葱郁欲滴的树荫下,听着身边响起阵阵蝉鸣。

"应该会留在东京吧,我是这么考虑的。"

为了让芽衣子获得幸福,所以自己留在东京——一直劝悠太郎留下

/ 多谢款待 1/

的教授听到这个决定之后喜不自胜,已经开始着手安排他今后的出路了。

"……就是这样。我要结婚了。"

亚贵子的脸色瞬间变得苍白:"……什么?!和谁?"声音中有一丝难掩的动摇。

"就是,开明轩的……女儿,我还是不能把她带回大阪。"

"……小悠你是真心的吗?你家里怎么办?你如果不回去的话,不就变得跟你父亲一样了吗——"

"你不要再说了——"

悠太郎深深皱起了眉头,对他来说,这肯定是一个艰难的决定吧。

见了悠太郎的反应,亚贵子只得放弃了规劝。

"……不过也好!反过来想想,这就意味着你找到了比家人和梦想更重要的存在嘛。这么看来,也是一件值得庆贺的事呀!……不小心说了奇怪的话,你别放在心上。"

悠太郎的心中隐隐作痛,一直目送着亚贵子的背影渐渐远去。

在海边,芽衣子和好友们痛痛快快地玩耍了一番,带着久违的笑容回到了家中。她提着在海边购买的特产,兴致勃勃地钻进了厨房。

"父亲!你们吃过晚饭没有?!"

照生和帮厨正聚集在厨房的一角,全神贯注地窥视着大厅的情况。芽衣子跑到他们后面,朝里面望了过去。只见父亲正和悠太郎面面相觑地坐在餐桌前,母亲阿郁则站立在一旁。

"我可以在附近租一间房,如果大将同意的话,我从店里通勤也可以。

我已经决定在东京工作了，请你再考虑一下……"

悠太郎的话音未落，芽衣子就从厨房冲了出来。

"不行！这样绝对不行！你母亲给予你的梦想要怎么办？！"

对着不知所云的父亲，芽衣子把所有的事情都说了出来。

"父亲，西门先生的母亲，因为卷入火灾而不幸去世了！所以，他想用他自己的手去建设大阪的街道。他拼命读书，不断地鞭策自己，好不容易才考上了帝大。他一直都在为了实现梦想而努力。所以，他才会帮我们修楼梯，还细心地添上了扶手。这个梦想，是西门先生的一切，是他最大的生存意义。所以，这也是我的梦想！他的梦想就是我的梦想！你能明白我的意思吗？"

"……这么伟大的理想，居然为了一个女人就放弃了。这种家伙，完全不值得信任！"

大五踹开椅子猛地站了起来，脸色阴晴不定地冲进了厨房。

"这么想跟他在一起的话，我们就断绝父女关系！你想干什么就干什么，但是，今后不准你再踏入这个家门！"

芽衣子赶紧追了上去，却被大五狠狠关上的房门给挡在外面。

悠太郎摆出思考的姿势，在房中一边踱步一边思索着对策。事已至此，就算芽衣子不愿意，也只能考虑放弃这门婚事了。

"我、我要离家出走！"芽衣子斩钉截铁地喊道，虽然她连个落脚的地方都没有。

"……你就饶了我吧。"悠太郎的脸色越发难看。

"……那，我们要怎么办呢？"

"不是说了吗？我就在这里找工作。"

"……但是，我不想让你这么做啊。"

好不容易做出的重大决定，却被对方这样轻易地否定了，悠太郎的心里也冒出火来："……真是多谢你多余的好心啊。"

"但是，远嫁这点小事……"

"这才不是小事！也许你根本就没意识到，你生长在一个多么幸福的家庭！失去这么一个幸福的家庭，根本就不是什么小事！"

"……可是……"

"可是、可是什么？"

"如果我们能努力变得比现在更幸福，那不就行了吗？"

听到芽衣子惹人怜爱的反驳，悠太郎竟然有了些许动摇。但是、但是……

"……这两件事不能相提并论。如果你父母出了什么事，你都不能马上赶到他们身边，这样的话，你绝对会后悔的。"

芽衣子无法说服悠太郎，只得垂头丧气地回到家中。

"竟然说出那种话，一切都完了。这种事，你自己也很清楚吧。算了，我不管你了。"

对着埋头磨刀的丈夫，阿郁有些灰心丧气，毫不客气地指出了对方的问题。

所谓工匠，万事都喜欢凭着倔强之气拼搏到底。大五从不退让的顽

## 第 5 章 / 真心实意

固品性,长年在厨房里工作的山本和照生也是十分清楚的。

这天夜里,在门上挂上"打烊"的牌子后,大五回想起芽衣子的话,一时不想回店里,就这么坐在楼梯上沉思起来。就在此时,许久未见的新井忽然出现在他的面前。

"你看起来非常反对这门婚事啊。照生还特意跑来告诉我这件事。你为什么这么反对呢?你不是挺喜欢他的吗,还说他是个年轻有为的青年。"

虽然因为拒绝"丸山"相亲一事,让作为介绍人的新井扫了面子,但是新井是个心胸宽广的人,并没有因为这件事对卯野家产生芥蒂。不过大五也并非是因为对恩人新井有所愧疚,才这么激烈反对女儿的婚事。

"……那孩子,最近变了好多。竟然还说出'他的梦想就是我的梦想'这种话,简直就像个成熟的女性一样。她太迷恋那个男人了。我觉得有些害怕。——不,先沉迷进去的人一定会无条件地付出。正因为如此,她今后的日子一定会很艰苦。"

"这话就不该你来说了。"新井笑了起来,"当初你身无分文的时候,把你的梦想当作自己的梦想,一直无怨无悔地支持着你的人,不就在你身边吗?那个人这些年的辛苦,我是看在眼里的,我从未见她露出不幸的表情。"

新井的话让大五哑然无语,他拍了拍对方的肩头,踱步离开了餐馆。

这时,店里忽然传出一阵欢呼声,大五赶紧推门回到大厅。只见照生正在一脸好奇地打量着芽衣子端出来的料理。

"这是什么?"浮着冰块的味噌汤,大五还是第一次见到。

"这是'哇卡哇卡',是一种渔师料理,因为吃起来会发出类似哇卡哇卡的声音,就取了这个名字。把鱼肉剁碎之后,再加入紫苏、生姜和葱花等作料,想到什么都可以加进去。等凉了之后,再放一些碎冰块上去,就大功告成了。来来,你们来品尝一下。"

芽衣子端了一碗递给大五。从海边回来之后,新鲜的土产就被她随手搁在了厨房里,一连串骚动让她差点忘记了这件事,还好阿熊帮她收在了阴凉处。

阿熊说得没错,如果自己能更加能干的话,说不定父亲就会重新考虑自己的婚事。她不想辜负阿熊的一片好意,所以用心地做出了这碗清凉的味噌汤。

大五端起芽衣子烹制的哇卡哇卡,先是小心翼翼地尝了一口,回味了一下,然后端起瓷碗,大口大口地喝了下去。虽然大五从头到尾一句话都没说,但是喝得干干净净见了底的碗,证明了哇卡哇卡的美味。

"……父亲,我一定会努力的。虽然对方的家庭情况比较复杂,我嫁过去之后可能也会遇到很多困难。我脑子不够聪明,做事也不怎么牢靠,但是,就算对方对我有意见,我也不会轻易放弃的。我会认真考虑对方的情况,做出让他们满意的可口饭菜。我一定会好好加油的,让自己变得幸福的。所以,请你同意我去大阪吧。"

大五默默把空无一物的饭碗放在了桌子上:"……系上带子,穿上围裙来厨房。"说完,他头也不回地走了出去。疑惑的芽衣子连忙跟了上去,来到厨房之后,才知道父亲打算教自己做鸡肉高汤。

"帮厨已经回去了。你偶尔来打打下手。"

大五巨细无遗地讲解了高汤的调理工序，还特意教授了不同于餐厅做法的家庭做法。下手制作的时候，他对芽衣子的每一步操作都进行了严格的指导。

望着认真搅拌着碱水的女儿，大五不由得暗暗感慨，这孩子真是成长了不少。

"还要继续搅拌吗？"感受到视线，芽衣子抬头向大五问道。

"……不，我只是觉得，你还长得真大个呢。"

"还不是父亲塞给我这么多好吃的。因为父亲做的料理太好吃了，我才能长得又高又壮啊。你以前更夸张，一大清早就给我们做煎鸡蛋卷。"

如果芽衣子这时抬头，就会看到父亲脸上露出的寂寞神色。

"那时没什么客人啊……剩了好多食材。"大五打起精神，用平日轻松的口气回道。

"因为你一直夸煎鸡蛋卷好吃，我才改进了菜谱，让店里的经营渐渐走上了正轨。不过，你也只会说好吃而已啦。"

想起小小的芽衣子，坚定地说着"父亲的料理天下第一"的样子，大五的眼眶都湿润了，为了掩饰自己的情绪，他故意用不屑的口气蒙混过去。

"高汤可以用在什么地方呢？"

"可以用在很多地方：把蔬菜煮进去，就可以做法国浓汤；和米一起煮的话，就可以做成菜粥；什么都放一点进去熬的话，就是杂烩粥了。"

煮汤的铁锅里发出沸腾的声响，大五微微俯下身，对用力搅拌着碱水的女儿认真说道：

"芽衣子，你一定要记住……我，我都没什么好东西能给你。无论是聪明的头脑，还是令男人心动的容貌，这些我都没法给你。我能给你的，就只有特别好的胃口和特别健康的身体。我给不了那些能让你感到骄傲的东西，所以我想，至少要帮你找一个优秀的丈夫。不过，你已经靠自己的能力找到了。"

一直都是大嗓门说话的大五，这时却压低了声线，还带着一丝颤抖。

"我能给你的，就只有这些东西了。"

看着眼前低头弯腰，眼含泪水的父亲，芽衣子终于意识到父亲为什么要教自己做高汤。

"父亲，我，我从小开始，每天早上起床之后，都十分期待：今天的早餐是什么呢？还没醒来之前，我就在梦中吃着各种美食，醒过来之后，那些美食就真的在我的眼前出现了。不管是便当还是零食，都好吃得不得了。像我这样幸福的孩子，肯定，全世界没有第二个了……"

芽衣子拼命忍住眼中的泪水，声音也哽咽起来。

"这次，就轮到你让自己的孩子获得幸福了。"

铁锅里的汤汁，还在持续翻腾着热泡。今天的鸡肉高汤，说不定会因为两人的泪水，增添一丝苦涩的味道。

天刚刚亮，想散散心的芽衣子就走出了家门。昨天晚上因为太兴奋，都没怎么睡着。

她随心所欲地走着，不知不觉来到了当初被悠太郎抢走一份试卷的

## 第 5 章 / 真心实意

木桥上。

"……明明是个讨厌的回忆啊。"

这时,前方传来熟悉的脚步声,芽衣子抬起头,看见朝阳光辉下缓缓走来了一人。

"大清早的,你在这里做什么?"惊讶的芽衣子向对方奔了过去。

"你才是,怎么这么早?"悠太郎看清来人后也吃了一惊。

"我来散步。"

"我、我也来散步……"悠太郎支支吾吾地说。

只要你能努力让两人获得幸福,对方的双亲就一定可以接受的——悠太郎被室井真诚的话语打动,兴奋得一个晚上没睡着。今天一大早,他就从寄宿的地方出门,沿着往日的路线慢慢地走着。没想到,竟然在这个特别的地方遇到了芽衣子。

"不、其实……其实我……"悠太郎耳朵都变红了,说话也变得结结巴巴,"我是,来拐走你的!"

"洗盘子?"①

"不是!真的是……就是、那个……我想把你从家里拐走!"

"拐、拐走?"芽衣子惊讶得合不拢嘴,"你要拐走我吗?"

"是的,没错!"

下一刻,惊喜万分的芽衣子紧紧地抱住了悠太郎。她露出动人的笑容,用颤抖的声音说:

"……已经,不用了。你不用这样做了。因为父亲他,已经同意我

---

① 日语里"拐走"跟"洗盘子"同音。

们了！不过，机会难得，你再说一次给我听听？"

悠太郎兴奋地回抱住芽衣子，开心地说："我拒绝。"

三月，芽衣子终于顺利从女子学校毕业了。

"从今以后，你们就要踏上各自的旅程了。在今后的旅途中，你们会与各种各样的人打交道。有热情的人，也有冷淡的人，有幸福的人，也有寂寞的人。人与人的交往，并不都是一帆风顺的，经常会产生各种矛盾。这个时候，请回想我曾经说过的话。你可以告诉对方：不管是什么人，如果不吃饱肚子就不能生存下去，无论我和你有多大的差别，在这件事上，我们一定是相同的，所以，我们一定能够相互理解。"

宫本老师带着温柔的笑容，注视着台下即将踏上人生旅程的学生们。

恩师的这番教诲，深深地烙印在了芽衣子的心中。

出发的当天，芽衣子将一个小小的缸子抱在胸前。

（这样一来，我也可以跟着芽衣子一起拜访西门家了。）

"真的非常感谢你们一直以来的照顾。"

对着前来车站送行的卯野一家，悠太郎深深地鞠了一躬。

"岳父大人，我一定会让你的女儿幸福的。"

"……啊呀，这个嘛……你只要让她吃饱就行了，只要满足了这一点，其他都不是大事了。"

"父亲，你就不能说点好听的吗？"

芽衣子的话音刚落，前方的车头就传来了响亮的汽笛声，阿郁催促他们赶紧上车。

随着悠太郎登上火车之后,芽衣子对着车下的家人用力地挥手。

"父亲、母亲!小照、阿熊、山本先生、小玉!"

这是将她辛苦抚养长大的亲人们,千言万语,最终只化成一句话。

"这十八年,多谢款待!"

看着深深鞠躬的芽衣子,大家都湿润了眼眶,一时无声。

"喂!你们一定要好好相处啊!"眼中含泪的大五大力地挥舞着手臂。

"……嗯!"芽衣子擦掉眼泪,满脸笑容地回道。

这个笑容,就像错季盛开的向日葵一样明媚而耀眼。

## 第 6 章
## 以海带决胜负

1923年（大正十二年）春。芽衣子和悠太郎乘坐的火车，一路摇晃着驶向大阪。

"到大阪之前，还要再干掉三个！"

芽衣子把车站便当的空盒堆在一起，开开心心剥了一个橘子塞进嘴里。

"……芽衣子。"悠太郎缓缓地叫道。

"……芽衣子。"对方第一次叫自己的名字，芽衣子既高兴又害羞，扯着嘴角笑了起来。

"也没有其他叫法了吧。我给你说说家里的事情。

"年纪最大的大姐，在离婚之后又回到了娘家。现在的母亲是后母，没有生育孩子。最小的妹妹还在读书，个性比较孤僻。大姐和后母相处得不太好。

"至于我的父亲，是不是还没有跟你提过？"

"母亲跟我说了一些，好像已经去世了？"

"……嗯，算是这样吧。不过，他之前做过的事情——"

"京都到了！"列车停下之后，芽衣子的眼神都变了，"咦？！我的钱包、钱包哪里去了！"

悠太郎的满腹忧愁好像一点儿都没有传达给芽衣子。傍晚时分，折腾了一天的两人终于到达了大阪。

大街上人头攒动，有着一番不同于东京的热闹景象。随着工业和商业的高速发展，大阪的人口也不断增加。整条街道都充满了新鲜的活力。

"终于到了……好了，快走吧。汽车也晚了好久。"

这时，芽衣子拿出一个小册子，兴致勃勃地翻来翻去，像寻找什么似的。

"有了！悠太郎，到家之前，我想先在这里逛一逛！"

悠太郎这才看清那个小册子，原来是介绍大阪美食的指南。他不由分说地夺过小册子，恨恨地瞪了芽衣子一眼，打消了对方一边逛街一边享受美食的美梦。

"大船的鲷鱼饭、滨松的鳗鱼便当、岐阜的鲇鱼寿司、京都的八桥！这些美食难道不诱人吗？"

西门家曾经是大阪的名门望族，来到西门家门口之后，芽衣子被这份厚重的历史感所震撼了。

"好气派的房子啊……"

"……只是个老宅子罢了。"悠太郎面无表情地说。

"我回来了。"他一边说，一边走进了大门。

"欢迎回来。悠太郎。坐这么久的汽车，很辛苦吧？"一位气质不凡的中年女性兴冲冲地迎了上来。"啊，这位是？信上提到那位？"她直直地盯着悠太郎身后的芽衣子。

"没错，就是她。你一直不肯回复的那封信上面提到的人。"悠太郎毫不客气地回道。

不过中年女性毫不介意，又朝着芽衣子亲切地问道："你的名字是？"

"啊！我叫芽衣子！请多指教！母亲！"

悠太郎的表情一时僵住了："……这是大姐，名叫和枝。"

"啊！啊！啊！真抱歉，是我太唐突了！"

芽衣子第一次在人前这么失态。对方看起来比悠太郎大了二三十岁，实在不能怪她判断失误。

"悠太郎上面还有四个姐姐，所以我们之间的年纪差了不少。不过，我就当你夸我有威严好了。"

和枝露出了优雅的笑容："来吧，请进。"她热情地把芽衣子带进了屋里。悠太郎注视着自家大姐的背影，眼中闪过了一丝阴影。

不久之后，原艺伎的继母阿静和最小的妹妹希子也走进了气派的客厅。

"叫我阿静就行了。母亲什么的，把人都叫老了，我不喜欢。"

继母看起来又华丽又美艳，一点都不像四十七岁的样子，有着华丽的外貌和豪爽的个性。

"哎——！您看起来好年轻呀！"

闻言，和枝的笑容顿时凝固在脸上，但是芽衣子却完全没有察觉到这一点。

希子今年刚满十六岁，十分惹人怜爱，沉稳得像个小大人。她埋着头，用细微的声音说道："……请多指教。"

"听说你的娘家是西餐馆？所以才长了这么大的个子？"

全家介绍完毕之后，和枝非常亲切地跟芽衣子搭话。

"因为父亲总是做一堆好吃的给我们吃。不是我自夸，我父亲的料理可是天下第一呢！有机会去东京的话，请一定要到店里品尝一下。请问，大姐您喜欢做料理吗？"

"我呀，我的手艺还没到被人赞不绝口的程度。这么说来，你一定经常下厨了？"

"来这里之前，也算被父亲好好锻炼过一番了。不过还差得远呢。"

"啊呀，看起来很可靠嘛。那以后厨房的工作就由你全权负责了。天下第一的西餐店的大小姐的手艺，我可是非常的期待呀。"

"啊！都交给我负责吗？！我会加油的！"

芽衣子和和枝其乐融融地交谈着，在一旁围观的阿静和希子却分别露出了微妙的表情，连悠太郎的脸色都不太好看。不过芽衣子对这一切都浑然不觉。这时，在大阪方言中称为女众的佣人，为她端上了一盘大阪樱叶饼，芽衣子拿起石炭形状的点心，大口大口地吃了起来。

"大姐，由于您一直没有回信，所以我想确认一下信上的事情，可以的话，我希望能早日举行婚礼。"

自从进屋之后，每次提到这个话题都会被和枝巧妙地回避过去，对此悠太郎十分地焦躁。

"我已经在按部就班地准备了，你就放心吧。一定会按西门家的风俗，气派地将新媳妇娶进门。我最近都在忙这个事，所以才抽不出时间回信。"

和枝说得头头是道，听起来似乎都是为了两人着想。她还主动提议帮芽衣子制作米糠，方便一路奔波的两人好好休息。

"大姐真是温柔呢，还很有气度。"

当悠太郎正在解两人的行李时，芽衣子忽然感慨一句。

"……她绝对有什么企图！"

"真的是，你想太多了。好了，安心、安心。明天做什么好呢？"

芽衣子的行李箱中，塞满了从娘家带来的食材：各种调味品、梅干，还有不少干货。

同一时间，在楼下的厨房中，和枝把米糠坛子放在盐罐边上，开始用力地搅拌起来。她的表情跟之前在客厅时截然不同，偶尔还会露出像恶鬼一样狰狞的神情。

（抱歉……我孙女居然先于悠太郎走上了楼梯……抱歉，还把大姐和继母搞错了，抱歉，端上来的点心，居然自顾自地吃了起来……啊啊啊！）

第二天清早，芽衣子抱着塞满食材的箱子，第一个来到了西门家的厨房。她将淘好的米浸在清水中，又把鲣鱼节屑削好。正当她准备烧火煮饭时，突然发现一个问题——西门家的厨房居然是烧柴火的。

第一天上班的悠太郎帮忙劈了一会儿柴，但芽衣子仍然是手忙脚乱，送悠太郎出门时连便当都没做好。

悠太郎离开之后，芽衣子继续和柴火进行艰苦的斗争。最后终于做好了由味噌汤、腌菜和烧煳的米饭组成的早餐。

"非常抱歉，我还不习惯用柴火煮饭！"

"你觉得家家户户都在用煤气吗?"阿静事不关己地微微一笑。

"没有煤气真是不好意思呢,不过,这是怎么回事。为什么一大早就吃温饭?"

和枝的话让芽衣子摸不着头脑,还是阿静好心地解释了一番。原来温饭就是指刚刚煮好的米饭。这个家里每天只在晚上煮一次饭,米桶里应该还留着昨天晚上煮好的米饭。

"啊,但是刚煮好的新鲜米饭更好吃吧?今天早上是有点失败,中午我会继续……"

"你一天还想煮三次饭吗?柴火又不是不要钱。"

"那么,柴火钱就让我来掏吧。我想让大家吃上热腾腾的米饭。"

"……你来出吗?嗯——那好吧。"

说完后,和枝盯着与大家同席而坐的芽衣子,默默地搁下了碗筷。

"你为什么也坐上来了?你,只是个女佣而已。"

闻言,阿静和希子纷纷低下头,赶紧吃起了早饭,免得和枝殃及池鱼。

"在我们西门家呢,新媳妇第一年是不能入籍的,也不能对外宣布这层关系。虽然有点委屈你,但这一年只能把你当作女佣看待。啊呀,悠太郎没有告诉你吗?这孩子,难以启齿的事就会一直瞒着不说。"

和枝故作感慨地摇了摇头,芽衣子已经被这番话惊得目瞪口呆。

"长久以来,嫁入西门家的媳妇总会有这样那样的问题。有和家风格格不入的,有无法传宗接代的,还有夫妻间相处不融洽的。所以最后,西门家立了一个规矩,新媳妇进门必须有一年的见习期。也是为了保全新媳妇的声誉啊。"

听起来似乎有些道理,芽衣子只得勉强点了点头。

"所以,为了芽衣子着想,我已经把下人都打发回老家了。"

"啊?!"一大早她就四处找佣人帮忙,结果半个人影都没有,原来竟然是这个缘故吗?

"同为女佣,如果把你这个未来的媳妇跟其他人一样呼来唤去,那不是太委屈你了吗?而且,你看你连个米饭都煮不好,如果不是我事先采取了措施,你就要被佣人们鄙视了,还会被他们狠狠地欺负呢。"

"……啊!啊!多谢您的关心!"虽然有些难以释怀,芽衣子还是道了谢。

而在另一边,抿了一口味噌汤的阿静,露出了难以下咽的表情。

"这个,是你家的酱料吗?味噌?"还未等芽衣子回话,和枝毫不客气地说,"味道,有点奇怪呢。"

放在西门家厨房里的味噌,是芽衣子从未见过的纯白味噌。她试吃了一下,却什么味道都没尝出来。所以就换上了从卯野家带来的祖传味噌。

"在东京,这就是举世无双的美食吗?"和枝只用嘴唇沾了一点,就把整碗味噌汤都倒回了锅里,"我到对面用凉开水和腌菜做点茶泡饭吃,你们呢?"

听和枝这么一说,希子也站了起来。芽衣子赶紧把辛苦制作的便当递给她,但是被对方婉言谢绝了。最后,只有阿静表示了同情:"啊,你不用介意。"说完也离开了饭桌。

三人离开后,留下了一桌几乎没动过的早饭,愕然的芽衣子只得呆立在原地。

当芽衣子抱着沉重的心情收拾完饭桌后,她忽然朝米糠坛子望了过去。说起来,和枝腌制之后自己还没有查看过,里面到底都放了什么东西。

等芽衣子打开盖子,看清坛内的情形后,不由得大吃一惊。坛子里竟然倒满了水,米糠全都浮了起来!芽衣子试着尝了一口,味道又辛辣又涩口。

芽衣子匆匆跑上二楼找和枝对质,却被对方用暧昧不清的说法糊弄了过去。

折腾了半天,她只得闷闷不乐地回到厨房继续做事。正当她埋头苦干时,身后传来阿静的声音:"出了什么事吗?"

"大姐之前说帮我制作米糠,但是坛子里全是水!我去问她,她却说是女佣不小心搞错了。"

"这种事情怎么会搞错。"

"我也这么觉得。就是大姐自己搞错的吧。她不是不擅长做菜吗?"

"我跟你说,和枝她啊,做菜的手艺可高超了。"

"咦!那、那么说……?她、她难道是故意的?她为什么故意做这种事?"

"你这孩子真是迟钝,她会这么做,当然是因为对你很不满呀。那个人啊,原本打算一手操办悠太郎的婚事,指望引以为傲的弟弟可以迎娶嫁妆丰厚的千金小姐呢。万万没想到,悠太郎却突然把一个和自己自由恋爱的女人带回了家,这真是一点都不好笑呢。光是你的存在,就让她恶心得想吐了。"

"……怎么会这样……但是、那个、我现在该怎么办呢？"

"算了,你别抱希望了。无论你怎么努力,她都不会承认你是西门家媳妇的。"

说完,阿静把需要清洗的脏衣服毫不客气地塞给芽衣子,随后穿上华丽的和服,悠然自得地出门当三味线老师去了。芽衣子在原地呆立了半天,最后还是决定尽力而为,用实际行动来化解隔阂。

芽衣子把厨房里的调味料全部检查了一遍,原来不单是味噌,连酱油也跟平时吃的完全不一样,这件事令她十分苦恼。上门送货的人建议她不如自己去挑选货物,芽衣子觉得有些道理,就亲自去了一趟农贸市场。

农贸市场里并排着各种各样的食品摊位,生机勃勃的叫卖声此起彼伏。芽衣子兴奋地打量着两边的店铺,一路沿着街道走了下去。逛果蔬店的时候,她发现了好几种完全没见过的蔬菜,路过海鲜店的时候,店主正卖力地吆喝着"我家的鱼新鲜得会咬人"。

芽衣子逛得正起劲,忽然想起今天晚餐的饭菜还没着落。

就在此时,一声洪亮的吆喝声传了过来:"快来瞧一瞧看一看!"芽衣子回头望去,原来是肉店的青年店员正在展示商品。

"牛乐商店每天的大减价开始啦!大减价!牛乐商店每日回馈各位的大减价、薄利多销大减价现在开始啦!"

听见吆喝声的路人们纷纷向前涌去,芽衣子也匆忙加入了围观的队伍。她仗着自己比别人足足多了一个头的身高,在后面大声喊道:

"请给我一百文的!还有,里脊肉也要一百文的!啊,骨头也要!"

今天的晚餐就决定做西洋料理了，还有大五亲自传授的鸡肉高汤。

"让你们久等了。这是炸肉丸！趁热的时候吃吧！"

芽衣子把热气腾腾的煎炸食品端进客厅，房间里顿时充满了令人垂涎欲滴的香气。

"啊呀，那我就不客气了！唔唔，好吃！"阿静吃得咂嘴弄舌，希子也露出了开心的神色。

就在这时，和枝突然一把掀翻了食盘。

"这里是西门家！西门家自有西门家的家风。你嫁进来就要遵守西门家的家风！做菜也必须继承西门家口味！突然做出这种莫名其妙的料理，目中无人也要有个限度！"

芽衣子死死地盯着地板上七零八落的炸肉丸和蔬菜沙拉，和枝完全不打算放过她，趾高气昂地追问道："你听见没有？！"

"……我明白你的意思了，但是，你怎么能这样呢？"芽衣子压住胸中的怒火，不甘示弱地瞪了回去，"你怎么这样能浪费粮食呢？"

和枝冷笑一声，轻蔑地望着芽衣子："是吗？那你就把这些捡起来吃掉吧。"看见对方被自己堵得哑口无言，她得意扬扬地扬起眉毛，"怎么，你就只敢逞口舌之快？"

纵然心里害怕不已，芽衣子还是默默地捡起了地上的食物。

"好吃！"她故意细嚼慢咽，还示威一般地大声说道，"真好吃！不愧是上等牛肉！"

不要说阿静和希子了，就连和枝也没想到芽衣子能做到这个地步。

/ 多谢款待 1/

把地板上的食物都吃得差不多之后,芽衣子对着和枝鞠了一躬:"多谢款待了。"

和枝忽然哼笑一声,伸手指着地板的某处——那里有一摊洒出来的味噌汤。

"那里,不是还有吗?你快去舔干净吧!"

刚从学校毕业的女孩,根本不是赖在娘家多年的大姑姐的对手。

"之后的打扫,也麻烦你了哟。"和枝带着胜利的轻笑,悠然地走出了房间。

"还有、还有、她居然笑着对我说'麻烦你了'!"芽衣子守在吃着晚饭的悠太郎身边,不停地抱怨道。

"真是令人厌恶的做法……这叫什么来着,为人聪慧?"

"那叫本性恶劣吧。"悠太郎帮芽衣子纠正用词。

"对!就是这个!说到本性什么的,她根本就是性格扭曲,一点儿都不干脆利落!简直就像腌制的裙带菜!不过,她那种裙带菜,不管怎么煮怎么烧,肯定都硬得吃不下去!"

"我吃好了。"悠太郎放下碗筷,转过身正对芽衣子。

"芽衣子!"四目相对,悠太郎忽然双手触地,向对方深深鞠躬,"对不起,真的太对不起你了……"

下班回家后,见芽衣子怒气冲冲跑出玄关,他就什么都明白了。

"啊、啊……你抬起头来啊。我知道的,我是知道这些情况才来到这个家的。是我太轻率了,没把你说的当一回事。该道歉的人是我才对啊!

结果,我就只知道对你发牢骚!我以后不会再抱怨了!"

"这可不行!"悠太郎猛然抬起了头。

"你并不是这么能忍的人,积累太多最后会都爆发出来的。多少发泄一些比较好,把我当作出气筒也没关系,都朝着我来吧!你还有什么不满的地方吗?"

"……啊!西门家的媳妇,必须考查一年才能娶进门吗?"

"哎!还有这么一回事?"

虽说不是很介意,但芽衣子还是难以释怀。她长叹一声:"真是的,悠太郎,这种事情实在是……"

"这样吧,我们明天就去办入籍手续吧。午休的时候,就去一楼的户籍科麻利地办了吧。"

"……啊……啊,是吗?"悠太郎工作的地方,就是市政府的建筑科。

"这件事虽然不急于一时,但是早点举行婚礼也好让你父母放心吧。"

前方阻碍重重,必须抢占先机才行,想到这里,悠太郎不由得叹了一口气。

大姑姐的刁难当然不会就此停止。第二天早上,芽衣子发现自己为高汤准备的锅底竟然被人打翻了。

"……哎,偶尔也会发生一些奇怪的事嘛。"和枝厚颜无耻地说。

"是啊,说不定是锅自己摔在地上的。"芽衣子皮笑肉不笑地回道。

"大姐,有关我们婚礼的事情——"正襟危坐的悠太郎趁机向和枝提出了质疑。

/ 多谢款待 1/

"我不是在准备吗?我已经通知亲朋好友了,一年之后将举办盛大的婚礼。大家都表示非常期待呢。"

然而,作为未来的新娘,芽衣子却被当作女佣使唤,连吃饭都不能和大家坐同一个桌子。

"您对芽衣子到底有什么不满?"

"我没有什么不满呀,我只是照规矩办事而已……"说着,和枝忽然很夸张地打了一个哈欠。

"抱歉抱歉。昨晚没睡好。因为夜里有些大块头一直瞎折腾,弄得家里砰砰作响。啊,说不定汤锅就是这样被打翻的?"

芽衣子和悠太郎一下变得赤耳面红,阿静也忍不住咳了起来,害羞的希子则慌忙起身离开饭桌。她今天也剩下了很多饭菜,也不肯接芽衣子的便当,就这么不声不响地去上学了。

"那孩子很温柔的,我想她是不想浪费你做的食物。我也很想帮你解决便当,但我真是吃不下。"

看着眼前的一切,芽衣子既委屈又愤怒。虽然悠太郎一直维护自己,但是受到伤害的不单是自己,就连自己辛苦制作的料理也成了家庭斗争的牺牲品。芽衣子感到十分地悲哀。

当芽衣子在庭院里看到被倒掉的汤底之后,她决定向和枝低头认错。

"大姐。你能教我做西门家的味道吗?我什么都听你的。"

闻言,正在给佛坛献花的和枝轻叹一声,转身对芽衣子微微一笑。

"芽衣子。我呢,一直就等着你这句话呢。好了,你把娘家带来的东西全处理了吧,还有那个米糠坛子。"

"那、那个也要吗?不能和这边的酱汁混着一起吃吗?"

芽衣子才添了一些新鲜米糠,她还等着辛辣的米糠慢慢恢复原来的风味呢。

"那是卯野家祖传的米糠,我从小就吃着它长大的。"

"就是为了划清界限,我才叫你扔掉的。如果你这都不愿意,那就没什么好说的了。"

说完,和枝又转身背对着芽衣子。

和枝这里行不通,芽衣子只好从其他人下手。能做出西门家味道的人,除了和枝,那就只有阿静了。

"西门家的味道,我怎么做得出来呀。"阿静正在涂抹美容膏,神色有些不屑。

"就是因为我做不来,才会被和枝从厨房里赶出来的啊,真是难过呢。那个时候另外两个女儿也在,她们与和枝一同抱怨我做的饭菜难吃……"

垂头丧气的芽衣子回到厨房,忽然注意到一件事。米糠坛子……不见了!

当她冲到庭院时,正好看见和枝把米糠往垃圾箱里倒。

"快住手!"芽衣子用力地从和枝手里抢过了米糠坛子,"为什么?你为什么要做这种事!其他我都会处理的,只有这个不行,我不是求你放过它吗!"

"所以我才这样做啊。就是因为你舍不得,我才亲自帮你动手啊。"

我才想求你放过我呢。"

和枝盛气凌人地离开了原地，只留下芽衣子一人愣愣地望着散落遍地的米糠。芽衣子的眼前，浮现出了往日辛勤搅拌米糠的祖母的身影。自己视若珍宝的米糠坛子竟然被人如此对待，芽衣子气得浑身发抖。

忍无可忍的她夺门而出，对走在街上的和枝不顾一切地喊道：

"大姐，您为什么这么不待见我？！您能不能告诉我理由！"

"你认识亚贵子吗？和悠太郎感情挺好的那个孩子。我很中意她，那孩子真不错呢。不单是我，悠太郎也这么觉得。"

真是太过分了！芽衣子一把抓起对方的衣领，和枝似乎早就料到了对方的反应，她故作为难地说："……芽衣子，大家都看着呢。"

芽衣子猛然回过神来，发现四周的行人都在面色不快地打量着自己和和枝。

"啊啊，街坊邻居都在看着呢。怎么办，我以后都不敢出门了。"

"……我会出去的。我会从这个家里出去的！"

闻言，和枝露出了满意的笑容："……那真是遗憾呢。"

芽衣子抱着米糠坛子忐忑不安地到了市政府大楼。虽然家里的情况很糟糕，但是她一想到悠太郎正在辛勤工作，她就有些胆怯，很怕自己打扰到对方。在她犹豫不决的时候，路过的公务员纷纷向她投来打量的目光，她越发地不知所措，只得茫然地蹲了下来。

周围都是不认识的人，耳边的对话声也都是陌生的大阪腔。深深感受到孤独的芽衣子，只得再次回到了西门家。刚刚走进自己的房间，她又发现了一个惊人的事实——装着自己衣物的桐箱和梳妆台统统不见了。她匆忙跑出房间,遇到了正好路过走廊的阿静。

"啊——那大概是,被送回娘家了吧?我以前也遇到过这种事。"

芽衣子忍着怒火,向阿静打听了运送行李的快递公司的名字。

傍晚时分,芽衣子费力地拖着装满行李的板车,缓缓地朝西门家走去。行李是她好不容易从快递公司找回来的,板车是找好心人借来的,车上还放着用布巾用心包裹着的米糠坛子。

"为什么我会遇到这么悲惨的事?"芽衣子吃力地挪动步子,眼泪一直在眼眶中打转。

"芽衣子?"身后传来悠太郎的声音,她转过头去,看见了刚刚下班回家的悠太郎。芽衣子忽然觉得身上一丝力气也没有了,只能茫然地注视着眼前的人。

"……够了……我已经受够了!我只撑了三天,真是太丢人了……太丢人了……"芽衣子像个孩子一样放声大哭起来。

一定又与和枝起冲突了。悠太郎默默地将芽衣子带到一家名叫夜泣的乌冬面摊子。

从芽衣子哭哭啼啼的叙述中,悠太郎多少了解了一些事情经过。

"……就是那一大堆?"看着板车上满满当当的行李,悠太郎不由笑了起来。

"……什么,你笑什么笑啊!你、你知道我有多辛苦吗!"

"……因为,一想到这么一大堆行李,大姐竟然一个人搬到了快递公司，真是好厉害啊。对吧，这不是很好笑吗？"

芽衣子想了想那个画面，似乎是有点好笑呢。"很蠢吧？"悠太郎做出结论，"很蠢吧"芽衣子模仿他的口气念了一遍，说完自己也笑了起来。看见芽衣子的笑容，悠太郎终于松了一口气，这时摊主把煮好的乌冬面端了上来。

冒着腾腾热气的乌冬面，看起来很非常好吃的样子。芽衣子抿了一口汤汁，歪了歪头，露出了疑惑的神情。这是乌冬面？为什么味道这么淡呢？看悠太郎和其他客人吃得津津有味的样子，似乎味道并没有问题。芽衣子把悠太郎的乌冬面换过来尝了一口，果然跟自己的一模一样。

"……只有我一个人吃不出区别？"芽衣子终于想到问题所在，"是我的……味觉跟他们不一样？"

关东的汤汁是用鲣鱼熬的，关西的汤汁是用海带熬的。关东的酱油味道比较重，关西的酱油味道比较淡，而且还有一点咸。两个地区口味差异非常大。

完全不了解当地口味的芽衣子，自然做不出令西门家的人满意的饭菜。

"原来她们说不好吃，并不全是故意为难我啊。"

回家的路上，芽衣子一边帮前方的悠太郎推车，一边若有所思地感慨。

"悠太郎，你完全适应东京的食物，花了多少时间？啊！除了纳豆。"

好像刚才痛哭的不是自己一样，芽衣子又充满了干劲。

回到房间后，芽衣子把剩余的米糠放进了米糠坛子。

## 第 6 章 / 以海带决胜负

"委屈你了,从明天开始我会好好制作的。"

悠太郎朝芽衣子深深地鞠了一躬:"真的非常抱歉!"明明知道芽衣子有多么珍视这个米糠,大姐却做出了那样的事情,悠太郎心中充满了愤怒和愧疚。

"不然,我们搬出去住吧。"

"……没事,我还撑得住。只要还能吃就没关系。你什么时候这么会关心人了?"

"……但是,这件事不关心不行啊。"悠太郎有些窘迫,转过身背对着芽衣子。

芽衣子自然知道这是丈夫对她的体贴之心,她把目光移向米糠坛子,再次陷入了思考。

"半年吗……"悠太郎为了适应东京的食物,竟然花了这么长的时间。

一个月……会死的。一周……不太可能。那就五天吧。芽衣子终于下定了决心。

第二天早上的味噌汤,是芽衣子用从乌冬面摊学来的方法制作的,她让悠太郎帮忙尝试味道,尽量保证还原大阪的口味。

"终于做出人吃的东西了。"虽然和枝的口气还是阴阳怪气的,但是明显今天的味道让她满意了不少。

洗好衣服之后,芽衣子用布巾把米糠坛子包好,小心翼翼地抱在怀中,再次来到农贸市场。每天,悠太郎和希子离开之后和枝也会跟着出门,但是吃过一次亏的芽衣子不敢掉以轻心。

走着走着,肚子里传来咕咕的响声,芽衣子不由得有些难堪,这时,"牛肉商店"的小哥向她搭了腔:

"怎么了?这个很好吃哦。来尝一口吧?"

是牛肉试吃!芽衣子咽了咽口水:"……不用了。"她匆忙地离开了肉店。

"干吗这么客气啊?芽衣子。"

芽衣子连连回绝,又走远了几步,下一刻,她忽然转过身来,惊讶地说:"你怎么知道我的名字?"

"……果然是你。"年轻的小哥得意地笑起来,"是我啊,源太、泉源太。"

"……咦?咦咦咦咦咦!"

酸甜草莓的回忆顿时浮现在芽衣子的脑海中,眼前的小哥竟然是青梅竹马的源太!原来早在芽衣子第一次买牛肉的时候,源太就已经认出她来了。

两人在店中一角坐了下来,近距离地观察对方成长后的容貌,芽衣子感到无比怀念。

"父亲去世之后,我就跟母亲回了她的老家。家里的家业也轮不到我,所以我就出来到处打工,最后就到这里来了。"

源太告诉芽衣子,他最终会选肉店,也是因为受到了"开明轩"美味料理的影响,芽衣子对此感到非常欣慰。在得知芽衣子嫁到大阪来之后,源太一如既往的不客气:"居然会有男人要你啊。"

"难得我们再会,不如去吃点什么吧。这里有很多好吃的店,你知道炒冰吗?"

——竟然有这么神奇的食物!芽衣子动摇不已,但是一想到自己的秘密计划……

"不行!不行不行不行!不要再诱惑我了!"

这时,牛肉店的老板娘阿富走了出来,对源太打趣道:"你可不要死皮赖脸地缠着人家。"

"喂喂!你不要胡说八道。"

源太在这里似乎很受人欢迎,从老板娘的话语中也可以得知一二。没想到当年那个调皮捣蛋的小鬼,现在已经成长为独当一面的男人了。

"对了,可不可以把米糠坛子寄放在小源的店里?"

源太一脸疑惑地看着芽衣子:"……好吧,放我这里也行。"

"太感谢了!真的,你帮了我大忙了!啊、我会每天来照顾它的。"

等兴高采烈的芽衣子回去之后,源太看着米糠坛子,喃喃自语道:

"……请多指教。"

(我才是呢,一直以来多谢小源的关照了。)


炒牛蒡的话就去蔬果店、土豆炖牛肉的话就去肉店,芽衣子一边购物一边在各个摊铺里学习烹饪技巧,对关西口味的把握也变得越来越熟练。当和枝问米糠坛子的去向时,她不动声色地回答"已经处理掉了",等和枝离开后,还古灵精怪地吐了吐舌头。对于现在的生活,芽衣子比之前过得游刃有余多了。

几日下来,芽衣子身上的奇怪举动越来越多。

悠太郎就亲眼撞见过几次，比如目光炯炯地盯着大家吃饭，比如气势汹汹地喝下了一大桶开水。就连源太也见过她制作米糠腌菜时差点把米糠塞进嘴里的模样。

当悠太郎察觉到妻子的异常行为跟食物有关时，已经是两人吃过乌冬面之后的第四天了。

"你是笨蛋吗？"望着缩在棉被里的芽衣子，坐在一旁的悠太郎无奈地叹气。

"干吗这么勉强自己？慢慢适应就可以了，味觉不是一朝一夕就能改变的。"

原来为了改变自己的味觉，芽衣子做出了绝食五天的决定。因为实在太饿，今天洗衣服时竟然连涂衣服的米糊都没有放过。当阿静赶来市政府告知芽衣子昏倒一事时，他觉得自己的心脏都差点停止了，芽衣子这种荒唐的做法实在太出乎他的意料了。

"悠太郎是从清淡的口味换到浓厚的口味，我和你正相反，肯定会花上更多的时间。你看，把浅的颜色混到深的颜色里，也是很难区分的嘛。"

"你都把自己搞昏倒了，这不是本末倒置吗？"

听到悠太郎的训斥，芽衣子拿棉被挡住了半边脸，两人一时陷入沉默。芽衣子并不知道，悠太郎在看到她的脸之前，是多么的担惊受怕。

"……但是，如果不尽快适应，我就不能为你建造一个可以开心吃饭的家庭了。悠太郎明明说了要由我来达成你的幸福，但是，我却什么都做不到。我这个人，除了做饭什么都不会，如果连做饭都做不好……我还有什么用啊！"

一边嫌对方太顾虑自己,一边为了对方费尽了心力。

"……好吧,我就陪你一起吧。明天晚上,我们去找个美味大餐开胃吧。"

悠太郎温柔的话语,让芽衣子的心中充满了温暖。

第二天晚上,两人再次来到了夜泣乌冬面摊。

"这家就行了吗?真的吗?"

"这家……最好,最能……感受差别……"

芽衣子脚步虚软,脸颊深陷,只有脸上的双目发出了饿狼般锐利的眼神。

摊主很快端上了两碗乌冬面,芽衣子吞了吞口水,空空的胃袋开始绞动起来。

因为已经没力气拿筷子了,只得由悠太郎用汤勺喂自己。好不容易吞下一小口汤汁后,肚子发出了咕噜咕噜的声响。打起一丝精神的芽衣子拿起另一个汤勺,慢慢品尝起乌冬面汤的味道。面汤的香味渐渐地浸染了五脏六腑,令她不由得热泪盈眶。

"好、好吃……用海带提味、真是太棒了……"

"来吧,多吃一点,放开肚皮吃!"

听到悠太郎的催促,芽衣子含着泪点了点头。

不过,芽衣子的食量远远超过了悠太郎的预料,当十几个空碗堆上去后,大声说着"多谢款待"的芽衣子已经完全回复了往日的精神。

"用海带熬的汤底,比用鲣鱼熬的更醇厚一些。口感非常温和,硬要比喻的话，就像温婉的女人一样吧。"

离开面摊之后，芽衣子一路喋喋不休地发表着感想。

"……你很开心呢。"

"是的，我非常开心！一直不明白的东西终于搞明白了！感觉眼前突然一片光明！从现在开始，我就可以真正感受到大阪食物的美味了！可以吃到比以前更好吃的美食，真是太期待了！"

"你真是很厉害呢。"悠太郎忽然停下脚步，由衷地感慨道。

"一直不断地努力，不断地改进自己。一开始，你不管是读书还是做菜都做得一团糟呢。"

芽衣子不知道，悠太郎难得一见地说出丧气话，是因为他在工作上遇到了不顺心的事。

悠太郎目前在一位有着二十年工作经验的前辈手下做事。据上司藤井的介绍，这位前辈是业界优秀的人才，在学校图纸设计方面无人能出其右。

刚踏入社会的悠太郎满怀雄心壮志，希望能用在大学里学到的混凝土知识在工作中大展拳脚。然而他接手的第一份工作，却是与专业毫不相关的木质结构小学的建筑设计。接到任务之后，不管有没有基础和经验，都必须硬着头皮去做。等悠太郎好不容易做出一份设计草图，却被经验丰富的设计师大村看了一眼之后就立刻否决了。

"赤门[①]难道是幼儿园吗？你在那里学了三年涂鸦吗？"

---

[①] 赤门是帝国大学的别称。

辛辛苦苦修改了图纸再拿过去，又被大村批判得体无完肤。无论悠太郎说什么，大村都会拿赤门来调侃自己的学校。忍无可忍的悠太郎，最终在前天跟大村起了正面冲突。

"为什么非要用脆弱的木材来建造长期使用的学校？明明混凝土的耐久性和耐火性更好！"面对愤慨的悠太郎，大村一脸严肃地告诫他：

"现实中的工作，就是要在各种困难之中圆满地完成任务。只会空谈大道理的人，还是早点滚回赤门吧。"

由于预算的问题，很多施工方都不会考虑混凝土方案。自己的一腔热血被现实击得粉碎。悠太郎认识到自己的天真，根本无法反驳大村的话语。但是对方却不肯就此放过他，还一次又一次拿"赤门"一词羞辱他，正在气头上的悠太郎忍不住反讽道："你是因为对自己的学历自卑，才对我的学历耿耿于怀吧。"

这次争吵的结果，就是悠太郎被踢出了设计项目。

"……我也必须改变自己，为了能尽早发挥作用。"

望着悠太郎凝视着街道的侧颜，芽衣子知道他肯定有心事。虽然不清楚发生了什么，但是她坚信对方能够顺利解决。而自己，也有自己必须解决的问题。

把悠太郎送到市政府之后，回到家中的芽衣子直接去了厨房。

"这么久了，我居然都不知道你的好，实在不好意思。从现在开始，我一定会疼爱你的，疼爱到你不耐烦为止。"

演完久违的小剧场，芽衣子把海带捧在嘴边，爽快地啃了一口。

第二天，经过青梅竹马的源太的介绍，芽衣子认识了干货店的老板。

"首先，我想知道怎么才能煮出鲜美的汤底呢？"

"那就做御汁吧。在大阪话里就是汤底的意思，这才是汤汁一决胜负的关键！"

海带品种繁多，产地不同味道也不同，不同的料理使用的海带也不一样。芽衣子在源太的推荐下，买下了最适合做汤底的海带。回到牛肉店之后，她立刻开始挑战大阪汤底的做法。

在精心调制出的透明汤汁中，撒上盐倒入酱油，最终大功告成。芽衣子将精心熬制的大阪汤底端给源太、阿富和大将松尾一一品尝。海带和鲣鱼的香味巧妙地混合在一起，味道十分鲜美，得到了众人的一致称赞。

"你这家伙，为什么在我们店里做汤啊。"

"这里有煤气，很方便嘛。"芽衣子坦言道，端起小碗自己也尝了一口。

"……唔。味道还不错，好像跟乌冬面摊学来的没什么区别……好吧，我再去拜访一下定吉先生。他建议我加点其他干货和椎茸试试呢！"

芽衣子一边絮絮叨叨一边跑出了店铺，源太笑眯眯地目送她离开。

一身疲惫的悠太郎回到家中，看到房中堆起了小山一般的汤碟。眼前的景象让他有一种似曾相识的感觉。

"……这是，难道、你又做了？"还在卯野家的时候，某一天，房间里也是摆满了大量的盐饭团。

"嗯……"芽衣子认真地点头。

根据海带的种类、熬煮的时间，还有各种调味料的搭配，她做出了

## 第 6 章 / 以海带决胜负

很多种口味的无配菜汤汁。"那么,我们就来找出最符合西门家风味的汤汁吧!"一开始芽衣子信心满满,但是阿静和希子试吃了之后——

"……她们说都不像,跟和枝的味道不一样。"芽衣子有些懊恼。

"和枝的味噌汤,到底是什么味道呢?希子说那是最棒的味道,我想做给她吃。悠太郎,真的有这么美味吗?!和枝的味噌汤。"

"……不太清楚。大姐做的味道,我觉得更像母亲做的味道。"

不过悠太郎对味噌汤的具体制作方法并不清楚。

"这就是,西门家的味道吗……"

第二天晚上,悠太郎为了找大村谈话,邀请他来酒馆一聚。

"……组合梁的图,那个、到底怎么回事,真是太丢人了!"

今天,小学校工程建设的相关工作者聚集一堂,热闹非凡地讨论着设计图的事情。

"还擅自把我的名字加上去了!简直就是故意恶心人!"

"吓到大家了吗?这是我试着参考大村先生的东西设计出来的。"

署着自己名字的设计图被展开放在了桌上,大村从头到尾检查了一遍,在保持木结构基本要点的前提下,还融入了不少悠太郎自己的构想。

"就算你跟我一起设计,也没有什么好处。在公共建筑设计中,木结构设计也开始走下坡路了。"

"我一生的梦想,就是打造一条安全又结实的街道。当然,能用混凝土来制造是最好的,但在实际的工程中,资金和人才都严重不足。既然不能马上实现梦想,那我就尽可能地去接近它吧。我应该直面现实,正面挑战木结构设计。就算是木结构建筑，也应该追求具备安全性的设计。"

"那你就拼命努力吧，我可不希望自己设计的建筑随随便便就垮了。"

被悠太郎的真诚所打动的大村，态度明显缓和了不少。

而另一边，芽衣子还在继续摸索西门家的味道。据阿静所说，和枝煮汤所用的食材只有海带而已。

只用海带，要怎么才能做出那样鲜美的味噌汤呢？芽衣子在定吉的店里咬牙买下了一两五十钱的高级海带，希子试吃过后表示这次的味道很相近。但是西门家用的都是普通的海带，并没有使用昂贵的高级货。芽衣子只得把两者混合使用，反复调配相似的味道。

"要怎么做，才能熬出那个味道呢……"

和海带斗得筋疲力尽的芽衣子，一下子滑坐在厨房的地板上。普通海带，无论如何也只能用普通的海带。就在此时，伴着一声"我回来了"，一脸醉态的悠太郎出现在大门口。

他看起来十分兴奋，还用力地晃了晃抓在手里的一升日本酒："这是魔法之水！只要一点点就可以把便宜酒变成高级酒！"

悠太郎往茶碗里倒了一点点酒，又撕下一片海带扔进去。

"只要用一点海带，就能变成高级酒！快来喝吧！这是专门为了你买回来的！"

这是在酒店时，大村传授给悠太郎的魔法之酒。对日本酒一无所知的芽衣子，茫然地接过了茶碗。这时，悠太郎忽然浑身脱力，扑通一声整个人倒了下去。

## 第 6 章 / 以海带决胜负

"……不是吧！快起来！等等！我可搬不动你！快起来！"

芽衣子用力地推搡了几下，悠太郎都坚如岩石纹丝不动，无可奈何的芽衣子只能任由他在地板上呼呼大睡。她看了看盛着酒水的茶碗，试着舔了一口。

"嗯？"芽衣子的眼中突然放出了光芒。

天亮之后，悠太郎因为口中干涩不已，终于慢慢地醒了过来。残留的醉意让他的视线还有些模糊。当视野终于清明之后，他看到了这样一幅景象——生起炭火的灶台上，架着热气腾腾的铁锅。灶台前的芽衣子正在专心致志地搅拌着锅里的海带。悠太郎轻轻一笑，头痛的症状也减缓了一些。

从那之后，芽衣子就全心全意投入海带的开发当中。比如放在窖里风干、泡过酒后再晾干，还有切碎之后用酒来腌制，芽衣子想尽了各种方法来调配海带的风味。

这一天，芽衣子喜笑颜开地摊开了食谱笔记本，写上了她寻找已久的烹制方法。

晚餐结束后，芽衣子为大家端上了特制的味噌汤。

"这个味道……简直一模一样，你是怎么做到的？"

喝下味噌汤的阿静发出了由衷的感慨。

"先在海带上涂一点日本酒，然后用小火烘干，最后再熬制成汤底。"

"这是西门家的味道啊。"悠太郎跟着点了点头。

和枝还是无动于衷地板着一张脸，希子已经完全被味噌汤的味道和芽衣子的努力打动了。芽衣子考虑到她不敢吃太烫的东西，还专门为她准备了温热的食物。

看着一边和阿静聊天一边做着家事的芽衣子，希子不由想起对方每天辛苦为自己制作的便当……她顶着和枝凶狠的目光，发出了一贯细弱的声音。

"那个，小、小姐姐……"

"啊，上面还有几个年纪比较大的姐姐嘛。"阿静笑着说道。

"多谢……款待。"

这是悠太郎之外的西门家的人第一次向她道谢，芽衣子不由露出了开心的笑容。

悠太郎注视着妻子的笑脸，心中同样充满了喜悦之情。

# 第7章
## 勤俭持家

"你这孩子，真是能干。每天煮三次饭，早晚做不同的菜肴，而且还会根据每个人的口味进行调整。"阿静惊讶地感慨道。

阿静偏好微甜的，和枝偏好清淡的，希子则不喜欢吃酸的，细心的芽衣子都一一照顾到了。结果这番努力只得到和枝一句揶揄："这点小事家里的女佣都能做到，居然为此沾沾自喜，真是厚颜无耻。"不过芽衣子已经不怎么介意和枝的嘲讽了。

"你真是个好孩子呢。"

既然如此你也来帮我做点家事啊，芽衣子在内心呐喊道。阿静自然是听不到的，她一如既往地站在芽衣子身边拉扯家常。

"做饭不算麻烦，但是，这个实在是不行。"芽衣子一边抱怨，一边用力地劈柴。

"装个煤气炉不就好了？悠太郎不是马上要发工资了吗？"

西门家的财务虽然是和枝在打理，但是现在赚钱的人可是悠太郎啊。

"……没错……您说得没错！"被和枝折腾得团团转的芽衣子终于意识到这一点。

而另一边，悠太郎正在承受大村对设计图的指摘。

"为什么要在这里配置管道？完全没必要！"

"考虑到火灾时的应急,就在这些地方配置了水管。"

"这可是小学!会被恶作剧的小孩弄坏,搞得惨不忍睹的!"

就在两人争执不下的时候,藤井的声音传了过来:"西门,你大姐来了。"悠太郎转身望去,只见和枝笑容满面地站在门口。

"……你来这里做什么?"悠太郎顿时皱起眉头。

"当然是来给大家打招呼的,让他们好好照顾你这个新人呀。"

和枝将手中传统老店的高级点心递给了藤井,十分殷勤地说:"多谢各位一直以来对舍弟的照顾,以后还请你们多多指教。"

说完,她完全不顾脸色难看的悠太郎,热情地邀请了藤井出去喝茶。

芽衣子向肉店老板打听了一下,在家装煤气居然要十元钱!

"因为要在家里安装煤气管道啊,而且煤气炉也不便宜。"

"……这么麻烦吗?"芽衣子忽然觉得前途渺茫。她垂头丧气地把一片海带塞进了米糠坛子。

看见芽衣子的动作,源太不由大声惊叹:"你居然放新鲜海带在米糠里?你这家伙,从小只对吃的特别舍得。"

"委屈什么也不能委屈吃的啊!"

为了制作米糠,芽衣子每天来报到的牛乐商店俨然已经成为了她的第二个新家。办完事后,她来到鱼店,打量着琳琅满目的鲜鱼,开始考虑今晚的菜肴。就在此时,她忽然感到了一道非比寻常的"视线"。

芽衣子猛然转头,发现视线的来源竟然是放在尽头处的初鲣!见芽衣子和初鲣拼命对视,鱼喜商店的银次郎露出了得意的笑容。

## 第 7 章 / 勤俭持家

"怎么样，江户之子的血液是不是在沸腾？"

啊呀呀……真不愧是难波商人。芽衣子艰难地咽了下口水，紧紧地握住了手中的钱包。虽然自己很想尝鲜，但是做出让家人开心的美食才是最重要的。

"啊呀，真的很好吃呢，初鲣。"

看着开心吃完鲣鱼料理的悠太郎，芽衣子长长地叹了一口气。

"如果其他人也这个反应就好了。她们只会对我抱怨来抱怨去，说什么'花大价钱买这个也太傻了吧''做这么多蘸料，只会让希子更挑食'……"

在芽衣子的家里，不管有多么艰难也要吃上鲜美的初鲣，令芽衣子难以置信的是，西门家竟然是第一次吃初鲣。芽衣子全价买下了第二天就打五折售卖的鲣鱼——她们一致认为这个行为太愚蠢了。

"难得我自掏腰包花大价钱买下来……"

"……咦？是你自己掏钱买的吗？"

芽衣子赶紧捂住了嘴，但是已经晚了。

"难道，最近那些豪华大餐都是你……我不是说了可以找大姐要伙食费的吗？"

"可、可是！如果找大姐要钱，肯定会被她刁难的。"

"但是，这是五人份啊。花了你不少钱吧——"

"我没关系的。明天悠太郎就发工资了吧，然后、那个……我想拜托你一件事……"

第二天清晨，玄关处的芽衣子带着一脸掩不住的笑意说："慢走啊，小希。"

接过对方递来的便当，小希欲言又止地打量着芽衣子。就在此时，和枝的高音从屋内传来："希子！你还不赶紧出门！"闻言，希子慌慌张张地跑出了家门。在高汤事件之后，她就被和枝警告过，禁止随意跟芽衣子交谈。

对此毫不知情的芽衣子，又笑颜满面地给悠太郎递上了便当。

"悠太郎。今天也会很晚回家吗？"

"……为什么问起这个了？是不是我今天的脸长得很像煤气炉啊？"

芽衣子开心地挥手与丈夫告别："路上小心！"

一想到厨房里很快就能装上心爱的煤气炉，芽衣子的心里就雀跃不已。对此深信不疑的她，完全没想到迎来的竟然是一场新的挑战。

"这是下个月的伙食费，厨房的事你好好地打点，有劳了。"

傍晚时分，和枝把芽衣子叫到了客厅，递给她一个装着钱的信封。当芽衣子看清信封内的数额后，差点怀疑起自己的眼睛。

"这点钱，完全不够用啊！买完大米就不剩什么了！"

"只要有大米吃，就死不了人。"和枝完全不理睬芽衣子的抗议，"只要肯花钱，谁都能做出美味佳肴。但是我想吃的是，不花钱也能做出来的'天下第一'的美味。"

就在两人僵持不下之时，客厅的拉门忽然狠狠被人甩开，吃惊的两人回头望去，进来的竟是提前回家的悠太郎。

"居然、居然做出这种不可理喻的事情！"

悠太郎用一种让芽衣子从未见过的冷漠神情瞪着和枝，他低沉的声音里带着难以抑制的怒气。

"你怎么能做出这么不可理喻的事情！为什么，大姐你为什么拿走了我的工资？"

原来，当日来市政府的和枝，偷偷地拜托藤井把悠太郎的工资交给她，说只留一部分零花钱交给本人就可以了。为了达到目的，她对藤井说芽衣子是花钱如流水的坏女人，用花言巧语欺骗了悠太郎，再这样下去西门家就要被她搞垮了。感觉事情不对劲的悠太郎向藤井一打听，就知道了这些可笑的谎言。

"西门家的财务，一直都是我在打理的。"和枝一脸泰然地回复，没有任何愧色。

"我当年辛辛苦苦地赚钱，供你生活，供你上大学，我砸了多少钱在你身上？现在你发工资，就是你自己的钱了？你这算盘打得可真不错呢。"

"……这，这些年辛苦你了，我感激不尽……但是，你也没有必要这样克扣伙食费吧！这可是重要的开支！"

"悠太郎的工资是七十五元。学费的欠款要还十元，希子的学费每月三元。悠太郎和阿静、小希，每人的零花钱各十元。人情往来的开销要十元。还有购置新衣服的费用，很多地方都需要花钱，伙食费就只能给这么多了。"

"人情往来需要花这么多钱吗？"

"和炒股那些人的应酬就要花十元,加上街坊邻里和亲戚们的红白喜事,宫城山相扑力士那边还要捐赠呢,这个月的鱼岛力士也要给。"

"为什么要克扣伙食费去捐赠相扑力士!"

"如果捐得太少,会被别人说西门家小气的!这可是大问题!你是想让有两百年历史的西门家蒙羞吗?"

这个家是西门本家,曾经分了两个分家出去。西门家的历代牌位都供奉在这个家里,如今和枝站在佛坛前咄咄逼人,芽衣子一时之间不知如何是好。她只得劝悠太郎冷静下来,但是对方根本不听,一直跟和枝讨要说法。和枝不肯正面回应悠太郎的质疑,一直胡搅蛮缠地仗势欺人,姐弟之间的火药味越来越重。

"总而言之,如果你继续这样的话,我们就搬出去住——"

"刚回来就嚷着要出去,你只想着自己过好日子,完全不顾我们这些孤儿寡母了吗?你当年说要保护西门家的誓言,现在就背弃了吗?"

悠太郎被和枝戳到痛处,默默无语地站起身,猛地跑出了房间。

正当芽衣子犹豫着是否要追上去时,和枝忽然将矛头转向了她。

"都是你的错。就是因为你不能好好地持家,才让悠太郎无可奈何地插手。你整天就想着怎么浪费家里的钱,让悠太郎都没法专心工作,这是一个好妻子该做的事吗?"

"……我知道了。"虽然莫名遭受了一顿臭骂,不过芽衣子也觉得似乎有些道理。

悠太郎一边觉得和枝太过分,一边又觉得自己太窝囊,他把自己关在屋子一个人生闷气。

"你没事吧？"芽衣子在门口探出头，小心翼翼地问道。

悠太郎一脸歉意看着她："对不起……"

"我才是，什么都不考虑就提出那种要求……悠太郎以前发过誓，要保护这个家吗？"

"父亲不在了，作为这个家唯一的男丁，我当然要这样做……"

"悠太郎，从来没有变过呢。"

因为介意借款的事，芽衣子又向家人打听了一下，原来以前为了悠太郎的学费和生活费，西门家曾经有过一段十分拮据的时期。

"为了补贴家用，大姐才去炒股的吗？"芽衣子对和枝稍微有些改观了。

阿静告诉她，和枝经常神神秘秘地出门，就是去北滨的炒股中介公司去炒股。因为仅靠微薄的房租完全无法支撑这个家，所以和枝就靠着炒股赚些外快，努力把悠太郎供上了大学。和枝在这个家有着无可动摇的地位和威严，也是这个原因。

"话是这么说，其实光靠炒股是赚不了多少的。"悠太郎皱起了眉头。

原来炒完股之后，和枝还会陪那些同伴，就是以前认识的有钱老板去喝茶吃饭，言语动作之间十分亲密。

"这就是大姐一直坚持的人际交往。不过，实际上，我家的确得到了他们很多援助。我没有理由去责怪她，但是，这些事情真的太复杂了。"

说着说着，悠太郎的怒火又浮了上来，他腾地站起身来："总而言之，我要先去叮嘱那个人。"搞不清状况的芽衣子急忙跟了上去，悠太郎竟然一路来到了阿静的房间。

"家里的情况您也很清楚，请您务必控制一下购买衣物的开销。"

"……真的很抱歉。我会改正的。抱歉呐，我一直告诫自己不行不行，但还是忍不住就出手了……都是我的错。"

芽衣子守在走廊上，一直关注着屋里的动静。听到里面传出阿静泫然欲泣的道歉声，她还以为事情可以就此解决了。没想到悠太郎走出来后，一脸无奈地对她说："一直都是那个样子，你看着吧，她绝对不会改的。"

"静姨的衣服，都是赊账买的吧？大姐她，怎么会给她付钱呢？"

"大姐那种人，是绝对不容许别人非议西门家赊账不付钱的，静姨就是钻了这个空子。"

"……这样啊……真的是很复杂呢。"这个家的情况，跟任何事都简单明了的卯野家完全不同。

这天夜里，悠太郎一直想着家里的事情，迟迟没有入睡。等芽衣子收拾好家务回到房间后，他把装着自己零花钱的信封交给了芽衣子，"你拿这些去补贴家用吧。"

"没关系，我就用那些伙食费……我想再努力一把，我想通过自己的努力让大姐承认我。"

晚餐时，虽然难得家人齐聚一堂，但是席间的气氛却十分尴尬。没有一个人说话，也没有融洽的气氛，这样难受的晚餐，芽衣子不想再经历第二次了。

"虽然我不知道怎样努力才好，但是不努力的话，大姐绝对不承认我的。"

"……你不要太勉强自己。你应该不是这么能忍的人。太委屈自己的话,对身体不好……"

芽衣子突然陷入了沉默,悠太郎过于直率的劝慰,反而产生了负面效果。

"我不勉强自己的话,怎么能撑到现在!"一个枕头狠狠地砸向了悠太郎。

"对不起!"

道歉的话只会让自己更加心烦。

"我讨厌你说对不起!"又一个枕头砸到悠太郎的头上。

"……对不起。"幸好,枕头只有两个。

"一个月两元,成人五人。这么点伙食费,我不努力怎么撑得下去啊。"

第二天,看着努力制作米糠的芽衣子,源太若无其事地说:"这有什么大不了的。当然我不是说不辛苦,在难波也有人经常这样干。"

"咦咦!咦!真的吗?"

"说起来,你是不是放太多了?不是让你别放新鲜的吗?"

不知为何,源太对芽衣子往米糠里放新鲜海带一事非常不满。他把芽衣子带到了干货商店,先让定吉拿出了用熬过高汤的海带腌制而成的榨菜,又让芽衣子尝试味道。

"怎么样,味道还不错吧。利用剩余食材做出好吃的料理,这才叫'处理'啊,这才最能体现主妇的本事。把食材从头到尾充分利用,全部吃进

/ 多谢款待 1/

肚子里。大阪的料理,就是处理料理。"

话虽如此,熬过高汤的海带,总归只是用剩下的东西。

"你管他这么多,好吃不就行了吗?"源太嚷道。

"但是,吃饭这么重要的事,一天只有三次,一天只能吃三次哦!我答应了悠太郎,我要让他每天三顿、一年三百六十五天,每一顿都吃上好吃的饭菜!"

"谁管你这么多啊!"不知为何,源太突然变得很不耐烦。看到芽衣子一副垂头丧气的样子之后,他只好收拾好心情,继续为芽衣子出谋划策。谁让他从小开始,就无法对示弱的芽衣子弃之不理呢。

第二天,源太把芽衣子带到附近一处诡异的地方,说要给她介绍一位熟人老大爷。最后他们来到了一间像是风月场所的长屋里。

"这人做的饭菜非常好吃,我们都叫他'剩菜大爷'。他用的食材几乎都是别人用剩的东西。"

"是吗?"芽衣子一边回应,一边四下打量着,忽然,眼前出现了一名女子。

这名妖艳的艺伎正扶着一名白发苍苍的男子,晃晃悠悠地朝这里走来。

"啊!来了!师父!师父!"

听到源太的呼唤,被叫作师父的男子抬起头来。对上芽衣子的视线之后,男子露出了温柔的笑容,明明是个快六十的老人家,却让芽衣子禁不住心跳加速。

"是你啊，源太。染丸可想你了。"

"不要乱说话。对了，我带来个人来尝尝你的饭菜。这家伙完全不懂什么叫'处理'。"源太把从店里带的袋子交给了对方，"这是一点心意。"

"哎呀，这不是牛内脏吗？多谢你一直以来的照顾。"师父一脸欣喜，在艺伎耳边吩咐道："这可是滋阴补阳的，一起来吃吃看吧？"说完，他洒脱地走进了长屋。源太和芽衣子也跟在后面走了进去。

里面是个六叠榻榻米的房间，师父和源太去了另一侧的灶台，开始准备食材。

房中摆着许多学习笔记，书架上塞满了各式各样的书籍。艺伎告诉芽衣子，这个男子似乎很有学问，还经常教附近无法上学的孩子们书写和算数。

"他之前是做什么的呢？"

"闭口不提呢，看来肯定有过不可告人的经历。"

台边的两人有条不紊地打理着饭菜，瞟到食物模样的芽衣子，惊讶地大喊：

"什么？这是什么？"

铁锅中正热腾腾地熬煮着奇形怪状的食材，这是用鳗鱼的半个头熬制的汤锅，名叫"半助"。

"去鳗鱼店的话，只要三文钱就能买到了。如果再跟老板讲讲价，二文钱都能到手。一般配料放的是豆腐，不过我放的是豆腐渣。"

豆腐需要花钱买，豆腐渣却不需要。而且作为调料的大葱，也换成了自己采摘的野菜。

"不要钱,还有春天特有的香气。"

这番有关食材的解说令芽衣子兴奋不已。撒上山椒之后,半助锅终于完成了。

"……这个,好香。光闻味道,就知道一定好吃!"

"真是个厉害的美食家呢。"师父打趣道。

芽衣子气势汹汹地啃起了鱼头,等她反应过来时,盘子里的鱼骨头已经堆成了小山。师父似笑非笑地打量着她,源太和那个艺伎已经完全呆住了。

"啊!啊!不好意思!太好吃了!鳗鱼的香味被完全提炼出来,浓厚的汤底配上微苦的野草,十分的清爽!太好吃了!真是太好吃了!"

激动不已的芽衣子,一时之间找不出更多的词语来赞美了。看着这样的芽衣子,师父笑着说:"那你多吃点再回去。"

"……请问,您看见我,没有什么想法吗?一般人都会觉得我块头太大了……"

"啊啊,说明家里人把你养得不错呢。"

真是不可思议呢,明明是初次见面,芽衣子对这个老人却有一种强烈的亲切感,一点也不会觉得生疏。

"……那个,师父,请问您叫什么名字?"

"酒井舍藏。叫我剩菜爷爷就行了。"

"我要叫您师父!因为您教我做了这么好吃的料理!我都不知道,原来残羹剩饭可以做出这么美味的东西!"

## 第 7 章 / 勤俭持家

当芽衣子报出自己的名字后,师父的脸上露出了一丝震惊的神色,但是很快又被笑容掩饰了。

"欢迎你来常来这边玩,芽衣子。看见你大口吃饭的样子,我觉得特别幸福。"

跟大家道别之后,芽衣子再次来到了市场。

芽衣子决定马上实践刚刚学到的"处理"手艺。她在市场里到处寻觅便宜货和处理货,仅仅用十文钱就买下了所需的食材。为大家端上丰盛的晚餐之后,芽衣子滔滔不绝地向大家介绍各种食材的来源,但是却被和枝毫不留情地打断了。

"你这根本不叫处理,只是单纯的小气而已。难道你打算今后都让我们吃残羹剩饭吗?"

话虽如此,和枝也没打算教芽衣子别的方法,只是一个劲地嫌她饭量太大浪费粮食。

"不管你怎么努力,那个人都不会承认你的。你不学会偷懒的话,只会逼疯自己。"

就算被阿静这么劝说,芽衣子也实在无法放弃自己的坚持。

"有没有其他办法呢?不花钱就能做出美味佳肴的办法。"

当晚,黔驴技穷的芽衣子向悠太郎讨教,被告知可以挑粪去蔬菜市场跟菜农换一些蔬果。虽然听起来有些为难,但也算是个可行之策了。

芽衣子犹豫再三,为了解决当下的困境,还是决定硬着头皮尝试一下。第二天早上,当为了采摘野菜而精疲力尽的芽衣子回到家中后,惊喜地发现娘家给她来寄来了一个大箱子。打开箱子，里面塞满了香料、调味剂等各种各样的西洋料理食材。

"西红柿罐头！啊啊！饼干！还有草莓酱！"

箱子里还有一封阿郁的亲笔信。卯野家依然是精神饱满地度过每一天。自从谢师宴之后，除了樱子和民子，以前的恩师宫本也经常来店里来就餐。

"还有就是，你父亲一直都在问，你们什么时候举行婚礼？"

读完信，芽衣子长长地叹了一口气。嫁到大阪一个月，不管是大五还是阿郁，对自己的担心程度肯定比信中表露的更加深。芽衣子把箱子里东西重新整理好，原封不动地拖到了源太的店里。

"如果被发现了，肯定又会让我丢掉。你帮我分给师父和定吉他们吧。"

"你也真是辛苦呢。又不能花钱，又不能用家里寄来的东西。"

"……其实，我也有些茫然了。我真的能等到大姐承认我的那一天吗？"

这时，阿富递给芽衣子一件干货，这是对方以前分给她的。

"小芽，这个，你偷偷地用不就好了。"

"嗯。但是……如果事情暴露的话，会被骂得更惨。你不用担心我，我没事的。"

在源太眼里，今天在店里拌米糠的芽衣子，比往日颓废了不少。

这天傍晚，希子的班主任关口老师拜访了西门家。

关口是为了希子最近在学校里的异常表现而来的。从上个月开始，希子就不在教室里吃便当，关口告诫她这样违反校规，她每次都会老老实实地道歉，但是第二天却依然跑到走廊去吃饭。疑惑不已的关口跟在她后面一探究竟，没想到造成希子行动异常的原因，竟然是便当里的饭团。

芽衣子刚端上茶水，便被面色狰狞的和枝喝道："去一边跪下。"

"你这人，难道是故意捏成三角形的吗？"

在大阪，只有举行葬礼和做法事的时候，才会端上三角形的饭团。作为关东人的芽衣子，是第一次听说这种规矩。

"希子她，因为有一次在教室里吃三角饭团被同学们嘲笑了，羞愧难当的她，从此再也不在教室里打开便当盒了。"

"非常抱歉！都是因为家中女佣无知，才让希子违反校规。我会负起全部责任！"

虽然觉得愧对希子，但是和枝阴阳怪气的口气让芽衣子很不舒服。当她为自己的不知情辩解时，又被和枝毫不留情地训了回去。

就算闹得如此不快，芽衣子还是努力调整了心情，开始烹制晚上的菜肴。就在这时，希子放学回到了家中。

"小希，真的很对不起，饭团的事。今天学校的老师来了，我都知道了。我不清楚这边的规矩，才让你在学校难堪了，这是我的不对。不过，如果你觉得不好，你应该直接告诉我啊。我不会生气的，如果你告诉我，我马上就会改的，这也是一种学习嘛。"

芽衣子觉得自己的口气已经非常温和了，没想到希子却突然哭了起来，哽咽着声音连连向芽衣子道歉。

/ 多谢款待 1/

"因为希子没说,就全是她的错吗?!"这令人尴尬的一幕,好巧不巧地被路过的和枝撞见了。

"你哥哥也真是的,为什么会带那种女人回家呢。没事了,你放心,我不会给他们举办婚礼的。"

和枝不听芽衣子的任何解释,拍着希子的肩头,匆匆忙忙地把她带上了楼。

今天诸事不顺,连悠太郎也迟迟没有回家,满腔怒火的芽衣子连个发泄对象都找不到。最后她只得在厨房里,闷闷不乐地剥起了风干的背根和内脏。

终于下班的悠太郎走进了房间,芽衣子头也不回,漠然地问道:

"你回来了?吃饭没有。"

阴暗的气氛加上扭曲的背影,悠太郎意识到家里又发生不开心的事了。

"不好意思回来晚了。上面的人请客,我已经跟他们吃过了。"

其实悠太郎顾虑家里的情况,已经不顾同事挽留而毅然提前离席了。因为他很清楚,如果自己都放弃的话,这个家就完蛋了。只是没想到到这个点了,芽衣子还打算给他做晚饭。

"傻傻地等到现在,我果然是笨蛋……悠太郎难道不在意吗?那个饭团,是葬礼才用的三角形饭团哦。让你在外面丢人了,抱歉,都是我的错。"

"……你和大姐之间怎么了?"

## 第 7 章 / 勤俭持家

"如果我告诉你,不是又要被大姐教训了吗?说我连个媳妇都做不好,总让悠太郎担心家里的事。"

"……你这不都说了一大半了吗?今天就不做家事了吧,都这么晚了。"

"我还要给某人洗便当盒呢。"

"这点小事我自己来就好——"

"有人叮嘱我必须给某人洗便当盒,所以某人能去睡觉了吗?"

"……好的。"见芽衣子面色不善,悠太郎乖乖地退出了厨房。

"……怎么越来越像大姐了。"悠太郎念念叨叨地回到了自己的卧室。走到书桌前,他看到了芽衣子写到一半的书信,前缀写的是娘家的双亲。

"……这封信,是怎么回事……"把信的内容看完后,悠太郎摆出了惯有的思考姿势,"……怎么会这样?"

第一次直击芽衣子的内心世界,悠太郎的心中充满了震撼。

我妻子非常开朗,所以没关系——虽然对着藤井等人夸下了海口。但是人的忍耐是有限度的,芽衣子这盏灯的能量,也终于到了用尽的时候。

第二天,饭团做成了圆球的形状。

之前对阿静的告诫显然毫无用处,芽衣子又在洗衣盆里发现了新买的浴衣。悠太郎说的果然一点都没错。就算芽衣子去找她讨要说法,阿静仍是装模作样地给自己找借口。

为了平息心中的怒气,芽衣子用力搓洗着手中的衣服。

"都是我的错吗……"芽衣子用力揉着衣服,"全部是我的错……"

突然，芽衣子停下了手上的动作。受不了了，再也受不了了！她把手里的浴衣狠狠地砸在地上，又发疯似的把盆里所有衣服都扔了出来。最后拿起钱包，从大门跑了出去。一直积压下来的压力终于超过了她承受的底线，现在一口气爆发了出来。

农贸市场里，芽衣子正愤愤不平地啃着红豆沙面包，这时，一颗鲜红的草莓出现在她眼前。

"不要吗？"

盯着举着草莓的源太，芽衣子一直紧绷的身体忽然泄了气。

"……讨厌。讨厌、讨厌、太讨厌了！每个人都很讨厌！大姐故意刁难我，婆婆不知道分寸，小妹又是个懦弱怕事的！所有人都很讨厌！"

"……但是，这也是没办法的事吧？真的这么讨厌的话，不是可以离婚吗？如果你不愿意，那就只能坚持下去了吧？这不是你选择的男人的家人吗？"

"我知道！这种事情……我当然知道！但是……"

"这个，"源太举起了草莓，"这是蔬菜店老板娘给你的。"

之前芽衣子让源太帮忙分发罐头和调料时，蔬菜店的老板娘阿田也分到了一部分。

"如果你真的走投无路了，那不如把那些好吃的米糠腌菜拿出来卖呀，我家老板娘可是很乐意的。大家都是生意人，虽然不会免费拿东西给你，但是也可以通过其他途径来帮你的忙。"

大家对自己的关心，通过源太的语言一点点地渗透到芽衣子的心头。

"你不是发誓三百六十五天都要让他吃上美味佳肴吗？现在这副垂

## 第 7 章 / 勤俭持家

头丧气的样子怎么办得到呢？"

说完，源太再次把草莓递到芽衣子的面前。

芽衣子接过草莓，慢慢放进嘴里，一口咬了下去。酸酸甜甜的香味在口中扩散开来，她赶紧擦了擦湿润的眼眶。

回到家后，自己撒气时扔在地上的衣物已经被和枝整整齐齐地晾在洗衣杆上了。

本以为会被和枝狠狠地训斥一番，没想到她只是不动声色地提醒了几句，然后转移了话题："你知道鱼岛是什么吗？"

看见芽衣子一脸茫然的样子，和枝又不紧不慢地解释道："鲷鱼这种鱼呢，为了产卵会聚集到一片水域中，看起来就像由鱼组成的小岛一样，所以叫作鱼岛。"

如今正是鱼岛大量形成的季节，大阪有准备新鲜鲷鱼赠送亲朋好友的风俗。

"这叫鱼岛之时的问候，你可不可以帮我准备一下？"

芽衣子被和枝突如其来的转变搞得昏头转向，她静了静心神，认真地询问了进货的地方。

"那就买又便宜又新鲜的鲷鱼吧，我家对这个没有太多要求。你去市场里多逛逛，说不定还能多讲讲价呢。"

芽衣子拿过装着费用的信封，看清楚里面的金额后，芽衣子实在是无话可说。果然是和枝一贯的作风，这点钱是不可能完成采购任务的。

"用十五文钱买三十二条鲷鱼，喂，不管再怎么算都太不合理了吧？"

芽衣子一脸郁闷地把这件差事告诉了悠太郎，悠太郎表示这件事可以不用管了,和枝那边自己会去处理的,然后又问她信不信和枝关于婚礼的说辞。

"……其实我不相信。"但是芽衣子自己也很清楚,如果他们违背和枝的意愿强行举办婚礼的话,之后的日子只会过得更艰难。

"总而言之,只要得不到大姐的认可,事情就不会有任何改变……所以我只能更加努力了。"

就像是告诫自己一般,芽衣子非常认真地说道。

芽衣子去了银次的鱼店,当她提出要用十五文购买三十二条鲷鱼之后,果不其然被对方一口回绝了。现在正是捕获鱼岛的季节,店里为了处理鲷鱼忙得不可开交。芽衣子灵机一动,便跟老板商量好来店里打工,打工的报酬正好可以补上购买鲷鱼的差额。

这个方法看起来不错,但是因为芽衣子还兼着繁重的家务,所以开始打工之后,每天都忙得像个风火轮似的。不单要帮忙杀鱼,还要帮忙送外卖,自豪于精力旺盛的芽衣子,现在每天回家之后都浑身发软,只能瘫倒在床上。今天陪同悠太郎吃晚饭的时候,她竟然坐在垫子上就打起了盹。

叫芽衣子添饭时,悠太郎终于察觉到了对方的异状,他不由鼻子一酸,闻着芽衣子身上传来的鲷鱼腥味,她去什么地方做了些什么,悠太郎多少也能想象出来。

"抱歉,让你受苦了……"悠太郎情不自禁地向芽衣子道歉,但是芽衣子完全没有听见,依然迷迷糊糊地打着盹,看着满脸疲惫之色的妻子,悠太郎又说了一声对不起。

## 第 7 章 / 勤俭持家

不过,生活中并非总是倒霉的事,托这次打工之福,芽衣子学习到很多有关鲷鱼的知识。比如哪条是濑户内产的,哪条是九州产的,光凭鲷鱼的面部特征,芽衣子就可以分辨出鲷鱼的产地。知道这些知识之后,芽衣子有了很多新的领悟。

"这些小鱼好不容易才长这么大呢。"

"所以我们要把它们做成美味的料理,幸福地吃到肚子里,才对得起它们的努力啊。"

一番辛苦之后,芽衣子终于用十五文钱加打工的劳务费,买下了预定数量的鲷鱼。

第二天就是鱼岛之日了,之前购买的鲷鱼会在早上八点准时送到西门家来。正准备跟和枝汇报情况的芽衣子,忽然想起了一件事,噔噔噔地跑回了房间里。

"大姐说,在进行鱼岛之日的问候时,会把我介绍给亲朋好友。"

"……绝对,有什么古怪!"悠太郎大吃一惊。

"不过,她还对我说,她在婆家被吩咐了同样的事,她没有做到,我却努力做到了,也许我的做法才是正确的。"

原来以前和枝也被婆婆在生活费上刁难过,但是和枝却没有想过通过打工赚钱来补贴家用这个方法。

"……她对你说了她婆家的事?"

"……说得不多,这是不是意味着她开始承认我了?虽然只有一点点。"

望着芽衣子欣慰的笑容，悠太郎在心里默默祈祷："希望是这样。"

第二天早上，三十二条鲷鱼准时送到了西门家的门口。鲷鱼的成色比芽衣子要求的还要好——银次为了照顾辛苦打工的芽衣子，特意挑选了最好的一批送过来。

确认好了鲷鱼，芽衣子正准备叫和枝也过来看一看，没想到对方竟然穿着一身黑色的丧服走了出来。

"抱歉，突然通知我去参加葬礼，这个葬礼很重要，我必须去。"

"咦！咦？那这边的鲷鱼礼物怎么办？"

"真不好意思，你能不能自己先去拜访几家？等我回来了，会跟你一起去的，拜托了。"

"……知道了！"

芽衣子按照和枝的吩咐，穿上华丽的正装，带着鲷鱼礼物，开始走访西门家的亲戚。

"我是西门家的人，打扰了，我是来赠送鱼岛之时的鲷鱼的。"

"从没听说西门家有你这号人，这礼我家不会收的，你还是打道回府吧。"

无论拜访哪一家，都被冷漠地拒之门外，芽衣子不禁感到十分奇怪，难道是因为他们没见过自己，所以不敢收下礼物吗？纵然是一直在吃闭门羹，芽衣子还是坚持不懈奔向下一家。当被某家再次回绝之后，这家的女主人追上了准备离开的芽衣子，向她透露了一件事。

"……我觉得，你无论去哪家可能都是一样的。之前和枝叫鱼店就送来了鲷鱼，还附上了这么一封信。"

她掏出了一张皱巴巴的信纸给芽衣子，上面写了如下内容：

"悠太郎带回来的那个东京女人，执意要以独当一面的媳妇身份来拜访大家，她的脾气太火爆了，我根本拗不过她。不管我怎么劝说让她跟我一起来。她都把我的话当作耳边风，我实在是没有办法。因为我还没有登门拜访，她也许会突然到您府上去打扰。请原谅我的有心无力，不能阻挡她的莽撞行为。"

——原来和枝之前这么多反常的言行，都是为了陷害自己。对方到底有多怨恨自己啊。

芽衣子拖着疲惫的身体，摇摇晃晃地回到家中。在厨房迎接她的，却是整整一屋子的新鲜鲷鱼。除了芽衣子自己准备的鲷鱼，还增加了很多新送过来的。

"说是作为之前礼物的回礼，特意送到家里来的。"阿静也是一副困扰的模样。

芽衣子已经没有力气去生气或是悲哀了，她心里只有深深的挫败感。这时，阿静注意到她手里端着的鲷鱼盒子，又絮叨起来："哎呀，你又被她刁难了？我不是让你别这么拼命吗？现在怎么办，这一屋子的鲷鱼。"

"我不知道！这是大姐干的！你去问大姐！"

正处于爆发边缘的芽衣子，忽然听到几声"唉唉"的叹气声，宛如孩子一般天真无邪。

"咦？！"芽衣子难以置信地捂住了脸，又胆战心惊地朝自己的脚边望去，"咦、咦！"

然后她的视线,对上了一条不停地张合大嘴,拼命摆动身体的鲷鱼。

"……啊啊啊啊啊!"芽衣子一边大叫,一边飞快地跑出了厨房。

"师父、师父!鲷、鲷鱼!"脸色惶恐的芽衣子一路奔跑来到了长屋。

"鲷鱼,大事不好了!鲷鱼在家里泛滥成灾了!有四十条这么多!我还听到鲷鱼的声音了!说什么'我要坏掉了吗''坏掉了就不能做成美味的料理了'!"

对着陷入沉默的师父,芽衣子吞了一口唾液,低下了头。

"鲷鱼,竟然在用船场用语说话?"

"鱼岛的鲷鱼,是为了产卵才聚集到这里的吧?!然后就被渔夫捕获,送到了大家的厨房里。如果被当作垃圾一样对待的话,肯定会很不甘心吧。我本来已经不想理会它们了,但是鲷鱼是无罪的啊!总之,不管怎样,我想把这些鲷鱼都做成美味的料理!"

"总之,把今天要吃的部分,和预计一周之后才吃的部分,先按这样的顺序分开。只要做好防腐措施就可以了。这本书借给你看。上面记载了很多烹制鲷鱼的方法。"

芽衣子按照《鲷百珍》记载的食谱,先去市场拼命采购了所需的调料和配菜,然后去源太那里要了一些之前分给他的西洋调料。

当她匆匆忙忙回到厨房时,发现鲷鱼的数量似乎少了一些。这时阿静和希子走了进来,阿静对芽衣子说道:"我尽量分了一些给学习三味线的学生,不过大部分家里都回礼了不少鲷鱼,我已经尽力了,没帮上多少忙……不好意思啊。"阿静身边的希子，脸上也挂着愧疚的表情。望着努力为自己分忧的两人，芽衣子的心里充满了感激之情，这是她来到西门家之后第一次感受到的温暖。

"……你们，可以再帮一下我吗？"热泪盈眶的芽衣子对两人说道。

因为介意鱼岛的事情，悠太郎请假提前离开了办公室。他刚走进玄关，就撞上了身穿黑色葬礼服的和枝。

"有个熟人过世了，我从一大清早就出门了。"

虽然和枝一副耽误了问候担心不已的模样，但悠太郎觉得她的态度十分可疑。

就在悠太郎用疑惑的目光打量着自家大姐时，厨房那一头传来了芽衣子欢快的声音。

"啊！你们回来了！来得正好！现在正要上整条鱼，你们去换件衣服过来吧。"

一旁的阿静和希子，先是把芽衣子切好的生鱼片一盘一盘地搬到门口，随后又协助芽衣子端出来味噌腌制的长期食用的鱼干和腌菜。今天晚上的鲷鱼大处理，她们真的是帮了很多忙。

"……晚饭，我来端出去吧？"悠太郎忍着笑意，对芽衣子说道。

"拜托你了！大姐，你喜欢吃什么口味？我这里准备了很多种哟，你还想吃什么口味，不要客气都告诉我吧！"

"……我在外面已经吃过了，不用了。"

芽衣子一眼看穿和枝的谎言，她向对方鞠了一躬，十分诚恳地说：

"……大姐,请你节哀顺变。"

居然被反将了一军,和枝怒气冲冲地回到了房间。

鲷鱼刺身、鲷鱼烧烤、鲷鱼寿司再加上鲷鱼饭,饭桌上摆满了各色各样的鲷鱼料理。大家热情高涨地将盘中的鲷鱼料理扫荡一空,最后就连俗称"鲷之鲷"的鱼骨都没有放过。一场盛大的鲷鱼宴,就在大家的欢声笑语中落幕了。

晚餐结束后,芽衣子的工作还没有结束,她在厨房中生起火,架起锅,又开始精心地腌制鱼内脏。悠太郎坐在她身边,就着新鲜出炉的鲷鱼煎饼悠然地喝着小酒,吃到兴头上,他忽然对锅里的东西产生了兴趣。他走到芽衣子的身边,向热腾腾的锅里望了过去。

"把剩下的鱼骨清掉鱼肉,熬制鱼汤,然后这个是腌鱼肠,我打算分给市场的人。鲷鱼大家都吃惯了,但我觉得这种吃法肯定很少见。"

"……真的是,处理得很好呢。从头到尾都处理得干干净净。这样,才能叫作'处理'啊。"

悠太郎的赞扬,勾起了芽衣子的回忆。不久之前,当自己端上用剩菜和便宜食材制作的料理时,被和枝训斥道"你这根本就不配叫'处理'!"现在回想起来,其实和枝这么说,也不算是故意刁难自己。

"这才是……真正的'处理'吗?"芽衣子盯着热气腾腾的铁锅,里面熬制着鱼骨,还浸泡着鱼内脏。

"不管是鱼骨头还是鱼肠,都有办法把它们做成美味的料理呢。人一定也是这样的,骨头虽然不能吃,但是可以煮出美味的汤底。鱼肠,虽然很难制作，但是也可以做成珍馐，不管是讨厌还是喜欢，只要换个角度，或是换个方式去处理，情况就会发生变化。这样一来的话，我们的家庭关系也定会变得更加和睦，就像今天这样 大家心满意足地吃下了鲷鱼大餐。"

"……你不用勉强自己。"

"……我没有勉强自己。"芽衣子毅然地注视着悠太郎，"我没有勉强自己。我……只是想看到大家更多的笑脸，想听大家对我说——'多谢款待'"。

看着芽衣子心中乌云散去后的清澈笑颜，悠太郎也微微笑了起来。

几日后，东京的大五和阿郁，收到了悠太郎写来的书信。

"岳父大人、岳母大人，你们身体可还安好？我想你们已经收到了芽衣子寄去的书信，其实信中的内容全是骗人的，西门家的家规这件事，也是家姐的信口胡诌。虽然芽衣子已经洞悉了真相，但是却仍然心甘情愿地被家姐当作下人一样对待。她拒绝了我提出分居的建议，不管遇上多大的困难，她都能乐观地去面对，全心全意地去解决，为了能让大家每顿饭都吃得开心满意，她每天都专心钻研料理的烹制之法。我想，她的背影也应该令我那个不知勤俭节约的继母心有愧疚，并深深地反省自己了吧。她还让我那个胆小怕事的妹妹，渐渐变得坚强起来。我相信，让固执的大姐接受芽衣子，并且心甘情愿给我们举办婚礼的那一天，很快就会来临了。想必二位会觉得我非常没用，但是务必请再给我们一点时间，我一定会努力让芽衣子获得幸福的。"

其实大五的手上，还握着另一封书信，这是芽衣子寄来的。在大阪过得并不如意的她，却在信中保持了开朗的作风，她说西门家都是不错的人，自己在大阪过得很开心。大五和阿郁原本稍稍放下的担忧之情，又被悠太郎的信给勾了起来。

一想到女儿是为了不让他们担心，才这么用心地掩饰，阿郁就觉得心疼不已，她紧紧地盯着信末的最后一句，眼泪差点掉下来——"粗心大意的我时常被大姐责怪，不过悠太郎每次都会温柔地安慰我，托他之福，我们现在的小日子，过得还是挺不错的。举办婚礼还需要再等一段时间，我一切安好，请你们不要为我担心。"

"要不然，我去大阪看看她吧？"

大五把悠太郎与芽衣子两人的书信并列放在一起，转头对妻子说道：

"……算了吧，他们不是同心协力地为自己的未来而拼搏吗？"

"……说的也是呢。"阿郁微微一笑，抬头仰望无限晴空，想着在同一片天空下努力生活的女儿。

摩擦火柴，扭开开关，青白的火焰顿时在火炉上燃了起来。站在全新的煤气炉前，芽衣子发出了喜悦的欢呼声"点燃了——！"一旁的悠太郎和希子，也一脸兴奋地打量着燃烧的煤气炉。

悠太郎和来市政府办事的工作人员签订了协约，以同意外人参观煤气炉的使用情况为条件，让煤气公司免费给西门家安装了煤气炉。他还以每月使用的煤气费并不比柴火费多为由，堵住了和枝存心刁难的嘴。

随着春天的到来，西门家也渐渐呈现出一些有别于以往的改变。

# 第8章
## 抱歉茄子

西门家装好煤气炉几天之后，因为与煤气公司有约在先，悠太郎在家里进行了煤气炉演示。

喜欢在人前露面的阿静，自认宝刀未老，主动担任起了介绍工作。在煤气公司召集的其他住户面前巧舌如簧，如鱼得水一般大展风采。

"众所周知，调节炉灶的温度是件非常麻烦的事。然而大家请看，这个煤气炉！！只要轻轻一扭，这么简单的动作，就可以轻轻松松地调节温度！不管是高温还是低温，轻轻一扭就可以做到！"

点燃的煤气炉上架起了铁锅，倒进了油，芽衣子为大家现场演示了一番油炸天妇罗。

演示在住户们的惊叹和感慨中结束了，煤气公司对反馈结果非常满意。

"果然亲眼所见会更有说服力呢。近期内会再次拜访贵府协商此事，有劳了，当家的。"

被当作一家之主的阿静一脸受用地说："可别叫我'当家'的了，会显老的。"

就在此时，和枝回来了。擅自安装煤气炉的悠太郎，用煤气炉做出来的米饭，在家来来去去的外人，穿得花枝招展在人前卖弄的阿静，每一

187

件事都让和枝心烦气躁。一大清早就被和枝迁怒的阿静,看到她出现之后,故意露出一个浅笑:"哎呀,你回来了呀。这是家里最年长的大女儿。和枝,来给大家打个招呼吧。"

和枝按捺住心中的不满,露出和善的笑容:"这次真是非常感谢你们的照顾了。"不管身处何种困境,和枝都绝不会在人前失了体面。而阿静明嘲暗讽一番之后,心中的怨气也并没有减少。

以安装煤气灶一事为契机,西门家中的风向渐渐变化起来。

第二天晚饭后,悠太郎把家人召集在一起,将这个月的薪水放在膝前,郑重其事地说:

"这是西门家的钱,我想大家一起协商妥当之后再分配。"

之前被和枝擅自从藤井那里领走的工资,这次终于被悠太郎抢先下了手。

"首先,我好歹算是一家之主,就让我先领吧。我的零花钱和家中的煤气费,预算十元,我的读书借款,本月应还十元,再加上家里伙食费,一共三十元。"

"不用拿这么多吧!伙食费哪里用得到这么多钱!"和枝发出了抗议。

"我认为一年三百六十五天让家人每顿都吃上美味的饭菜,是西门家最优先考虑的事项。"

阿静干脆地表示自己没有意见,希子则忐忑不安地打量着和枝的脸色,含糊不清地说道:"……我、我不清楚。"芽衣子顾虑到和枝的态度,也赶紧说道:"这……你有这份心我就很开心了……"

"就这样,三人赞同,超过半数同意了,我拿三十元。"

"等等,为什么这个人也要算进去?"无视和枝的愤愤不平,悠太郎继续说道:"然后,芽衣子从今天开始要与我们同桌吃饭。"

和枝的太阳穴处暴起了青筋,见状,芽衣子不由慌张起来。

"现、现在这样没关系的。伙、伙食费的事定下来就行了,好吗?"

"……那么,大姐和静姨,也说说你们要多少吧。"

然而,阿静却说自己不需要零花钱,还保证再也不会赊账去买衣服了。

"你这家伙,一定有什么企图吧。"和枝立刻针锋相对。

"讨厌啦。我只不过是看见芽衣子努力持家的模样,深受感动,决定洗心革面了而已。"

事已至此,和枝只得顺水推舟接受了阿静的说法。然后她有样学样,很不情愿地从自己的开销里分出一部分给希子,并且严厉叮嘱了一番。一场暗潮汹涌的家庭会议,终于落下幕来。

回到房间后,芽衣子提出把多余的伙食费还给悠太郎,却被对方一口拒绝了。

"不和大家同桌吃饭,真的没关系吗?"

"算了,不就是当一年的女佣嘛。"

"抱歉。"

"你不用道歉啦,"芽衣子小声地嘀咕,"其实一个人的话,可以毫无顾虑地吃下三大碗呢。"

这一天,和枝陪着对西门家照顾有加的仓田老板去了曲艺表演所。表演结束后,两人结伴走到了农贸市场附近。

"怎么了,相声没意思吗?"

"跟相声没关系,是家里的一些事情。弟弟领了工资之后就一副一家之主的做派,那个见风使舵的艺伎也趁机摆出了家母的架子,自从那个没有常识的电线杆来了之后,家里就变得一团糟。"

说曹操曹操到,和枝说的那个"电线杆"……不,芽衣子正好从农贸市场里走了出来,手里还抱着一大包东西。和枝本想无视她自己走开,却被随后跟上来的一名年轻男子吸引了注意力。年轻男子把芽衣子掉下的东西放在她手里,芽衣子也不由自主地朝男子靠了过去。仓田也顺着和枝的视线看到了那名男子,不由开口说道:

"啊呀,这不是肉店的源太吗?天满商店街有名的调皮鬼。"

"……是吗?"和枝移开了目光,迈步向肉店所在的农贸市场走了过去。

晚上,毫不知情的芽衣子,一边收拾着晚饭的餐桌,一边向悠太郎问道:

"……对了,父亲和静姨,是什么关系啊?"

"父亲在静姨身上花了很多钱,又把她娶回了西门家。我以前没跟你说过吗?"

"大姐对父亲做的这件事,是不是一直心有不满啊?"

和枝从来不给阿静好脸色看。反过来说,阿静把和枝辛辛苦苦攒下来的钱,肆无忌惮地拿去买衣服,说不定也是为了故意恶心和枝。关于西

/ 第 8 章 / 抱歉茄子

门家的情况,源太曾经帮芽衣子分析过一番。

"我在想,有没有什么办法,能让她们的关系改善一些呢?"

"辛苦你了……为这个家这么操心。"

"没事没事!因为装了煤气炉,我空闲的时间就比较多了。"

芽衣子开朗的笑容,让悠太郎感到十分的欣慰。然而就在第二天,两人身上发生的一件事,让他的内心产生了巨大的动摇。

悠太郎埋头工作的时候,和枝忽然跑到办公室来,表情十分微妙地对他说:"给你说件事,信不信是你的自由……芽衣子她啊,和肉店一个男的走得很近。"

原来自市场偶遇之后,和枝背地里就去找了肉店老板娘阿富打听情况。得知两人是青梅竹马还经常一起出门等事情之后,和枝内心的窃喜差点儿就要表现在脸上了。对此毫无察觉的阿富还继续念叨着:"她家里有个险恶的妯娌,经常欺负她,还擅自扔过她的米糠,这孩子不如跟源太在一起算了。"

"我不会上你的当的。芽衣子不是这样的人。"

看样子悠太郎果然不会轻易上钩,和枝装模作样地叹了一口气。

"不过呢,一个人千里迢迢地来到一个陌生的地方开始新生活,丈夫整天忙于工作不说,还因为家规没法举办婚礼正式入籍,在这种情况下,会被其他男人吸引,并不是什么意外的事嘛。那个男人,好像是她老家那边的青梅竹马呢。喂,你有听我说话吗?"

悠太郎的表情终于有了一丝变化,和枝知道这番话戳到了对方的痛处，心里肯定动摇得不得了。

目的达成之后，和枝得意扬扬地走出了市政府。

和枝的话语扰乱了悠太郎的心弦，回到自己的办公桌后，他忽然大喊："我要出门一趟！"然后匆匆忙忙地离开了市政府后，悠太郎便朝着农贸市场的方向一路狂奔。他这番失态的举动，自然是为了第一时间确认芽衣子的清白。在肉店看到芽衣子和年轻男子交谈的身影后，悠太郎反射性地躲在了一旁，竖起耳朵全神贯注地探听屋内的动静。

"今天，我们要做什么呢？"——做什么？！

"到了就知道了，很有意思哦。"——有意思？！

两人其乐融融谈笑风生的模样，怎么看都不像单纯的青梅竹马。悠太郎原本紧随在两人其后，然而行至中途时，却因一时不慎丢失了两人的行踪。他停下脚步四下张望，只见周围的建筑看起颇有花街的风格，路上的男男女女皆是鬼鬼祟祟地结伴而行。

悠太郎的脑中一片混乱，只得茫然地回到市政府的办公室。

那两个人，究竟去那种地方做什么……

（没错没错。以芽衣子的为人，一定只是去肉店帮忙。）

但是……

悠太郎紧紧地握住手中的铅笔。

（虽然他说了"很有意思"……对了，芽衣子贪吃，说不定是去什么地方讨团子吃呢。一定是这样的，没错没错。）

但是！

握住笔杆的力道越来越大，连图纸都被戳开了一个洞。

（虽然他还说了"要做什么"，对了，芽衣子喜欢钻研料理，说不定她是和别人一起做团子呢。一定是这样……她在花街和男人一起做团子。）

"怎么会有这种团子！"一声怒吼之下，手中的笔芯也折断了。同事们纷纷抬头望向动静不小的悠太郎。

"……今天能让我早退吗？"

"……好吧。你确定要早退吗？"藤井一脸惊讶地说道。

此刻的长屋中，附近的女人和孩子们正围坐在一起，努力给一大堆梅子剥枝丫。这些梅子都是从郊外野生梅子树上采集下来的，是不花钱的食材。原来师父所说的"很有意思"的事情，就是指这些梅子。

"哇哦，阿源。你很细致嘛。"

"说什么呢，像我这么细致的男人可不多。"

两人肩并肩地坐在一起，其乐融融地剥着梅子，宛如真正的夫妇一般。四周的人笑着打量着两人，不断发出"关系真好"的感慨，不过师父的神色却十分微妙，似乎已经看穿了这只是源太一厢情愿的真相。

就在此时，两人之间突然冒出一位小圆脸的美女。

"阿源呀。好久不见了，你最近都在哪里鬼混了？"

美女一边发出甜美的声音，一边黏糊糊地朝源太身上靠过去。这位美女名叫染丸，据说是源太从小交好的艺伎朋友。

忙完了手上的活,芽衣子便向师父打招呼准备回家。

"算我多事吧,这个你拿着。"师父交给她一张写着梅子处理事项的纸条,"剥梅子好玩吗?大家一起干活很开心吧。"

"是的!"师父真是厉害,似乎已经看透了自己的烦恼。

芽衣子吃力地拖着满满一板车的梅子,缓缓走在回家的路上。就在这时,希子的背影闯入了她的视线。

"希子——"她叫了一声,用力抓紧板车追上了对方。希子回头张望了一下,确认了和枝不在附近之后,便走到板车后面,帮忙推起了板车。

芽衣子开口道谢之后,希子露出了羞涩的笑容。芽衣子便想,说不定对方其实也想跟自己搞好关系呢。

回到家中,芽衣子一边把板车上的梅子搬运到厨房,一边对希子说:"我们一起做梅子吧?我也为希子考虑了一些不怎么酸的做法。"

"大姐不在……的时候吗?"希子胆怯说道。

"不是哦。是大家都在的时候一起来做。我也会跟大姐说,让她来帮忙的,还有静姨和悠太郎。你看有这么多梅子,大家一起来剥梅子,一定会很开心的。我希望大家可以一起做……"

感受到芽衣子的诚意,希子认真地点了点头。

玄关处传来了开门的声响,希子慌慌张张地离开了芽衣子。出现在她们眼前的不是和枝,是一脸疲态的悠太郎。

"你今天回来得很早嘛。"

"……我回来早了,会让你不方便吗?"

悠太郎漠然地换上家居和服，瞟了一眼正把西服挂在衣架上的芽衣子。

"肉、肉……"好不容易开了口，却怎么也说不下去，"肉……不吃烤肉了吗？"

"做烤肉的话，大姐不是会生气吗？"

"……是吗？"悠太郎不得不换了一个说法，"就是、那个，最近你没去肉店了吗？"

"去了啊。"芽衣子很干脆地承认了。"之前不是跟你说过吗？我把米糠坛子寄放在那里了，要经常去那边腌制啊。"

"……你跟我说过这件事？"为什么自己完全不记得了。

"说过啊。肉店的伙计是我的青梅竹马，所以就寄放在他们店里了。你是完全没放在心上，才忘干净了吧。"

"……这种事我不会特别去记的，你就是利用这一点在钻空子吧？"

现在的悠太郎，无论芽衣子说什么，都只会认为她在狡辩而已。

夫妻之间不甚愉快的对话，让悠太郎生了一晚上的闷气。到了第二天早上，就连芽衣子惯例不说饭盒内容一事，也让他耿耿于怀起来。"你总是这样，什么都事都要藏着掖着。"说完，他头也不回地走出了大门。

直到来到工作场所，悠太郎还是心不在焉的，竟然一不小心撞到门栏上，弄得额头上全是血。悠太郎的一反常态让大村十分介意，中午休息时，他特意前来关心这位年轻同事。

"出了什么事？今天你一直魂不守舍的样子，能不能给我说说？"

悠太郎什么也说不出口，只能默默打开了自己的饭盒。不知为何，

/ 多谢款待 1/

当他看到饭盒里摆放的芝麻饭团后,忽然就想到了草莓,想起了芽衣子说过的一段话。

——草莓对我来说,是很特别存在。因为有一段珍贵的回忆。

小时候,两个孩子联手偷了寺庙里供奉的草莓。所以对她而言,那个青梅竹马的男孩一定有着特别的意义吧……?想着想着,悠太郎越发地坐立不安,他猛然站起身来说道:"必须从根本上解决问题!"

他再次匆匆奔去的地方,自然是农贸市场里的牛乐肉店。

"我是将米糠坛子寄放在这里的芽衣子的丈夫。请问我妻子芽衣子的儿时好友在店里吗?"

就在老板娘阿富不知所措的时候,源太从里面走了出来。

"芽衣子的丈夫来我们店了。"

"芽衣子的?!"源太转过身来,正好对上悠太郎凶狠的眼神。他上前几步,走到气势汹汹的对方面前,"我就是源太。"

"你似乎与我的妻子有过分亲密的接触。从今天开始,希望你停止这种不妥当的行为。"

"我照顾你妻子这么久,你不但没有一句感谢的话,还自以为是地干涉我们的交往,这是什么道理啊,喂!"

源太的怒吼,令路过的行人停下脚步,连附近商铺的人也纷纷把目光投了过来。

"不会有男人对与妻子亲密接触的男子表示感谢的!"

"那家伙会来这里,还不都是你的错!你知道吗?她在左右都分不清的陌生街道上，一个人抱着米糠坛子哭泣！你知道吗？她因为拿不到伙食费，只能不停地在农贸市场里徘徊！喂，这种时候你又在干吗？就是因为你什么都不做，才让她过得这么辛苦！"

源太的话虽然令悠太郎火冒三丈，但他一句话都反驳不了。

"那个家伙，一天到晚脑子里想的都是你的事情。就算来到店里，嘴里念叨的也全是你和你家里的事。这么好的妻子，你居然不相信她！"

源太话音刚落，四下响起了一阵起哄声，不知不觉中两人周围起了一圈看热闹的人。

"……我怎么可能有这种自信！"悠太郎终于忍无可忍地开了口。

"我的妻子这么惹人怜爱！我怎么可能不担心她！"

四周的人群中响起了一阵欢快的叫好助威声。两男夺一女的争执现场，可是难得一见的好戏啊。就在这时，源太终于注意到悠太郎身后站立的人，他不由得愣住了。

有所察觉的悠太郎也转过头去，看见了站在人群中，神情微妙的芽衣子。

"啊，你、你们两人，不要吵了。"为了阻止两人的争执，芽衣子朝前走了几步，但不知为何，她的嘴角不自然地向上翘着。

"你这家伙，怎么一副很高兴的样子。"源太有些莫名其妙。

"因为……好像我，忽然变成了抢手货……的感觉。"

芽衣子竟然在众目睽睽之下，自作多情地害羞起来。对于她的反应，四周发出了一阵笑声。如此荒谬的气氛之下，悠太郎和源太莫名地丧失了对抗心，吵架也进行不下去了。

"这位先生,不好意思,这种笨蛋白送给我,我都不要,你赶快把她领走吧。"

真是没有比这更尴尬的状况了。悠太郎怒气冲冲地牵起芽衣子的手,头也不回地离开了现场。

"你不要再来了,听到没有!"

"但是,米糠坛子,喂喂,米糠坛子怎么办?!"

——这是怎么一回事。躲在远处的和枝围观了全程,事态发展已经完全超出了她的料想。

就在同事们纷纷猜疑某人扔下工作跑出去干什么的时候,当事人悠太郎抱着一个奇怪的罐子回到了办公室。

"这是什么东西?"大村皱着眉头问道。

"米糠坛子。"悠太郎拿起一些洗过的蔬菜丢进罐子里,"我彻底处理的结果,就是把这个东西带到办公室来。"

这天之后,阿虎和米糠坛子就从肉店搬到了市政府的建筑科,经历了三次搬家,它们终于拥有了一个稳定的安身之所。

这天夜里,源太只身一人来到了师父的长屋。平日里朝气蓬勃的他,今天却一脸不快地靠在师父身边,默默地吃着小菜。

"芽衣子给你写信了?"

源太接过师父递来的菜碟时,从他的上衣口袋中滑出了一封信。信上的署名是芽衣子。

## 第 8 章 / 抱歉茄子

"信上写，她想和我在一起。"源太自嘲地说道。这封写着收件人源太的信，是今天早上有人偷偷夹在肉店里屋的门缝里的。

"不过，这封信，绝对不是那家伙写的，她的字哪有这么好看。"

这封信，很有可能是西门家那位大姐下的圈套。但是，虽然只有一瞬间，自己居然相信了信上的说辞，这实在是太蠢了。

芽衣子叫家里人来帮忙，没想到连和枝都一口答应了。就这样，全家人便约好在星期天一起处理梅子。

"不单做梅干，还有做砂糖梅子果酱、梅子糖水、梅子酱汤、梅子酒。还有希子喜欢的甜味梅干！"芽衣子一脸兴奋地说道。

"处理梅子有很多工序，其中有一道工序是必不可少的。那就是'挖抠'！"

就像师父之前教的那样，芽衣子教大家用细细的竹签将梅子的头从果肉里挑出来扔掉。对甜味梅干十分期待的希子，虽然动作有些笨拙，但是非常努力地处理着梅子。就在大家认真作业的时候，和枝走了过来。

"希子，回去准备一下。仓田叔叔要招待我们吃饭。"

"大姐，我们不是说好了吗？今天大家一起处理梅子……"

芽衣子顿时慌张起来，和枝却无视她的反应，大叫着希子的名字。

"……我、我想在这里处理梅子。"希子用一贯细弱的声音，努力地表达了自己的想法。

和枝的脸色一下就沉了下来："随便你！"随后，她怒气冲冲地走出了家门。

"我就这么让大姐讨厌吗?"芽衣子叹了一口气。

"不是你的问题,她之前在夫家受过很多气,现在只是想扬眉吐气罢了。"

任何事都能妥当处理的和枝,却一直被看她不顺眼的婆婆百般刁难。为了自己的孩子,和枝都默默忍受了下来,但是当孩子因事故去世之后,夫家竟然对她提出了离婚。

"那个时候,没有谁帮她说话吗?"

"父亲看不下去,跑去跟对方抱怨过'你们是不是太过分了'之类的。"

没想到,和枝的婆婆竟然毫无愧疚之情,还说什么"你们要什么尽管提,只要能和这种人断绝关系,我们家都是划算的。"听到这里,芽衣子不禁目瞪口呆,这世间竟然还有这么刻薄的人。

被婆家赶出门的和枝,回到西门家之后却发现家里竟然多了一位后母。

"大姐认为把艺伎娶进家门是一件十分荒谬的事,所以她一直想把静姨赶出去。但是作为和事佬的父亲已经不在了,所以家里这个状态就延续到了现在。"悠太郎一边叹气,一边黯然地讲述。

"那两人一直在明争暗斗,可是不管谁赢了,也不会有什么好处。"

这时,刚才一直不见身影的阿静,带着一群街上偶遇的妇人从后门走了进来。

"我们在路边聊天,大家听说家里装了煤气炉,都想见识一下,我就带她们过来了。"

一同前来的妇人们，一脸稀奇地围向厨房的灶台。

"哎呀，这就是煤气炉。"

"小少奶奶，这个煤气灶，用起来麻烦吗？"

"哎！……啊、这个，煤气灶和柴火不一样，只要煤气喷出来就可以点燃了，非常简单。只要轻轻一扭……"

之后，芽衣子又手忙脚乱地给她们介绍了梅子的处理方法。

另一个妇人对阿静说："好像跟和枝小姐说的不太一样呢。"

"你说得没错。其实呀，她是个很能干的孩子。和枝说那些有的没的，其实就是嫉妒，因为自己引以自豪的弟弟，被抢走了呀。"

要么赶走别人，要么被别人赶走。这是西门家唯一的生存之道吗——一股落寞的情绪，在芽衣子心中油然而生。

"有人向希子提亲了。" 吃早饭的时候，和枝慢悠悠地说道。

"是仓田先生介绍的，对方是纸商三岛家的少爷。这可是门好亲事。希子以后就是大阪第一纸商的少奶奶了。这么好的亲事，如果不是结交了那些老爷，西门家可是高攀不上的呢。"

最近在家里颜面扫地的和枝，终于露出了意气风发的神态。

"可是……这种事……希子她才十六岁啊。"芽衣子一脸困惑。

"这不是最好的年纪吗？不管怎么说，谈亲事的时候，越年轻才越有身价。"

"希子，你喜欢这门亲事吗？想说什么就直说，不要有顾虑。"

在悠太郎的认知里，实在无法想象沉默寡言的希子成为大户商家的少奶奶的样子。

"迄今为止，我给妹妹们订的亲事，哪一门不是好姻缘？就是因为我以前吃了不少苦头，所以对妹妹的亲事都是深思熟虑的。"

悠太郎无法反驳和枝的说辞，只好就此作罢。但希子的反应让芽衣子很是担心，就连洗衣服的时候也一直挂念着。就在这时，阿静走了过来。

"我不是说了吗？那种人，是不可能'好好相处'的。"

阿静露出了一副"果不其然"的表情。昨天，芽衣子对阿静打压和枝的做法提了一些看法，却惹得阿静很不开心。对于阿静为了抬高自己的地位，特意召集了街坊邻居来捧场一事，芽衣子虽然心怀感激，但是全家人一起和和睦睦地生活，才是她最大的愿望。

"就是看不惯因为希子这么亲近你，和枝才急忙地帮她找了婆家，想让她早点离开这个家。真是太可怜了。"

阿静接下来的这句话，让芽衣子吃了一惊。不管再怎么讨厌自己，也不应该擅自拿亲妹妹的婚事来赌气啊。阿静无视一脸愕然的芽衣子，麻利地把衣服塞到她手里，扭着身子出了门。

以前芽衣子遇到难题时，可以找好友樱子和民子一同商量。但是如今在大阪，身边连一个"心灵之友"都没有。因为之前那场骚动，现在就连源太也对她也避之不及，远远地看见了，就会赶紧挥手让她离开。

"所以，你就来老夫这里了吗？"师父一边处理着梅子，一边说道。

"是啊，实在找不到可以商量的人了。我该怎么办才好呢？"

"你为什么要对这件事这么费心呢?"

"……因为如果希子不幸福,我也不会幸福的。"

"为什么你不会幸福呢?"师父追问道。

"……希子是我丈夫的妹妹。希子幸福的话,我的丈夫也会幸福。我的丈夫幸福的话,我自然也会幸福的……"

师父轻轻擦拭了一下眼角,不知为何露出了一丝欣慰的笑容。

"哎呀呀,你说得太好了。人上了年纪,身体就不太受控制了。虽然我不清楚你家的情况,不过,最重要的是你妹妹的心意吧。"

"她好像自己也没搞清楚的样子……"

"想要整理自己的想法,就需要有个可以商量的人啊。"看着恍然大悟的芽衣子,师父微笑着点了点头。

在另一边,和枝正对希子展开突击式的训练。希子并不是个手脚灵活的孩子,无论学做什么家事,最后都做得一团糟。为此,她遭受了和枝不少尖酸刻薄的叱责。在一旁围观的芽衣子虽然很同情她,但是和枝却以"你不是西门家的人"为由,拒绝芽衣子提出的让自己来教导希子的提议。

芽衣子本想向悠太郎求助,但是对方正因工作上的问题焦头烂额。因为预算上的问题,他们提出的小学建设方案很可能会被打回来,为了调整方案,悠太郎这段时间都要在市政府的办公室过夜。

就这样,芽衣子陷入了困境,这件事只能由她一个人来解决了。她想确认希子的想法,但和枝却从早到晚把希子看得死死的,还让她跟自己同床共眠,让芽衣子完全找不到搭话的机会。无可奈何的芽衣子绞尽脑汁,终于想出了一个貌似可行的计划。

第二天,希子打开饭盒之后,发现饭盒盖子的内侧贴了一张纸条。

"是我,芽衣子。因为在家里不方便说话,所以我决定从今天开始,利用午餐的时间和希子好好交流一下。希子对结婚这件事,是怎么考虑的呢?想结婚和不想结婚的心情,分别占多大的比例呢?"

晚上,芽衣子收回的饭盒中,换上了另一张纸条,是希子撕下的笔记本的页面,上面认真地写上了回答。

"两种心情,一半一半吧。"

从这天开始,两人就开始了持续不断的饭盒通信。

"想结婚的一半心情,是怎样的呢?"

"除了嫁出去,我想不到其他逃出这个家的方法,所以这是我唯一的出路。"

"那不想结婚的一半心情呢?"

"好像结婚之后,生活并不会变得开心。看见大姐和静姨的样子,还有小姐姐你现在的遭遇,我很难对结婚有什么期待。像我这样的人,嫁过去的话肯定会被欺负得很惨。丑八怪、蠢货、傻乎乎的家伙……我一直都被周围的人这么说。我……我很害怕和别人组建家庭。结婚,真的好可怕。"

看着这封充满寂寞的回信,芽衣子不禁抹了一把眼角:"……我也上年纪了呢,师父。"

## 第 8 章 / 抱歉茄子

饭盒通信一段时间之后,这一天,希子收到的纸条上写上了"吃完午饭后,到庭院来"的内容。希子匆匆忙忙地跑了出去,正好撞上迎面而来的芽衣子。令人吃惊的是,芽衣子居然一身女校学生的装扮,因为借用了希子的裙子,所以显得很不合身,下半身的小腿部分露出了很长一截。希子见状扑哧一笑,芽衣子也很不好意思地笑了起来。两人结伴走到了树荫下面。

"希子,你其实是个非常聪明的孩子呢。"看过希子的回信之后,芽衣子惊叹于希子的敏锐性和对事情的深思熟虑,"如果希子是傻乎乎的家伙,那我简直就是根木头了。我甚至还被悠太郎评价为毫无魅力的家伙呢。"

"真的吗?我认为小姐姐是个充满自信的人。是一个会大声对别人说出'这种鬼屋,对我来说简直是小菜一碟'的人呢。"

"鬼屋……你错了。我只是个笨蛋啦,脑子空空、什么都不会多想的笨蛋。像同吃一锅饭的人居然会反目成仇这种事,我就完全想不到。"

因为大五对她说,同吃一锅饭,就是相亲相爱的一家人。

"……希子。我想让你知道,一家人一起吃美味的饭菜,是一件非常开心的事情。希望你能体会到这一点之后再嫁出去。而不是因为'害怕''想逃离这个家'这些理由就匆匆出嫁。"

希望大家能开开心心地在一个饭桌上吃饭,希望希子能带着这份幸福感出嫁。

"如果为了躲避这个家而逃走的话。下次再遇到困难时,一定又会想要逃走的。对!就是这样!我就是这个意思!!"

## 多谢款待 1

"……我、已经理好头绪了。"

托芽衣子之福,希子终于下定了决心。她在晚餐的饭桌上,终于鼓起勇气对和枝开了口。

"那、那个。我、对结婚这件事、很害怕……不、不知道自己、能不能做好、我没有自信……所以,我不想去相亲。"

"自信这种东西,嫁过去之后,经历各种磨炼自然就会有了。你再磨磨蹭蹭,以后就没这么好的事了。"

"大姐、请问你说的'好事'是指什么啊?"芽衣子忍不住插了一句。

"家世、财力。这次的介绍人是个很有权势的人。看在介绍人的面子上,夫家一定会善待上门媳妇的。所以我就说,一门好婚事必须要有个体面的介绍人才行。"

"就算有体面的介绍人,有些人还不是被婆家像臭虫一样嫌弃。"阿静不怀好意地笑了笑。

"我可不想被谈恋爱时干柴烈火,结了婚连一年都维持不了的人说教。你们都知道吧,干柴烈火什么的,在我们这里都是用来嘲笑野合夫妇的,他们什么都不考虑,只会凭一时冲动鲁莽行事。"

"你这女人,从来没被男人说过'喜欢''好可爱'这种话吧。如果不谈家世之类的,有谁会看上你这种人啊。"

和枝轻笑一声:"……自然是比不上惺惺作态讨好男人的女人了。我说,你怎么还不赶紧去找干柴烈火的野合男人呢?"

令人难堪的对话在饭桌上持续着,芽衣子担忧地看着两人,希子则垂着头沉默不语。最终，希子用微弱的声音颤抖着说出了一句话。

"够了。就是因为……你们一直这个样子……所以这个家，才永远都不会有……开心的那一天。"

闻言，芽衣子不禁悲从中来。大家坐在一起开开心心吃饭而已，为什么这么简单的事，实现起来就这么难呢？

几天之后，芽衣子在农贸市场被师父叫住，随后两人去了一个偏僻的角落，芽衣子把最近发生的事一五一十地告诉了师父。

"就这样，小妹她明天就去相亲了。"

原来，为了向源太打听芽衣子的情况，师父难得亲自来到了天满的农贸市场。

"就连我丈夫也对我说，就这样算了吧。"

昨天，芽衣子去市政府给悠太郎送替换衣物时，被悠太郎劝说不要再干涉这件事了。那个孩子一直以来饱受两人争执之苦，在悠太郎不在的这段时间，想必在家中也是备受煎熬。

芽衣子想让希子在感受到家庭的温暖之后再出嫁，但这个目标现在看起来似乎很难实现了。虽然悠太郎安慰说这不是她的错，但芽衣子还是觉得自己很没用。

也许是因为芽衣子的沮丧表现得过于明显，师父不由得感慨道："你看起来很不甘心啊。"

"因为小妹看起来真的很不开心啊。不过她嫁过去之后，说不定比现在要幸福呢。我如果跑去干涉，会不会反而坏了她的好事呢？真的很犹豫啊。"

"你就这样放弃了吗？你不是想让丈夫的家庭获得幸福吗？不是想让妹妹获得幸福吗？你真的就这样放弃了吗？"

"我不知道仅凭自己的能力，能不能做好这件事……"

"这不是能不能做好的问题，是要不要去做的问题。最重要的是你的觉悟啊！"

芽衣子买好希子最喜欢的水茄子后，一边思考着师父的话语，一边慢慢地朝家里走去。进了厨房之后，看到抱着便当盒的希子，正盯着一个贴着"希子用"的字条的罐子出神。正如字条所写，这个罐子里储存的梅子要腌制成希子最喜欢的甜味梅子。

"……这个，之后怎么处理呢？"

"等梅雨季节一过，就把梅子拿出来在太阳底下晒干，像这样铺开、摊平，再然后才开始腌制，让它们好好睡上一觉。"

听到要一年之后才能吃到甜味梅子，盯着罐子的希子一脸落寞地说："……好想吃啊。"

"到时候我给你送……"说到一半，芽衣子忽然停了下来，就在这一刻，她终于做出了决断。

"我不会给你送过去的，这个梅子。如果你想吃，你就留在这个家里。留在这里，看我为了让这个家变得幸福是怎样努力的。不管成功也好，失败也好，你都必须亲自见证。然后你再自己思考结婚的意义，等你有了结论，再考虑出嫁这个事情。"

## 第 8 章 / 抱歉茄子

因为希子不爱吃酸梅干,所以芽衣子今天放进饭盒的梅子是微甜味的,希子很喜欢这个味道。仅仅是这么一件小事,也许就能成为改变某人人生轨迹的契机。

希子擦了擦眼泪,对芽衣子露出了一个笑容:"好的。"

虽说如此,就算想阻止相亲,首先劝说和枝本人放弃是绝对不可能的。这种登门造访的相亲,双方事先都做好了准备,也不可能为了一点点小事就告吹的。

悠太郎为了这场相亲特意请假回了一趟家。他一脸倦态,看起来没什么精神。相亲结束后也不能在家过夜,必须赶紧回市政府加班。看着这样的悠太郎,芽衣子十分心疼,决定不把他卷到这件事情里来,所有事情都自己一个人扛下来。

要怎么才能既不伤和枝的颜面,又把相亲给搅黄呢……芽衣子在心里暗暗嘀咕着。

第二天,相亲对象带着自家父母和介绍人仓田,一同来到了西门家。

两家人端正地对坐在西门家客厅的饭桌上。夹在和枝和悠太郎之间的希子,一直埋着头沉默不语。芽衣子虽然对希子打了包票,说一切都看她的,但对于如何顺利地实现目标,她其实一点头绪都没有。

"抱歉抱歉。让你们远道而来,这孩子连头都不敢抬起来。哎呀,真是个内向的孩子。"

"不不,这样很不错呢。还真如介绍人所说,是个隐世之人呢。"

相亲对象的男子真不愧是大户商家的少爷,说话非常得体。

"比起伶牙俐齿的媳妇,还是这样安分守己的做事才稳妥呢。和我们家很相称呢。"

看起来很强势的母亲热情地附和了一句,随后,她皱起了眉头:"这个茶杯,有点危险呢。"原来她手中的茶杯边缘竟然缺了一个口子。"非常抱歉!真是太失礼了!"和枝一脸焦急地向芽衣子瞪了过去。

"啊!啊!不好意思!我马上去换新的!"

接下来,芽衣子不是错手将虫子弄到对方父亲的茶杯中,就是不慎将茶水泼在对方母亲的身上,甚至还想用污浊的抹布去擦拭对方弄湿的和服。芽衣子一系列破天荒的粗野举动,让在座的人都吃惊不已。

"够了!你别弄了,赶紧去厨房重新泡茶!"

芽衣子被和枝赶出客厅之后,就偷偷扒在门上偷听里面的动静。对方的母亲心有余悸地问西门家为何不雇一个手脚灵巧的女仆,却被悠太郎的一句"这是我的妻子"给顶了回去。

"哎呀,这么说那位小姐,以后也会是我们亲戚了?"

"今天这种正式场合,可能有些紧张吧,平时还是挺能干的一个人。"

被和枝巧妙地蒙混过去之后,心有不甘的芽衣子为了进一步破坏相亲,回到厨房之后又对料理做起了手脚。

"你在做什么?这不是葬礼用的东西吗?"

忽然出现在门口的阿静,对厨房中摆放的料理表示了疑惑,更别提芽衣子这会儿正准备往里面撒盐。芽衣子见实在瞒不过去,只得向阿静坦白了一切。

"你有此打算，早点告诉我不就好了嘛。让和枝当众出丑，真是太有意思了。"

"所以我才不想告诉您啊。我只想既保存大姐的颜面，又顺利地让相亲泡汤。其实大姐她做这些事，也是真心为了希子以后能过得好。"

和枝本来打算去仓库拿给客人准备的餐具和膳食，但现在站在厨房外的她，脸上露出了欣慰的表情。

——原来是这样。因为对芽衣子的粗野言行生疑，她特意前来查看，没想到真相竟然是这样的。

和枝认为这门亲事是希子的大好前程，所以芽衣子不愿意破坏这份一心为希子着想的心意。

"你这孩子，真是太善良了。"

想到这里，和枝摆出一副慌张的模样走进了厨房："芽衣子、芽衣子，你在吗？"得到回应之后，她让芽衣子暂时不用管泡茶一事，赶紧先帮她去仓库里找一幅卷轴。

走进仓库后，芽衣子突然觉得有些不对劲，就在此时，身后传来咔嚓一声，原来和枝竟然把大门锁上了。她这才意识到，刚才跟阿静的对话想必是被和枝听到了，为了不让她再动手脚，才想出这个法子解决掉碍事的自己。

"开门啊！快开门啊！大姐！大姐！"

门外被挂上了铁锁，就算芽衣子不断地捶打，大门也纹丝不动。

一道神秘的视线，目不转睛地注视着西门家厨房中发生的一切。当和枝的身影消失在门口之后,这道视线又在房间里的其他事物之上来回扫视。铁锅、灶台、菜刀、储存梅子的小罐子、水茄子……最后,停在了酒壶上面。

西门家的餐桌上,摆上了料理名店"吉祥"送过来的佳肴。至于芽衣子,和枝说她身体有点发热,所以先去休息了。悠太郎对这个说法心存疑虑,毕竟刚才芽衣子的种种举动实在过于怪异。

随后,众人拿起碗筷,在谈笑风生中开始进餐。然而希子却一直纹丝不动,在其乐融融的气氛中格格不入。

"……我……"希子忽然抬起头,在众人兴致勃勃的注视中,用微微颤抖的声音说道:

"我觉得我这样的人,不合适、不适合做三岛这样名门大户的妻子……"

"哎呀,真的很抱歉。这个孩子,实在太紧张了。"

和枝赶紧笑着打圆场,对方家里不但不介意,还夸奖说这是谦虚的表现。

就在此时,客厅大门忽然被推开,一脸猥琐笑容的师父大大咧咧地闯了进来。他身形摇晃,手中还捏着个水茄子,一副喝醉了酒神志不清的样子。从他进门之后,悠太郎等人全都是目瞪口呆的表情。

"正藏……回来了?"仓田一脸震惊地望向和枝。

"不、我不知道!真的!这是怎么回事!"

悠太郎忽然站起身来,一把抓住正藏的手腕,大声吼道:"你给我出去！"

"你这小子，居然让亲生老子出去？嗯？我难得回来一趟。"

原来，师父的本名，叫西门正藏。是西门悠太郎，血脉相连的亲生父亲。

"这、这是怎么一回事？我不是听说他已经去世了吗？"

"哈哈！居然说我已经死了！这也太过分了吧。"

正藏摇摇晃晃地走进客房，大大咧咧地从饭桌上拿起酒菜，咂着嘴吃了起来。

悠太郎见状更加着急，连声吼道："你给我出去！快出去！"但正藏完全不把他放在眼里，反而从他身边走过，亲亲热热地搂住了对方父亲的肩膀。

"我就不废话了，老兄，能借我十元钱吗？最近手头真的很紧，但是不管是儿子还是女儿，对我都十分冷淡呐，连这点零花钱都不肯给我……那就五元、只要五元就行了——"

"喂！你闹够了没有！"就在悠太郎用力将正藏从客人身上拉开时，他却忽然垂下身子，醉倒在了饭桌上。

如此一来，这顿饭是无论如何也吃不下去了。三岛一家言不由衷地说了几句客套话之后，匆匆忙忙地逃离了西门家。

"真的万分抱歉！"

就在和枝在玄关对介绍人仓田下跪道歉时，外出的阿静回到了屋内。看到和枝这番狼狈的样子，知道肯定是这次的相亲被搞砸了。阿静不由得暗自欣喜，但当她看清屋内的情形之后，欣喜顿时变成了惊诧。

她慌慌张张地跑出客厅，不停叫道："那个人！那个人！什么！哎？！

怎么回事？！和、和枝把他叫回来的？！"

不知为何正藏居然醉倒在了饭桌上。这件事让阿静震惊不已，一贯优雅的她此时散乱着头发在门前来来回回地踱步。

"不是我叫回来的。"

"那，那是谁干的？"

听见阿静的喃喃自语，和枝突然站了起来。

她一路奔跑，急匆匆地打开仓库大门，只看见屋内的芽衣子正坐着发呆，手里还捧着一本相册——她原本打算从天窗爬出去，结果攀爬窗栏的时候不小心踩滑掉了下来。这本相册就是当时从书柜里中掉出来的。

"你这女人，那个男人，是你叫来的吗？"和枝的声音充满了愤怒。

"……你们不是说，父亲已经去世了吗？那个、我、那个人，相册上的那个人，我认识他。"

这一天，芽衣子终于知道了，这个家的历史，和这个家里曾经发生过的重大事件。

# 第9章
## 爱你如冰淇淋

坐在地板上的芽衣子,被和枝愤愤地质问:

"喂,那个家伙是你喊回来的吧!"

悠太郎和阿静站在旁边,两人脸上的表情都很复杂。希子走到饭桌边上,打量着正躺在上面的正藏。

"不是的。我、我只是找他商量事情而已。小妹要相亲了,我不知道怎么处理……"

"你这女人,你有什么资格对家里的事情指手画脚!"

听到如此难堪的训斥,芽衣子偷偷瞟了一眼身旁的悠太郎。原本跟自己同一战线,经常帮自己说话的悠太郎,这次居然摆出了惯例的思考姿态,没有露出一丝为自己解围的意图。

当芽衣子提到师父是源太介绍给自己时,悠太郎的眉头紧紧地皱了起来。

"不是那样的!源太他根本不知道师父的事情,师父一句话都没有提过家里的事情,也从未说过自己的名字,我们并不知道他的原名是西门正藏……!"

"我知道了。"悠太郎忽然开了口,"总而言之,请你发誓以后再也不跟他见面了。"

"为、为什么?就因为他破坏了这次相亲?"

如果只是这样的理由,芽衣子完全无法接受。最重要的是,为什么亲生父亲明明活得好好的,却要对外人一口咬定他已经死了。

"我们全家都被那个人抛弃了。那个人本来是矿山的技师,工作期间就很少回家。家里大小事务都是母亲一个人操办的。在母亲因火灾去世之后,他才辞掉工作回到家里。但是回来之后,他既不去找新工作,也不处理家里的事务,只知道整天出去喝酒作乐。就这样浑浑噩噩混了一年之后,他忽然把静姨带了回来,理所当然地对我们说:'从今天起她就是你们的母亲,你们的生活都由她来照顾。'"

"那会儿还真是天降重任啊。我这个人就是太心善了,看他说得这么可怜,就跟着他嫁过来了。"

"详细的经过以后再说。我觉得父亲再婚的时机太早了一点,但是想到父亲也许可以就此振作起来,就默默地接受了这件事。静姨来到家里之后,一直都尽职地履行着做母亲的义务,父亲也终于开始正儿八经地寻找工作,眼看这个家即将走向正轨,但是就在这个关头,原本出嫁的大姐忽然从婆家回来了。"

"因为父亲说,要我回来帮忙照顾弟妹。结果我一回来,就被这个女人说'既然你回来了,那家里的事就交给你了,请多多关照哟'。"和枝狠狠地瞪了阿静一眼。

"现在不是说这些的时候!总之,家里的情况忽然变得一团糟,不过,这样的生活也没有持续多久,某天,父亲忽然从家里消失了。全家人鸡飞狗跳地四处找人,最后,居然在温泉旅馆找到了他。当时他竟然在和家里的女佣鬼混!就算如此,大姐和静姨还是决定原谅他,觉得他是被家里的事闹得心烦才变成这样的,所以还是想好好地把他接回家里。没想到父亲看到两人出现在旅馆后,竟当着两人的面就跑掉了,慌乱之间连鞋子都没来得及穿。"

和枝和阿静回想起当时的场面,皆是一脸微妙的神色。

"从那一刻开始,我们终于认识到这个家已经被父亲抛弃了。我们一致决定,从此之后,就当父亲这个人已经死了。这么多年,我们一家人就这么熬了过来。我知道,你是在一无所知的情况下和他见面的,所以我没有责怪你的意思。但是请你之后不要再和他见面了。"

"……但是、但是师父他,怎么说呢……我觉得他非常想念大家,他会对我这么亲切,也是因为我是悠太郎的妻子啊。就连今天,他也是因为担心希子的情况才赶来的。为了破坏相亲,他甚至不惜糟蹋自己的形象。"

就在这时,希子忽然走了进来,用细若蚊蚋的声音说:"父亲他……"

"好痛、好痛。你怎么对半截身子都入土的老头子这么粗暴!"

在女眷们的注视下,悠太郎拎着正藏的领口,把他从仓库里拽了出来。

"喂、把东西拿出来!"悠太郎冷着脸,对着他伸出手心,"哼,干吗这么凶。"正藏一边嘟囔着,一边不情不愿地从怀里掏出了一个看起来很值钱的茶杯。和枝和阿静见状,都露出了"果然如此"的神情。

"啊!芽衣子!喂喂、借我五元吧,五元就好。喂,好不好嘛。一点零花钱而已。"

悠太郎一把推开正藏,愤怒地向他吼道:"回去!从今以后再也不要踏进这个家一步!"

正藏耸耸肩,垂头丧气地离开了现场。望着渐渐离去的身影,悠太郎一脸唾弃地说：

"他只是看起来比较亲切而已，真正的本性完全不一样。现在你应该知道了吧……"

"不是这样的！"芽衣子立刻出言反驳，"因为师父他，他根本就不需要钱啊。就算没有钱，他每天的日子也可以过得很开心。今天这样，也是故意让自己唱黑脸——"

"总而言之，请你以后不要跟他有任何来往。"

"我不要。我想跟他见面。我很喜欢师父这个人。师父他真的很关心大家的情况。也许他以前是做了很多对不起大家的事，但是现在他真的在反省了。我们就不能原谅他以前的所作所为，重新接纳他吗？"

被芽衣子一而再再而三地反驳，悠太郎的脸色越来越难看。

和枝这还是头一次见到这两人剑拔弩张的样子，她的心中不禁暗暗窃喜。

"不可能的。这件事是绝对不可能的……不好意思，我们不会让他回来的。"

"等一下！"芽衣子慌张起来。

"如果你一定要坚持和他见面的话，那就只能请你离开这个家了。"

"等等，你说什么？！"芽衣子伸出手想拉住对方，但悠太郎头也不回地走开了。

因为被和枝抱怨，芽衣子只得留下来清理被弄得一团糟的桌子。

她一边打扫一边叹气："就没什么办法，能让师父跟家里人和好

## 第 9 章 / 爱你如冰淇淋

吗……"

"……父亲离家之后,大哥和大姐好像为了维持家计吃了很多苦头。静姨一直抱怨自己的人生都被父亲毁了,对他恨之入骨。"在一旁帮忙的希子解释道,"我觉得让他们原谅父亲是一件很难的事。我啊,虽然不像他们这么恨父亲……但是一想到大哥他们的遭遇,也不是不理解他们的心情……"

话音未落,窗边忽然掉下了一个用温泉布打包的包袱。芽衣子大吃一惊,匆匆忙忙跑到庭院一看,原来和枝在二楼擅自整理打包芽衣子的行李,正在把打好包的东西一个一个地往下扔。

芽衣子又赶紧跑上二楼,对和枝大声喊道:"大姐!快住手!"

"我这不是在帮你的忙吗?你不是要离开这个家了吗?"

就在两人为是否离家一事僵持不下之时,楼下传来阿静的声音:"等一下,芽衣子,有客人找你。"

芽衣子和和枝只得一时休战,一同来到了玄关。令人意外的是,站在门口的访客,竟然是芽衣子的好友樱子和不出名的作家室井。

"樱子!室井先生!你们怎么会来这里?"

"我们私奔了。"樱子用仿若外出旅游的口气回答道。

"咦!私、私奔?你们两个人?"芽衣子瞪大了双眼。

"哈哈,就是这样子啦。"室井很不好意思地抓了抓头发,然后瞟了瞟芽衣子身后的和枝和阿静,内心比较了一下,随后大大咧咧地问道:"请问哪一位是母亲大人啊?"

"虽、虽然看起来比较威严,其实这位是大姐。这、这位是母亲大人,

219

她是娃娃脸，比较不显老。"

"不好意思，在我们找到住所之前，能不能在贵府打扰一两天？"

现场的气氛一下变得尴尬起来，芽衣子紧张得汗都流出来了，但一贯大小姐做派的樱子却对此毫无知觉。

忽然，和枝露出了一个亲切的笑容，"我非常理解你们的难处，在陌生的地方的确不好找住宿吧。不过呢，芽衣子好像要离开这个家了。非常抱歉，你们能不能带着她一起离开呢。我会送你们的。"

和枝十分干脆地把樱子和室井的行李箱扔到了屋外，在三人冲出去拿行李的时候，又以迅雷不及掩耳之势合上了窗户，架上了锁扣。

芽衣子向两人简要说明了当前的情势，又将两人带到了农贸市场。来到蔬菜店之后，芽衣子给老板娘多根解释了两人的情况，又打听了一下有没有合适两人居住的地方。

"住所的话，不如去问问源太，那家伙门路很广的。"多根一边说，一边招手把源太唤了过来。

"我现在不能跟源太见面啦！那就这样了，我先走了！"

芽衣子后退了几步，正想转身离开蔬菜店，却因为源太之后的话语停住了脚步。

"啊，住宿的话，那炒冰店楼上怎么样？"

炒冰，这是芽衣子来到大阪之后一直耿耿于怀的食物：炒出来的冰，到底是什么样子呢？

"就是个富家少爷一时兴起搞出来的店铺啦。"

## 第9章 爱你如冰淇淋

源太带领三人来到了一家咖啡店，店门口挂着"美味介"的牌子，屋内一个客人都没有。店内的装潢很有品位，墙边还放着一架风琴，美中不足的是墙上菜单的字体写得一塌糊涂。

"马介——你在家吗？马介！"

源太扯着嗓门喊了几声，随后从屋内走出一个阴沉的男人。

"这两人是从东京远道而来的。你家楼上还空着吧，能不能借他们小住几天？"

"那就这样吧！我先回去了！"思想斗争了半天，芽衣子终于抵挡住炒冰诱惑——和枝那边必须早点谈妥。

"等你们稳定下来了，我会再来看你们的！"说完，她就慌慌张张地离开了店里。

休息日的市政府一片宁静，但是建筑科的办公室里，却是人头攒动热闹非凡。

"不好意思，打扰你工作了。"芽衣子一脸歉意。

悠太郎面无表情回复道："找我有什么事？"

"因为我坚持要跟父亲见面，所以大姐执意要赶我出去。然后，希子也跟我在一起。"

芽衣子从农贸市场回到家中，刚好撞见和枝正拖着装满自己行李的板车离开西门家，希子还在前面拼命劝阻。见大姐一意孤行，希子只得说："如果小姐姐要离开，我也要跟她一起离开。"这句话把和枝彻底惹怒了，把两个人都赶了出来。

"是这样吗?那你来找我到底有何贵干?"

见悠太郎态度冷淡,芽衣子明白他还在生自己的气,但是,在这件事情上,她无论如何也想让悠太郎回心转意。

"……就是父亲的事情,你无论如何都不能原谅他吗?我认识的父亲,是一个非常亲切、非常风趣的人,大家都很仰慕他,喜欢聚集在他的身边。我觉得,如果父亲回到西门家,这个家的气氛也一定会变得轻松起来的。因为大家和父亲一起吃饭的时候都很快乐。"

"那个人,根本就没提过他想回这个家吧?"

"……是、是没说过。"

"让那家伙回到家里,有谁会感到开心?开心的只有你一个人而已。我们家所有的人,包括那个男人,都不希望他回到西门家。"

"我、我希望他回来!"

"你又不是西门家的人。"

"——咦……"看到芽衣子露出难以置信的表情,悠太郎慌忙解释道:

"我的意思是,你没有和我们一起经历过那十年,所以不算。没有其他意思。"

"虽、虽然你说的没错。但你这句话的意思,不就是说,我身为西门家的媳妇没有资格对这件事表态吗?"

随后,无论芽衣子怎么劝说,悠太郎都是一副你怎么就说不明白的样子,两人之间的谈话没有半点进展。

"……什么是对的,什么是错的,这些都是悠太郎你自己决定的吧。如果顺着你的意思去做事,是没有什么问题,但一旦有什么地方不合你心意，我就不能去做，是吗？"

"我并没有说过这种话。"

"你现在说的不就是这个意思吗？'因为你没有体验过，你什么都不知道，所以你给我闭嘴'，你不就是这个意思吗？！"

"你非要这么钻牛角尖的话，这么理解也可以。"

"你不是说要让我获得幸福吗？就算我说让父亲回来我会感到开心，你还是不能原谅他吗？"

"……不能。"

"所以，比起我的心情，你自己的心情更重要，是吗？比起我，你更加看重你自己，你是不是这个意思？"

"从道理上说，应该就是这个意思。"

"……我明白了……终于、终于明白了！"

回到市政府的前厅，希子正在那里忧心忡忡地等着她。

"他居然对我说'你不是西门家的人，没资格说三道四'！我们走，希子！"

芽衣子忍住眼眶中的泪水，回避着希子的目光，气势汹汹地走出了大门。

"事情怎么变得这么麻烦。"

肉店的工作结束之后，源太来到了咖啡店。听完樱子他们的讲述，源太不由得抱起双臂陷入沉思。师父竟然是悠太郎的父亲，这个事实令他吃惊不已。为什么芽衣子会遇到这么多麻烦事呢？

"因为芽衣子是个笨拙的女孩啊。"

就在樱子为好友叹气的时候,咖啡店的门口出现了芽衣子的身影。她扁着嘴默不作声,身后跟还着希子和一辆装满行李的板车。

"你这样子、难道……莫非……"

听见好友的声音,一整日都紧绷着的芽衣子再也撑不下去,抱着樱子放声大哭起来。

"今、今天早上,四点就起来了……为了、给大家做饭。我、辛辛苦苦地,打扫、收拾,就是为了今天的相亲。因为、想破坏相亲、就被关在仓库、出来之后,就看到父亲躺在饭桌上睡觉、我说原谅他,就被赶了出来……从早上到现在,我什么都没吃!"

众人耐心地听完芽衣子的哭诉。源太无奈地总结道:"原来你想吃东西?"

然而打烊之后,店主马介就回家了,现在没人能给芽衣子准备食物。

"快把他带回来!"樱子大声命令道。"我、我现在就去!"室井匆匆忙忙地跑了出去。

"小姐姐她,在家里一直被当作女佣使唤,婚礼也不给她举办……就算如此,她也一直尽心尽力地照顾大家的饮食起居。然而,大哥却说她不是西门家的人,没资格插嘴……"

"我……我要离婚!"趴在桌子上的芽衣子垂头丧气地说。

"总而言之,填饱了肚子再说,好吗?"

被室井带回来的马介,奉上了满满一桌料理。在源太和樱子的安慰下,芽衣子将料理一扫而空,心情也多少平复了一些。她还吃到了心心念念的

## 第 9 章 / 爱你如冰淇淋

炒冰,但是令人失望的是,所谓的炒冰,只不过是在碎冰上倒了一些果酱而已。

"不过你啊,今后打算怎么办?连小姑都牵涉进来了。"

"……真是的,我到底为了什么才来大阪的,现在脑子里乱成一团。"

"那就离婚吧!那种家,不回去也罢!"

为了让好友打起精神,樱子爽朗地拍了拍芽衣子的后背。

"你就留在这里吧,大家一起生活不是很开心吗?只要工作的话,养活自己应该是没有问题的。没什么工作会比你当西门家的媳妇更辛苦了。"

"……没错。只要工作的话,你说得没错!毕竟那么辛苦的家务我都扛下来了!"

"不要再依靠男人了!自己的人生就靠自己奋斗吧!"

世间最尊贵之物真乃友情是也。"你真是我的好友啊!"芽衣子和樱子紧紧地拥抱在一起。

第二天,源太郎从肉店溜了出来,跑去探望咖啡店的情况。店里只有马介和室井两人留守,芽衣子和樱子出门逛街了,说是要体验体验大阪的风情。回想起昨天两人情绪高涨的样子,源太隐隐有些不安。

"你的妻子,是什么样的人?我从来没有见过这种人呢。"

"是吧!她是一个非常特别的人吧!她那个人啊!怎么说呢,是一个天生就会下达命令的人!不过,她的命令非常棒,就算摸不着头脑,也会不知不觉遵照她的命令去行动呢。"

"不知道你在兴奋个什么劲儿啦。不过,她那个样子,肯定不会适合外出工作吧?"

室井对源太的疑问充耳不闻,兴致勃勃地掏出了一张新闻剪纸。上面刊登的是他听从樱子的意见几番修改之后,再拿去投稿的文章,一直以来的投稿都石沉大海,没想到这篇文章竟然一下子选入了优秀奖。欣喜万分的室井把这张新闻剪纸当作护身符,小心翼翼地放在身上寸步不离。

"她是我的幸运女神!"

"……你这家伙,也挺厉害的嘛!"源太这才明白,室井也是一个与众不同的人。

就在此时,芽衣子她们回到了店里,看见店里只有预料之中的三人时,两人不由得对视一眼。

"……果然呢。"

"啊,我们刚刚还在说,这个店肯定不会有客人来的。"

樱子的直言不讳让马介深受打击。

"你们啊,干吗在马介面前说这种话!"

"所以啊,我们就在讨论如何给店里招揽客人呀。我们不是要找工作吗?那不如就让这家店里变得门庭若市好了。"

"你们啊,明明是一无所知的外行人,把做生意想得太简单了吧!"

"就算我们什么都不懂,这个店也不会变得更糟糕了吧。"

"但是!"被樱子的发言一再挫败自尊心的马介,终于忍不住开了口,"虽然没什么客人,但这就是我理想中的咖啡店——"

"炒冰这个想法很不错哦!"樱子向马介靠了过去,"山椒苏打也好,

## 第 9 章 / 爱你如冰淇淋

生煎饼也好，马介先生的创意真的很有意思。只是……拿出来的实物多少有些名不副实。只要改善了这一点，一定会有很多客人上门的。所以，现在我们就一起来为这个目标奋斗吧？"

"这、这样的话……"

"好！就这样决定了！芽衣子，之后就拜托你了！希子，再带我们出去见识见识！"

樱子挽起希子的手臂，又风风火火地走了出去。"我也要去！"室井一边喊着，一边跟着跑了出去。

"现在是折腾这种事情的时候吗？虽然'不是西门家的人'的说法是有点过分，但是自从你嫁到那个家，不是三天两头都在受气吗？怎么这么一句话就受不了呢？"

芽衣子明白源太是好心劝慰自己，但是自己的忍耐也是有底线的。

"总而言之，我已经决定了！我要工作！马介先生！请教我打冰碴的方法！"

芽衣子对炒冰的做法做了各种各样的尝试，但是跟之前都没什么区别，刨冰就只是刨冰而已。还有什么办法能让冰碴不会很快融化呢？芽衣子不禁陷入了苦思。就在这时，源太把正藏带到了店里。

"真是对不住。没想到事情竟然搞成这样。"正藏一脸沮丧地说。

为了了解自己离开之后家里的情况，正藏拜托了一名女子去西门家打探。当得知芽衣子竟然被赶出家门之后，惶恐不安的他赶紧跑去肉店找到了源太。

"我想着自己装疯卖傻,把一切过错揽过来总行了吧。没想到你竟然因为袒护我而……"

"……师父,你抛妻弃子这件事是真的吗?"

"因为和枝和阿静处处针锋相对,两人都是不把对方赶出家门不罢休的架势。我实在对此是束手无策啊。"

"而且还跟其他女人混在一起?"

"……我想他们肯定不会原谅我的,所以没打算回家了。算了,我的事情不重要,芽衣子,你赶紧回去吧。"

"……现在已经不单单是这个问题了。"不举办婚礼,被当作女佣一样使唤,这一切自己通通都忍耐下来了,那是因为身边曾经有一个与自己同甘共苦的人。

"我,已经没有力气了。为了悠太郎而坚持下去的力气。"

芽衣子的眼中露出深深的哀伤,正藏和源太一时不知道说什么才好。

(我觉得,你还是回去比较好呢……)

调整方案终于通过审核,疲惫不堪的悠太郎顶着瓢泼大雨,在一个清晨回到了家里。然而此刻,和枝和阿静正在家中鸡飞狗跳地吵着。

"悠太郎!你终于回来了!赶快把芽衣子和希子带回来吧!"

"就是因为把你这种包袱硬塞给我们,才让我和悠太郎这些年吃了多少苦头。当然,包袱自己肯定是不明白这些的。"

完全可以想象到,家里只有这两人独处的话,气氛是何等的剑拔弩张。但是,现在的悠太郎身心疲惫,完全没力气对付眼前这两个激动的女人。

他面无表情地从两人中间穿过,慢慢地走向自己的房间。两人见状,又连忙追了上去。

"悠太郎!你要逃跑吗?"

"我现在很困——"快被疲倦压垮的悠太郎忍无可忍地吼道。

"我睡一会儿再来听你们的抱怨。"说完,他一个人登上了二楼,留下的两人只得面面相觑。

悠太郎三下两下铺好床被,扑通一声瘫倒在上面。强烈的困意使得他眼皮越发沉重,即将陷入沉睡之际,他忽然睁开双眼,直直地盯着房间中一个空空如也的角落——那里原本堆满了芽衣子的行李。

昨天,和枝将换洗的衣物送来市政府时,告诉他芽衣子从那天晚上开始就再也没有回来过。原本悠太郎还将信将疑,现在看来,竟然是真的……

(不是的!芽衣子不是自己想要离开这个家的。不过,总而言之,你亲自去了解一下情况比较好。)

还有希子,也不能置之不理。但是,她们到底去了哪里……想到这个问题,悠太郎忽然一愣。

(不对!她们没去小源那里!)

难道……是到那个混账男人那里去了!

(也不对!她们也没去父亲那里!)

不管去了哪里,都不可原谅。悠太郎的困意顿时消散得无影无踪,在满腔怒意的驱使之下,他匆匆忙忙地来到了农贸市场。

天色有些晚了，农贸市场的客人少了很多，显得有些冷清。悠太郎瞪圆了带着黑眼圈的双眼，狠狠地扫视着农贸市场的每一个角落。

"你在找你媳妇吗？"干货店老板向他搭话。

"我只是路过而已。"

"前面转个弯，再走几步，有个叫'美味介'的咖啡店，她们就在那里。"

"我只是路过而已！"悠太郎一面固执地反驳，一面朝着所指的方向走了过去。走到咖啡店门前，他先是四处张望，确认了周围没有人之后，便偷偷摸摸走到了窗边。

完全没有察觉到窗外有异样的芽衣子，正在全神贯注地进行着新式炒冰的开发。

"先在冰上加一层糕饼，然后再浇上白兰地……"说完，芽衣子给炒冰的最上层点上了火。

蹿起来的蓝色火苗，就像冰块在燃烧一般。"好厉害！好兴奋！"樱子和希子开心地鼓起掌来。在火苗迅速熄灭之后，大家开始试吃新作品。

"哇！……这个不错！真不错！哎呀？这是？"室井睁大了双眼。

"只有咖啡的话，不是有点单调吗？所以中间又添加了梅子果酱。这是马介先生的点子。"

加入梅子果酱的创意得到了大家一致称赞，令初次得到他人肯定的马介颇有些不好意思。一个品种的开发成功，并没有让两人停止试吃的脚步。他们抱着对味道和口感精益求精的态度，对各种各样的搭配都进行了尝试。

"……好厉害。小姐姐，你真的好厉害！"

## 第9章 / 爱你如冰淇淋

"这样一来,你就可以自力更生了!芽衣子。"室井评价道。

"没错。你拥有这种技能,完全不用依靠通天阁了。"

樱子这句话,让窗外的悠太郎内心一震。

"我不知道自己能不能做下来……"

为了听清楚芽衣子的话,悠太郎紧紧地贴在玻璃上,但他又不敢动作太大,以免惊动了店里的众人。虽然两人身处一地,但是自己却只能在外面偷听,眼下的状态让他越发地焦虑。

"但是,我很开心。如果能让客人喜欢上我的料理,我会非常高兴的。"

芽衣子的笑脸,映入了悠太郎的眼帘。说起来,最近几乎都见不到她的笑容了,尤其是这样发自内心的开心笑容。

第二天,干劲满满的芽衣子和马介,继续和室井夫妇等人一起商量着新品的开发事宜。

就这样,终于迎来了新店开业的日子。这天晚上,源太照惯例来到咖啡馆,先去二楼打量了一会儿埋头奋笔疾书的室井,然后大家坐在一起边吃东西边聊天,话题不知不觉转到樱子和室井的恋爱经历上面。

"毕业之后,我也经常去拜访开明轩哟。就在那里,我结识了室井,我说自己喜欢看小说,他就把写好的小说原稿拿给我评价。虽然他很有自信,但是小说却很糟糕!我看了之后特别生气。"

被樱子直言不讳地批评一通之后,室井像悲剧主人公一样号啕大哭。之后他奋发努力几番修改,最终得到了樱子的肯定,还激动得喜极而泣。就这样,这份包含了两人共同努力的小说,顺利入选了小说比赛。为了尽早让对方得知这个好消息，室井偷偷摸摸地潜入樱子家，却被护院狗当作小偷，把他追得满院子到处跑。

"我是她的仆人！她是我的幸运女神！"室井一边手忙脚乱地往树上爬，一边对着屁股下面的狗大声喊道。

"真是的，这个人太笨拙了。一想到如果没有我好好看管他，他就没法正经过日子，我的眼泪就掉下来了。不是冲着我父母的财产，而是真心实意需要我这个人，也许我一直以来，都在渴望着身边能出现这么一个人。"

"但是，你不后悔吗？以后就不能过荣华富贵的生活了。"源太提出了质疑。

"我已经找到更有价值的东西了。那就是见证室井先生成为一流作家的'奇迹'！"

说完，樱子露出了身处爱恋中的笑容。芽衣子见状，不由想起自己说过的一句话。

——西门先生的梦想就是我的梦想！

没错，那个时候，自己信誓旦旦地对大五他们这样说过这样的话。

"写完了！"室井挥舞着稿纸，从二楼蹦了下来。"室井幸斋作词的炒冰之歌！"

"明天，我们就用风琴伴奏，演唱这首歌。"樱子说。

闻言，芽衣子的眼睛闪出光芒？"那谁来唱歌？"

"那当然是——你了。"樱子伸手指向的方向，竟然是希子的位置。

原来在逛大阪街道的时候，希子曾经小声地哼唱过一首曲子。令人惊讶的是，希子不但声音清亮，唱功也非常好。

"……这、这有点困难吧。希子她很怕生的，不敢当众大声说话。"

但是樱子并不放弃，她一直游说希子，一副不达目的不罢休的模样。看着脑袋快埋进胸前的希子，芽衣子只好站出来说："如果被学校发现了，说不定会受到惩罚呢。"话都说到这个份上了，樱子只得作罢。

风琴伴奏可以拜托精通乐器的马介的姐姐龙子。那唱歌的人，要找谁才好呢？

"……这样……算了，没法子了。那我来唱吧。"

樱子的话让芽衣子和室井目瞪口呆。因为樱子是天生的音痴，根本不会唱歌。不过她本人非常期待能在众人面前一展歌喉，她觉得这样非常威风，真不知道是哪根神经搭错了线。

同时，身处西门家的悠太郎，正在默默地吃着和枝端上来的饭菜。

"那人离家出走已经七天了，你打算怎么办呢？"

"明天，我就去办离婚手续。再给我一点时间来处理吧。"

"是吗……"原本暗暗窃喜的和枝，忽然板起了脸，"你们竟然去登记结婚了？我明明还没有同意！"

"所以才搞成现在的样子。当初要是听进大姐的话，不去登记就好了。"

因为不想听对方的抱怨，悠太郎只得挑和枝爱听的话来说："就像大姐说的那样，我不该把她束缚在不合适的地方，这跟杀生没有区别。让她来到西门家,是一个错误的决定。"然而这句话中,却隐藏了悠太郎的几分真心。

听完悠太郎的一番话,和枝终于满意地点了点头。然而悠太郎并不是为了让大姐满意,才决心和芽衣子离婚的。

第二天午休时,当悠太郎路过走廊,被早早候在一旁的源太出声叫住了。

"喂,通天阁,一起吃个午饭吧?"

又是一个为芽衣子说情的男人,这是今天找上门来的第二个人了,第一个是那个抛妻弃子的男人。悠太郎对正藏没有什么好说的,甚至对他自以为是相关者的态度感到十分不耐烦,便冷言冷语地将他打发走了。不过对源太委婉的示好,悠太郎没法像刚才那样一口回绝。

"这位是?"悠太郎将视线落在了紧紧贴着源太的年轻女人身上。

"这是我的那个。叫染丸。"源太比了比代表情侣的小指头,用一副挑衅的表情对着悠太郎。

"没错,就是这么一回事。你有没有搞清楚状况啊,你完全误解了芽衣子。你这个家伙,实在是太小气了。心眼比针尖还小。不准她和我见面,不准她和师父见面。我们又没做什么见不得人的事情,为什么你要搞得鸡飞狗跳的。"

自己的心事被人说中,悠太郎有些难堪,但是他保持着理智,认真地说道:

"……我看见了你们在一起的样子。她好像很开心。说不定和你们在一起，对她来说会更好一些。我现在能做的，就只有和她分手，放她去寻找自己的幸福。这样行了吗？"

"别装模作样了，你这混账！真让人恶心！别做出一副大彻大悟的样子，你为什么不好好地跟芽衣子谈一下，把你心里的想法认认真真地告诉对方。"

"……我已经说过了。"

"你所谓的说过了，只是高高在上的通知吧！你到底是什么想法，是什么心情，这些统统都没有吧。你就只会一口咬定'我坚决不原谅父亲'，这样谁听得懂啊！"

悠太郎沉默半晌，难得一见地垂下了头，他低声说道：

"……这样不会被讨厌吗？"

"哈？！"

"我心里想的尽是些没出息，令人厌烦的事情。"

"如果说了还是不行，那就放弃吧。如果她无法接受你那些丢人的事情，你们之间是无法长久的！"

说完，源太拉着染丸，头也不回地离开了。

樱子和室井明明在农贸市场做新店宣传，但店里却一直不见客人上门。芽衣子和马介一边准备着材料，一边暗暗担心。坐立不安的希子连忙说自己过去看看情况。当她来到农贸市场后，眼前的情景让她大吃一惊——完全无视风琴伴奏的樱子自顾自地扯着嗓子，唱着完全不在调子上的曲子。

路过行人纷纷塞住耳朵，像躲避瘟疫似的纷纷逃离现场，谁也不肯接室井递过来的宣传单。希子见状,赶紧走了过去,弯腰捡起被行人丢弃的宣传单。

——对于自己帮不上芽衣子的忙这件事,希子一直耿耿于怀。芽衣子为自己做了很多很多,因为自己不喜欢吃酸的,就特意做了甜味的梅子干,因为自己不想嫁出去,就不惜装疯卖傻破坏了相亲……现在,芽衣子为了能够独立生活,正在努力拼搏。打冰碴是件非常辛苦的事,芽衣子虽然打得手指僵硬,手掌发青,也依然满带笑容……

"……天神桥下,"配合风琴的伴奏,希子发出了颤抖的声音,"美味介印的炒冰。"

四周的议论声和不断投向自己的目光,都让希子有些胆怯。也许是樱子叮嘱了演奏的龙子,琴声一直重复着前奏的调子。"一、二、三,开始吧!"在龙子的鼓励下,希子终于鼓起了勇气。

——一定要拉到客人,让他们品尝小姐姐的炒冰!

"冰、冰、明明是冰。万万没想到,居然、居然是可以点燃火焰的冰!"

最初有些紧张的声音,渐渐放松下来,变得越发的高亢和清亮。路人被美妙的歌声吸引,纷纷停下了脚步。

"冰山戴着白色帽子,啪的一下燃起火焰。恰到好处浇上去,心中焦虑不已,究竟融化不融化。热情似火又冰冷如霜的那个人,甜蜜又痛苦的恋爱滋味。龙宫的宝箱,打开就会大吃一惊,只要吃过一次,就会变成炒冰的俘虏。男男女女老老少少,你和他和我,大家一起围着餐桌 Do Re Me Fa So!来吧,请务必来品尝,神秘真神秘,快来看一看瞧一瞧,天神桥下。世间的神秘炒冰!美味介印的炒冰!"

## 第 9 章 / 爱你如冰淇淋

赶到农贸市场的悠太郎混在人群中,惊讶万分地盯着在众人面前高声放歌的妹妹。在随后响起的阵阵掌声中,希子露出了从未见过的爽朗笑容。

希子和室井都注意到了在人群中沉默不语的悠太郎。室井把宣传单递给希子,拍了拍她的肩头,把她朝悠太郎那边推了一把。希子用力地将传单塞进悠太郎的手里,对哥哥露出一个"快去吧"的眼神,然后就回到展台上续施展歌喉。

"小悠!不快点去就没有了哦!"

众人努力想让自己和芽衣子和好的心意,让悠太郎的心中一片温暖。

希子的美妙歌喉获得了极佳的宣传效果,对炒冰兴趣盎然的客人们蜂拥而至,让店里一时间忙得不可开交。

"多谢款待!太好吃了!"

等最后一位客人离开,咖啡店也准备收拾打烊了。这时,店门忽然被推开,从门缝中露出了悠太郎的身影。

"请来一份炒冰。"

不知不觉,帮忙打下手的樱子和源太,还有马介都从店里无声无息地消失了。芽衣子只好自己将炒冰端上悠太郎所在的桌子,并且点上了火。

"……白兰地吗?"悠太郎没头没脑地冒出一句。

"……火苗熄灭后,请搅拌均匀再品尝。"

说完,芽衣子回到调理台,沉默不语地整理着餐具,这时,餐厅传来搅拌的声响。

"是咖啡的甜酱呢。啊,中间还加了梅子酱。"

"你是来聊炒冰的吗?"芽衣子忍无可忍地说道。之前逛街的时候,无论是看到烧鸡蛋还是梅干,都会想起悠太郎的面容。就连这个炒冰,也是因为想起悠太郎说的"料理就是科学",才努力专研出来的。所以悠太郎现在这副无所谓的态度,才让她更加的火大。

"……我不想用吵架的态度跟你说话。"

芽衣子径直地走出调理台,来到悠太郎的餐桌前。她扯出一张椅子,拖到悠太郎的旁边坐了下来。两人沉默不语地对坐了半晌,最终还是悠太郎打破了沉默。

他别别扭扭地出了声:"……我无法原谅父亲……是因为我也曾经想过要逃离那个家。"

芽衣子吃惊地望向悠太郎,只见他右手环抱着左手,整个人十分消沉。

"不管是辞掉工作回到家里,还是把静姨娶进西门家,他做这些事情明明都是为了我们着想,然而结果却事与愿违。其实我很同情这样的父亲。"

靠坐在走廊上,浑身散发出疲惫气息的父亲的背景,迄今仍然鲜明地印在悠太郎的脑海里。

"为了能让父亲心情好一点儿,我让他教我功课,得了满分就赶紧拿给他看,我能做到的,也只有这些了……"

也许教导儿子功课的时候,心情真的比较放松吧,看到父亲露出温和的笑容,悠太郎的心里也非常开心。

"在大姐和阿静的争执当中,幼小的我,一直用力所能及的方法支

## 第 9 章 / 爱你如冰淇淋

援着父亲。但是，父亲一句话都没说，就这样离开了这个家。我甚至想过，他是不是跑去自杀了。不管怎样，全家人只能惊慌失措地四处寻人。最后，竟然在其他女人那里找到了他。这件事让每一个人都难以接受。大姐和阿静十分生气，并且相互指责，希子躲在一边瑟瑟发抖。所以，当时只能由我能站出来，说出那句话。"

芽衣子的眼前，浮现出还是少年模样的悠太郎，只见他在众人面前铿锵有力地喊道："这个家，由我来守护！"

"从那时开始，我们就决定当父亲已经去世了。但是，光靠这种想法，是无法改变任何事情的。大姐和阿静把彼此当作敌人一样对立，家里的生活变得更加艰难。为了不让自己的信口之言得罪任何一方，我养成了每次开口说话之前，先把手放在嘴边让自己思考一番的习惯。"

原来悠太郎经常做出思考动作的习惯，竟然是因此而来的……所以，悠太郎现在用左手紧紧地握着右手，就是为了让自己把心里的想法，不经任何雕饰地表达出来吧。

"如果夸大姐做的饭菜好吃，就意味着静姨做的不好吃。如果夸静姨做的饭菜好吃，就会受到姐姐的训斥。在这种环境下，我只好默不作声地吃饭。"

芽衣子回想起悠太郎刚来家里寄宿的时候，每次吃饭都是一副漠然的表情。

"不管喜欢还是讨厌的情绪，我都会努力控制自己，不在脸上表现出来。就这样，我渐渐养成了对任何事物都不会产生强烈情绪的性格。"

"你说的'没有特别喜欢和讨厌的东西'和我说的'没有喜欢和讨

厌的东西',应该不是一个意思。"——那时悠太郎说的话,芽衣子并没有放在心上,现在回想起来,其中竟然蕴藏着这样的深意。

"当时,支撑我坚持下去的信念,就是建设安全的街道的愿望,还有对父亲的憎恨。总有一天我要功成名就,要让这个家焕然一新,这就是我对父亲的报复。我就是抱着这样的信念一路走过来的。但是,自从遇到了你,接触到了你的家庭——我才终于意识到,我喜欢开心吃饭的氛围,我想拥有其乐融融的家庭。不过认真想想,这其实也是报复父亲的手段之一吧。为了实现自己的目的,我利用了你对我的好感,就算被你说成是自私自利的人,我也认了。如果你非要问我,在你和我自己的利益之间,究竟是哪一个更重要,我是无法说出'你最重要'这个答案的。"

面对悠太郎毫不做作、真心实意的告白,芽衣子的心中的怒气忽然消散了不少。

"如果只有为对方着想,才叫作真正的爱情,那我现在就应该放开你的手。这件事我也反复考虑了很久,但是,我做不到,因为我讨厌这个结果。"

一口气说完这番话,悠太郎整个耳根都变红了。

"你是我手中,最珍贵的宝贝。"

当听到和枝说芽衣子再也没回过家时,悠太郎的心中掀起了惊涛骇浪。忧虑的心情一直折磨着他,让他烦躁不堪,最后他只得一心投入工作当中,企图用忙碌来逃避问题。

"我一直很害怕,怕你是不是被什么人抢走了……怕你跟我在一起,是不是鲜花插在牛粪上……我真的非常不安。"

每当看到放在办公桌上的米糠坛子,他都会想起因为自己的无能,甚至无法让妻子把心爱物品放在家里这一事实。

面对自己的无能为力,悠太郎陷入了无穷无尽的自责。

"我在这个世上最讨厌的人,竟然在我不知道的地方和你偷偷见面,你还这么袒护他,一直为他说话。这件事,让我……让我实在不知道怎么面对才好,所以我就只好冲着你发火。"

在咖啡店看到芽衣子发自内心的笑容后,悠太郎心中的嫉妒和不安,忽然就变得无影无踪了。

"我是个废物,一无是处的废物。但是,请你……请你不要抛弃这样的我。"

芽衣子沉默不语地凝视着深深埋下头的悠太郎。

"悠太郎……真是个笨蛋呢。"她的声音有些颤抖,"把我这样的人当作宝贝的人,这个世上也只有你一个了吧……像我这么笨拙,又孩子气的人。"

芽衣子很想对丈夫轻松一笑,但是喉咙深处像被炙热的物体堵住了一样,让她有些哽咽。

"我也是个笨蛋……对不起!"认真回想起来,对方给自己发出了多少信号啊,自己竟然一个都没有察觉,"让你孤孤单单一个人,真的很对不起。"

爱吃醋、怕寂寞、不擅长表达自己——眼前的悠太郎是这样的让人心疼,芽衣子的眼泪顺着脸颊,吧嗒吧嗒地掉了下来。

冰，终究会融化的。

希子自然不必说，和枝那边，能顺利接受芽衣子再次回到西门家吗？然而令人意外的是，和枝居然痛快地答应了悠太郎的请求。

芽衣子再次踏入家门的时候，阿静顶着一张泫然欲泣的脸飞奔而出："哎呀，你终于回来了！"

"家里只留下她们两人，都恨不得把对方吃掉吧，结果就搞得两败俱伤，得不偿失。"悠太郎笑着向芽衣子解释道。

"……至于父亲的事情，我和芽衣子已经商量好了。我、大姐和静姨，等大家都能接受父亲那一天，再考虑让父亲回来的事情。如果大家永远都不能原谅父亲，芽衣子也不会强人所难的。一切就顺其自然吧。"

"……不过，我偶尔会去，探望一下父亲。"芽衣子加上这一句之后，和枝和阿静的脸色变得难看起来。

"……我觉得……父亲年纪也很大了，如果发生了什么我们也不能及时得知。'这家人明明知道亲人的住所，却弃之不顾'——西门家被外人这么指责的话，也不太体面吧。"希子小心翼翼地附和。

"……我可不要跟他埋一个坟里。"虽然很不情愿，阿静还是做出了让步。

"……大姐呢？"

和枝叹了一口气："就算我有意见，你们也不会听吧。"

和枝的话让芽衣子有了不好预感。果然，从那天开始，和枝就再也不上饭桌和大家一起吃饭了。

# 第10章
## 天神祭糕点

"天满天神祭的狮子舞,希望大家都能顺利看到,拜托了!"

自上次大闹相亲之后,已经过了一个月了。芽衣子严肃地凝视着先祖的灵牌,虔诚地合上了双掌。据鱼店的银次郎说,在天神祭当天家家户户都会守在自家门口,等候着天神祭的游街表演——狮子舞的到来。另外,说到天神祭的特色小吃,那就是鳗鱼了。

"天神祭的那天,叫上父亲吧……"

厨房里,芽衣子和希子一同制作着待会儿要送给正藏的点心,当芽衣子说出这句话后,希子露出了困惑的表情。

"是这样的。待会儿过去,我想问问师父,问他愿不愿意……那一天和大家一起在家里等狮子舞。"

"……小姐姐,你真的要这么做吗?"

"这可是祭典啊,只有这么一天而已,这也不行吗?就祭典这一天,大家团聚在一起,忘记过去的恩仇,开开心心地吃上一顿鳗鱼饭,这样也不行吗?"

就在此时,正准备出门的阿静,抱着三味线琴出现在门口。她现在的工作,是在以前工作过的置屋①,当三味线琴的授课老师。刚才关于正

---

① 置屋是以前培养表演艺人和艺伎的地方。

藏的讨论她一定听到了，芽衣子和希子有些忐忑不安。不过阿静并没有露出不满的神情，只是开口问道："真的吗？那个人，真的会担心家里人吗？"原来，她对正藏的事情还是有些介怀的。

"真的，这是千真万确之事！"芽衣子乘胜追击。

"他现在是住在南边吗？"

虽然阿静看似随意聊天的样子，但是无论如何，这都是一个好兆头。芽衣子赶紧把自己知道的一切都告诉了阿静，比如他现在住在喜久右卫门町，还有之前都在国内四处晃荡，最近一年才回到了大阪等等。

"既然回来了，我觉得只有这个原因了：在外太久，犯思乡病了吧。我觉得师父他其实是很想回家的。"

"他亲口这么说了吗？"

"……倒是没有说过，不过我觉得应该是这样的。啊！就让他回来大家一起生活好不好，师父他一定会洗心革面重新做人的，静姨也是这样期盼的吧。"

"就算家里变成战场也没有关系吗？"

话音刚落，桌上的菜刀就因为阿静充满怒气的一拍而掉落下来，然后她头也不回地走出了厨房。芽衣子和希子被阿静的气势震住，呆呆地站立在原地。在阿静匆匆离去的背影中，散发着一股特有的艳丽风采。


抱着打包好的食物，芽衣子和希子一同向正藏的住所走去。

"静姨，以前是做艺伎的吗？"芽衣子若有所思地问。

"是呀。艺名叫菊千代，以前可是这里很有名的艺伎，她的明星照片好多人抢着要呢。"

走着走着,希子一脸不可思议地打量着四周。

"父亲他、真的住在这种地方吗?"

就在这时,一股非常诱人的食物香味,从长屋的方向传了过来。

"在做什么好吃的!"芽衣子顿时两眼发光,像见到骨头的小狗一般冲了过去。来到长屋跟前,只见正藏正生火烤着什么东西,身边还围着一堆吵吵嚷嚷的艺伎。

"夏天就要吃这个!把碎肉做成丸子串起来,蘸上酱油之后再熏烤入味。这些全部加起来才三文钱!"

不知道是不是喝多了,虽然是大白天,但正藏看起来有些醉了。希子忐忑不安地打了一声招呼,他盯着希子慢慢地靠了过来,半开玩笑半认真地说:"小姑娘,你长得跟我女儿真像啊!"

"父亲。天神祭的时候,您能不能回家一趟,跟大家一起吃个……"

芽衣子大口啃着刚烤好的肉串,直截了当地说出了来意。正藏也不知道听进去没有,转了个身靠在一名艺伎的膝盖上,忽然放声高歌起来。唱着唱着,还跟跟跄跄地跟艺伎们跳起了舞蹈。

一道冷冰冰的视线,从阴暗的角落射出来,狠狠地盯着屋里嬉闹的人群。

"……跟那个时候一模一样!哪里来的洗心革面。"

"正藏也一把年纪了,你就去看看吧,马上又要天神祭了。"之前被置屋的女将①劝说了一番,一时冲动之下就跑了过来。这么轻易就被人

---

① 这里的女将是指置屋的女性管理者。

煽动了，阿静对这样的自己十分生气。心情浮躁的她，一时间很想独自一人痛饮一番。

折腾了大半天之后，芽衣子和希子终于找到机会离开了长屋，匆匆忙忙地朝家里赶去。

玄关的鞋架上，和枝的草履已经放了进去。"对不起，我回来晚了！"芽衣子进去之后，只见和枝在房间里心不在焉地坐着，手里还捏着一张手绢。

"大、大姐？今天的晚饭想吃什么……"

这次，和枝终于回过神来："啊、啊啊，晚饭？啊、啊啊，今天就算了，我不想吃东西。"

说完，她一副心情很好的样子，回自己的房间去了。

芽衣子和希子对视了一眼，虽然有些不明所以，两人还是开始了晚饭的准备。

"虽然玩得很开心，但是今天，根本就没法跟父亲好好地交流。"

"真的只是喝醉了吗？难道不是想逃避话题吗？"

"为什么要逃避？"

"……父亲，就算担心家里人，也不一定想回到这个家啊？回来之后，只会整天如坐针毡，这样的日子并不好过吧。他一个人在长屋每天悠然度日，小姐姐也会时常过去探望他，我觉得，这样对他来说是最好不过的了。"

"你说得也没错……但是，就天神祭那一天，全家人聚一聚，不是挺好的吗？"

就在芽衣子兴致勃勃地展望未来时,玄关处传来了开门的声音。随后,悠太郎背着烂醉如泥的阿静走了进来,不知为何,室井也随着两人一同过来了。

尽管对这个状况感到十分困惑,芽衣子还是麻利地铺好了被窝,让醉醺醺的阿静躺了上去。等一切收拾完毕之后,室井便开始讲述事情的经过。

"今天去小酒馆寻找小说素材,在那里偶遇到了静姨,我之前就对她很有兴趣了,我们就一边喝酒一边聊天。不知不觉地她就喝多了。"

从阿静口中打听到的,基本都是跟正藏有关的事情。

"整天就知道跟女人鬼混,一点作为男人的责任感都没有,真是男人中的败类!"

阿静似乎真是醉得不轻,就在室井叫住店员准备结账的时候,她忽然对着店员喊:"我要哈莫利卡!" 正好有人把口琴[①]落在店里,室井顺势把口琴递了过去。阿静瞪着眼打量了一番,随后抓起口琴甩到室井身上,怒吼道:"我要的不是这个!"

就在此刻,大村带着悠太郎等人走了进来,刚好撞见了这个荒谬的场景。

"大阪有什么叫哈莫利卡的东西吗?"

悠太郎表示自己并不清楚,作为小说家的室井却对此物产生了极大的兴趣。离开西门家的时候,他还一直念叨着:"到底是什么东西呢?哈莫利卡、哈莫利卡……"

---

① "口琴"的日语发音同哈莫利卡。

"白天发生了什么不寻常的事吗?"悠太郎一边吃晚饭,一边向芽衣子问道,"我觉得静姨好像有什么烦恼,所以才会去借酒浇愁。"

"……今天,我们去了父亲的住所。跟这个,有关系吗?"

芽衣子支支吾吾坦白之后,悠太郎的脸色立马沉了下来。

"当然有关系了。肯定就是这个原因,没错,就是这个原因!"

"但是,我们不是说好了,我可以偶尔去探望一下父亲嘛……"

"是啊是啊,说好了嘛。你随时都可以去。虽然我、大姐和静姨,家里每一个人对这件事都十分生气,但是既然说好了,你当然可以尽情去。"

悠太郎这种嘲讽的态度,让芽衣子又是生气又是无奈。

"然后呢,你跑去那里干吗?"

面对悠太郎的问题,芽衣子一时无语。

"是什么说不出口的事呢?"悠太郎再次逼问。

"没、没什么不好说的!我只是去问父亲,天神祭那天,愿不愿意回家来吃顿饭。"

见悠太郎瞪圆了双眼,芽衣子顿觉大事不好,心中满是焦急。

"只要一天。只要祭祀那一天就行,一家人团团圆圆地吃上一顿饭,这样都不行吗?就这么一天,让大家冰释前嫌——"

"绝对不可能!"悠太郎毫不犹豫地反驳。不甘心的芽衣子只好再次尝试劝说丈夫。

"你这是强人所难!我们不是说好了,绝对不可以勉强大家接受吗?"

## 第 10 章 / 天神祭糕点

"是、是这样的吗？"

芽衣子在跟悠太郎的口舌之争中，从未占过上风。互不相让的两人，就这么心存芥蒂地迎来了第二天的清早。察觉到兄长和嫂嫂之间微妙的氛围，希子向芽衣子问道："发生什么事了？"

"今年的天神祭，除了父亲，全家人一起过。"芽衣子有些赌气似的说道。

"早上好。"和枝一边向她们打招呼一边走进了客厅。

"……早、早上好。今、今天您要在家里吃饭吗？"

和枝已经很长一段时间没在家里吃早饭了。不过芽衣子觉得还是确认一下比较好，然而，就在下一刻，她看到了令人震惊的一幕——一直神游天外的和枝，竟然不知不觉地翘起了嘴角。

"你们干吗呢？"注意到大家的视线，和枝不明所以地问道。

"大姐、你刚才、笑了！"年纪最小的希子脱口而出。

"我平时就是这么和蔼可亲。说起来，那个人怎么样了，喝了不少吧。给她煮些烩菜端过去，烩菜对醒酒特别有效。"

和枝身上到底发生了什么？芽衣子她们实在是好奇得不得了。

芽衣子把米糠坛子从市政府拿回来，再次寄存在牛乐商店里。米糠的状态十分良好，令芽衣子不禁对悠太郎的手艺大为改观，其实像照顾孩子一样照顾米糠坛子的人，并不是悠太郎，而是他的上司藤井。

芽衣子一边揉着坛子里的米糠，一边思考着哈莫利卡的事情。

早上，芽衣子把温热的汤汁端给阿静，并向她打听了一下昨晚的事情。

阿静表示自己完全不记得了，但是芽衣子觉得她只是在装傻而已。

"……小源，哈莫利卡到底是什么啊，除了指乐器之外。"

"听说有人把猪的肋骨部分叫作哈莫利卡呢？是吧，大叔。"

松冈大叔切了一点肋骨给芽衣子看，看起来似乎是有点像风琴的模样。登美大婶又说，见过人把旗鱼的背鳍部分叫作哈莫利卡，也是因为吃起来感觉就像吹风琴一样。

大家讨论了半天，还是没有个头绪，不过芽衣子已经决定好了今晚的菜单。

另一边，悠太郎被大村带着去给天神祭的准备工作打下手。前一天晚上要搬运搭建祭典舞台的木材，当天要组织活动，还要搬运送礼的酒樽，连续几天都是费心费神的重体力劳动。

"不好意思。在你们这么忙的时候，还要麻烦你们。"

"作为大阪市民，这是理所当然的！为天神祭大展身手真是热血澎湃！是吧！"

大村对活动十分热心，一下班就飞奔过去帮忙，一直忙到天神祭结束。大村对此兴致勃勃，每天都干劲十足。但是对悠太郎说，简直就是噩梦一般的日子。

"祭祀到底有什么意思。不过是随意搞些由头来，一堆人热闹一把罢了，最后还留下一堆烂摊子等着收拾。"

"为大阪市民们奉献自己的劳动，这才是市政府职员的义务！只有这样和市民们积极互动，建立良好的关系，以后市政府有困难的时候，市民才会成为我们的坚强后盾!"

听起来好像很有道理,但对大村来说,他只是单纯热衷于祭典活动而已吧。藤井这边,则是为了躲避家中的婆媳之争,认为"比待在家里好多了",所以每年也会留下来帮忙。令悠太郎更加郁闷的是,今天劳作一番之后,又被这两人强行拖去酒馆喝酒。

又甜又辣的水煮鱼哈莫利卡,酱汁卤出来的猪肉哈莫利卡,芽衣子特意在晚饭中准备了这两道烧菜。当阿静看到对方手中的料理时,皱着眉头叹了一口气。

"……你能不能别做多余的事。不过是酒后的胡言乱语,你干吗要让我想起来。"

"但是,非要店员上这道菜的不是静姨你吗?你如果不想吃这道菜,是不会叫住店员的吧。结果看到口琴之后,又生气地扔掉,还大喊'不是这个'。我觉得,您应该很想吃这道菜吧。"

"总而言之,人呢,总有一些地方是不想让外人接触的。你要是明白的话,就别再做这种事了!"

面对阿静如此严厉的训斥,芽衣子只得不甘不愿地答应了。

晚饭过后,芽衣子一边和希子讨论哈莫利卡到底是什么,一边收拾着餐具。就在此时,悠太郎一副魂不守舍的样子走进了厨房。

"……今天、晚上、不在。大姐、在外面、遇到。大姐、跟男人约会……"

悠太郎支离破碎的话语让芽衣子和希子一时无法理解,不过听到最后一句话时，两人同时发出了一声惊叹："……咦——？！"

"咦咦——谁、谁、和谁约会？"

"是不是和那些老爷搞混了？"两人连忙提出疑问。

"没有搞错！是个很高大，很气派的男人！非常气派！"

当和枝带着男人走进酒馆之后，悠太郎整个人都惊呆了，完全不知道应该如何回应。原来打算在被发现之前偷偷溜掉，没想到下一秒就跟和枝对上了视线。

"什么呀，看看你这副吃错药的样子。先生，这是我的弟弟，悠太郎。"

经和枝介绍，这名男人名叫安西真之介，是京都大学经济系的教授。和枝最近在向他请教炒股的知识。

"因为他刚从东京过来大阪没多久，对这里还不熟悉，作为交换，我告诉他一些关西的风俗民情。"

"在北滨那家店里，我刚从洗手间出来，就看见没带手帕的先生正在发愁。"

"所以和枝小姐就把手帕借给我了。"

笑容满面地谈论着相识契机的两人，无论怎么看，关系都已经十分亲密了。

"难、难道？最近大姐心情很好的原因，会不会就是这个？"

"那个想入非非的微笑！"芽衣子忽然拍了一下膝盖。

"好可怕啊！"希子打了一个寒战。

## 第 10 章 / 天神祭糕点

这天晚上，人生经验尚浅的三人围在厨房，吵吵嚷嚷地争执了一番，终于达成了共识——在静姨的心情恢复之前，一定要把和枝和男人约会的事情捂得严严实实的。

第二天早上，西门家的餐桌上飘荡着一股微妙的气氛。和枝一如既往心情不错的样子，也许是错觉吧，竟连吃饭姿态都比往日妩媚了不少，端碗夹菜举手投足之间都多了一丝优雅。

就在这时，沉着脸的阿静忽然说了一句："你啊，有男人了吧。"

不愧是久经沙场的"老将"，三人拼命想守住的秘密，没想到早已暴露无遗了。

"怎么，悠太郎，昨天的事你对她们说了吗？不过，说了也没关系。我们并不是你们认为的那种关系。对方只是教我炒股而已。"

"算了，你可要小心一点。"阿静微微翘起嘴角，"说不定是看上你的钱财了，可千万别被人骗了哟。"

"为什么是钱财？"

"因为你这个人啊，除了钱财，还有什么东西能让男人看上的吗？一把年纪不说，还一点女人味都没有。"

两人之间的空气顿时充满了火药味，仿佛噼里啪啦地冒出了火星，随时都会一触即发。希子害怕得缩紧了身子，悠太郎像往常一般，视若无睹地继续吃饭。芽衣子倒是想调解一下，但总是找不到插嘴的时机。

"我这个人，看人的眼光可是很高的。不像某个人，竟然会被抛妻弃子的男人给骗得团团转，多谢你的关心了。"进入斗争状态的和枝恢复了以往的刻薄语气，毫不留情地说道。

"……我是被你们的父亲死皮赖脸地拜托，才不得不辞掉了艺伎工作的。像我这样的一流艺伎，本来有更好的归处，结果就被你们的父亲搞乱了人生。你居然还敢对我指手画脚！"

"既然如此，那你随时都可以回去继续当你的艺伎啊。一直厚颜无耻地赖在我家到底是想做什么？"

阿静一下站起来，扑向了得意扬扬的和枝。见势不妙的悠太郎赶紧挡在两人中间："静姨！你冷静一点！"阿静愤愤地甩开悠太郎，转身冲了出去。

"静姨是有不对的地方，但是大姐你也说得太过分了吧。不管怎么说，被父亲害得最惨的人，就是静姨啊。"

"又不是用绳子把她捆进西门家的。说什么被害得很惨，这不是她自己选的路吗？总说自己是被强迫的，是不情愿的，念了这么多年耳朵都要起老茧了！"

和枝的话虽然刺耳，但是芽衣子觉得有几分道理。为什么要执意留在这个家里呢？等大家都离开后，芽衣子给还没吃早饭的阿静送去了饭团，向她提出了这个问题。

"……我呢，虽然来这个家还不到半年，但也经常会产生逃离这里的冲动。我觉得，静姨应该有过同样的想法吧。我们跟这个家没有任何血缘关系……父亲离开之后，又被孩子们那样的敌视，您就没想要回去继续当艺伎吗？"

"如果我这样做了，不就正中和枝的下怀了吗？"

## 第10章 天神祭糕点

"就算如此,您也在这个家熬了八年啊。要是我的话,根本没法忍耐这么久。"芽衣子说得正激动,一颗梅干籽忽然向她砸了过来。

"啊!您做什么啊!静姨!您、您好奇怪!"

"不好意思!我脑子不太好!不好意思不好意思!我这就收拾!"

真是太过分了。芽衣子憋着一肚子的气,默默地走出了阿静的房间。

在"美味介"的调理台上,怒气难消的芽衣子,咬着牙,狠狠地打磨着碎冰。

就在下一刻,店门砰的一声被人撞开,只见室井满脸兴奋地跑了进来。

"我、我知道了!芽衣子!哈、哈莫利卡是、是点心!!"

同芽衣子一样,室井也在孜孜不倦地调查着哈莫利卡的真相。

"是多根先生告诉我的。以前,在天神祭期间,夜间小店会卖一种小点心。白白的软软的,味道酸中带甜,浇上热水之后,会就变成海鳗的形状!怎么样?!激动吗?!"

芽衣子兴奋得说不出话来,只能一个劲儿地点头。

"像海鳗一样的果冻糕点,因为全名念起来比较绕口,所以大家就简称为鳢糕①了。"

至于是哪家店卖的,就不得而知了。因为多根也只在小时候吃过,算起来已经是四十多年前的事了,很多事情都记不清了。芽衣子走出调理台,取下了围裙。有关大阪食物的事,正藏应该很清楚。

---

① 日语里鳢糕发音为"哈莫利卡"。

"知道，我当然知道。看起来像鳢鱼的点心。大概有这么大一个吧。"

作为当地人的正藏果然知道这个点心。不过他同时表示，虽然吃过，但是自己并不知道做法。

"……静姨她，很想吃这个点心……我是这么觉得的……您知道她想吃这个点心的原因吗？她对鳢糕，有什么特别的感情吗？麻烦您好好想一想。"

"……唔。我不知道呢。说起来，我跟阿静只交往了一年、啊不，两年左右。我们对彼此了解得都很少。也许跟其他男人有关系吧。"

说完，正藏就念叨有人托他写情书，得赶紧过去。看着对方一副心不在焉的态度，芽衣子不由火冒三丈。

"师父您对静姨，到底是什么想法？您不是在她身上花了大把的钱，还把她娶进西门家了吗？"

"……是啊。阿静，是个很优秀的艺伎。认识我的时候，虽然不算年轻了，但是三味线琴弹得非常好，说话也非常风趣，笑起来特别可爱。是一个非常惹人怜爱的艺伎呢。我、我就对她一见钟情，一直缠着她，想让她嫁给我。"

"您真做得出来。那个时候，您连稳定的工作都没有吧。"

"是啊。她大发雷霆狠狠地骂了我一顿，说我又没工作，又带着一群拖油瓶。老婆死了还不到一年，到底在想什么啊？因为这样，我就灵机一动，另想了一个法子。"

正藏花了重金，请阿静单独为他表演，并且以最后一次为由，让阿静陪他喝酒。

## 第 10 章 / 天神祭糕点

"等阿静喝得神志不清时,我就偷偷地举着她的手,在纸上写下了'相伴一生'的字样。"

"啊呀……"芽衣子惊讶得合不上嘴。

"'既然你这么写了,那你就是我的人了。这是你亲笔写的,可不能不认啊。'在我的软磨硬泡之下,她入了西门家的户籍。其实啊,也许她早就察觉到是我搞的鬼,不过既然我都做到这个地步了,也拿我没办法了,就只好嫁过来了。"

"……然后呢?然后因为家里变得一团糟,您就扔下他们自己离家出走了?您还真干得出来啊,这么不负责任的事。"

"因为她们都太可怕了。不管是和枝还是阿静。"

"啊哈,这种情况下,谁都会生气会变成恶鬼的!不肯原谅您的所作所为也是理所当然的!"

"我已经在反省了……"正藏埋下头,把身子缩成一团。

"您刚才说,静姨笑起来非常可爱是吧。但是她现在却整天吊着眼梢,很不高兴的样子。说起来,让她变成这样的罪魁祸首,不就是师父您吗!"

回到"美味介"之后,芽衣子心中的怒火难消,只得通过一个劲儿地打磨碎冰来发泄。

"我真是个笨蛋!不过是对我好一点儿,就真心实意把他当作同伴了。真是的!真是的!"

芽衣子本想放弃制作鳢糕,但是身边的伙伴们却不依不饶。马介心心念念"传说中的糕点怎么可以轻易放弃";室井怂恿她做好点心去试探一下阿静的反应；了解好友善良心性的樱子，则一直劝她不必为这种事情而放弃。就在芽衣子的内心动摇不已的时候，平日里扭扭捏捏的希子，忽然开口说道："我们来做鳢糕吧！正好是天神祭呢。"就这样，希子的话让事情一锤定音，大家决定继续着手制作鳢糕。

第二天，阿静跟变了个人似的，和颜悦色地对芽衣子几日来的照顾表示了感谢。不可思议的是，芽衣子脑中立刻浮现出了"白白的软软的"的词语。为了知道鳢糕的制作方法，芽衣子一大清早就出门，四处找人打听。到处碰壁之后，她忽然想起悠太郎提过一位"对天神祭无所不知的小巨人"，便连忙去市政府拜访了这位"小巨人"。在"小巨人"大村的指导之下，芽衣子终于集齐了制作鳢糕的所有食材。

忙得昏头转向的芽衣子忽然想起来，明天就是天神祭了。她向鱼店的银次问过鳢糕的做法之后，便匆匆忙忙地赶了回去。刚一进门，就看到和枝和希子正在准备迎接天神祭的物品。

"啊！抱歉！抱歉！"

"真的是。如果不提前一天把布幕和提灯挂出来，可是会被街坊邻居笑话的。"

"啊啊！大姐！"看见和枝转身离开，芽衣子连忙开口叫住她，"明天，关于天神祭的菜单，我们家还没有定吧。可以的话，我想找你商……"

"哎呀。我明天不在家。老师拜托我带他参观天神祭呢。"

"……这样啊。"芽衣子有些沮丧。

## 第 10 章 / 天神祭糕点

原本非常期待明天大家齐聚一堂，在家门口等候天神巡演的到来。结果不单是大姐，就连悠太郎也不在家里，因为他明天要和大村一起，给走街串巷的天神祭表演打下手。

"咦！你干吗不拒绝！市政府不是只上半天班吗？"

"某个人欠了别人恩情，所以我现在才不得不还！"

悠太郎这几日下班之后都去帮忙，早就累得筋疲力尽，不由得冲着对方发了火。

芽衣子垂头丧气地想，就算不能阖家团圆，起码要让大家吃到天神祭的料理，如果静姨能吃到特制的鳢糕，说不定会开心一些。

"烫好的黑鱼肉和黑鱼皮、切好的黄瓜、冷荞麦面、白鱼天妇罗和贝壳高汤。"芽衣子把希子念到的菜名一一记在本子上，就在这个时候，阿静终于回来了。

"今天回来得真晚啊，静姨。"

"在商量明天集合的事。天神祭，也会加入艺伎的表演。"阿静轻轻地拨动了几下三味线，"我想去露一下脸。很久没去过了——宴会表演。"

"这种，是叫作艺伎表演吗？"芽衣子有点搞不清状况。

"是在料理屋，和客人们一起庆祝天神祭。因为祭祀的关系，店里人手不足，所以我这样的半老徐娘就被叫去凑数了。明天我会晚点回来。"

"咦！怎么、怎么会这样。天神祭不是说了全家人一起过的吗？"

"……抱歉，真是太不凑巧。"

"……没事，是我没头没脑地乱折腾……"

芽衣子拿着笔记本，垂头丧气地走回了厨房。她单薄的背影看起来有些无助。

希子转头向阿静问道："明天的表演必须得参加吗？"

"抱歉啊，我跟别人说好了。"

前几天，阿静教完三味线的课程正准备回家时，被当年一位老顾客叫住了，问她愿不愿意再回来干老本行。内心十分动摇的阿静，不知不觉走到了正藏居所的附近。但是好巧不巧的，让她撞见正藏正跟风韵犹存的中年艺伎们搂搂抱抱的场景。在那之后，阿静就对置屋的女将表示愿意把握这个时机，重新做回艺伎。

天神祭就要开始了，但是芽衣子已经干劲儿全无，她一边搅拌着甘露煮，一边直勾勾地盯着前方发呆。

希子小心翼翼地安抚道："我们来做鳢糕吧？"

"……没必要在今天做吧。还以为天神祭可以全家一起过的，结果，他们都不回来。就算做了鳢糕，静姨也不在，有什么意思呢。"芽衣子快快地说道。

就在这当口，阿静从屋里走了出来，她一边说着："我出门了。"一边推开了大门。

"……小姐姐，也许是我多心了。静姨是不是想离开这个家啊，这次的宴会，就是庆祝回归的酒宴之类的。"

希子的话让芽衣子大吃一惊，她连木屐也顾不上穿，光着双脚就跑了出去。好不容易追上了前方的阿静，她惊慌失措地问道：

"静姨！您、您那个！您是想回去做艺伎吗！啊，做回艺伎也没关系，那个、您不是想离开这个家吧！"

"之前问我想不想离开这个家的人，不就是你吗？"阿静笑了一声。看见芽衣子大惊失色的神色，她放声大笑起来，"开玩笑的，开玩笑的。正如你所说那样，我曾经很多次都想逃离这个家。但是，我每次都被后悔、怨恨和凄……"

"……七？"

"……凄、凄惨的心情绊住了脚步。最后磨磨蹭蹭地，竟然在这个家住了八年之久……谢谢你听我说这些。真的，心情好多了……"

阿静露出一个寂寞的笑容，干脆地转过身，继续迈步向前走去。芽衣子默默地目送着那个背影渐行渐远。她茫然无措地回到家中，看见提着菜篮子的希子从玄关走了出来。

"两个人过节，不也挺好的吗？我很想尝尝小姐姐做的鲤糕。我们也可以敞开肚皮大吃一顿呢。"

小妹的体贴让芽衣子感动不已，她一把抱住希子："……小、小妹啊！"

在希子采购食品材料的时候，芽衣子开始着手料理的准备。一想到静姨刚才说的话，芽衣子不由得心情沉重，难道真是因为自己的一句话，让静姨萌生了做回艺伎的念头……

过了一阵子，希子和室井一起抱着一堆蔬菜和鲜鱼回来了。

"'美味介'也只营业半天，反正都要等狮子舞，不如大家一起吃吧。"

"樱子和马介把店里收拾好也会过来的！"

/ 多谢款待 1/

"……真的吗?"

果然过了没多久,樱子也来了。本以为这次天神祭只有希子和自己两人孤孤单单地过了,没想到现在竟然变得如此热闹。不过,芽衣子内心深处的落寞还是有些无法释怀。

就在料理都准备得差不多的时候,玄关传来了和枝的声音:"家里来了什么客人吗?"芽衣子慌慌张张跑了出去,只见和枝已经推门进屋,怀中还抱着一堆水果。

"大、大姐。您不是陪老师逛街去了吗?"

"老师听了狮子舞的风俗之后,就劝我回来,说这种节日还是跟家人一起过比较好。他认为这是一家人团聚的日子,所以自己就不过来打扰了。哎呀,好像有些人完全不介意打扰别人呢。"

"你好你好,之前承蒙照顾了。大姐真是个风趣的人呢!大姐的酒量如何,我一直想和你深入交流一下呢。"

"怎、怎么回事啊,这个家伙。"

"大姐,下酒菜都准备好了,我们赶紧来喝一杯吧!"室井无视和枝的反感,连拉带扯地把她带进了客厅,脸皮厚到如此理直气壮之人,也真是少见。

"室井先生,好厉害啊……"希子由衷地感慨道。

虽说一开始有些尴尬,但和枝很快就跟室井打成了一片,她得意扬扬地讲述起与安西相遇的经历。

"我呀,在北滨店里遇上一些事,当时挺激动的,为了平复一下心情,就去洗手间洗了一把脸,出来的时候遇到了老师,当时他丢了手绢,正在苦恼不已……"

其他人也在一边吃菜一边聊天,客厅里的气氛非常融洽。因为室井和樱子一直扯着和枝聊天,芽衣子这边也少了很多麻烦事,可以心平气和地专心做菜。

宴会渐渐进入到高潮时,注视着窗外夕阳的希子,忽然有些担心地问道:

"今年的狮子舞,是不是来得有点晚啊。"

"对啊,怎么还没来呢。"马介也偏了偏脑袋。

宴会热热闹闹地继续着,和枝把相逢的经过重复了五遍,芽衣子也吃下了第五碗下酒菜。就在此时,抱着一个方形包袱的源太忽然来到了西门家。

"小源,你怎么来了?"

源太把包裹塞到芽衣子的怀里:"这是……"他正打算说明,却被匆忙回到客厅的希子给打断了。"狮子来了——!"小姑娘的声音充满了喜悦,宛如铜铃一般清脆悦耳。

众人纷纷激动起来,你推我搡地跑到了屋外。

"总之,你打开就知道了。"听完源太的叮嘱,芽衣子也抱起包袱,跟在大家后面跑了出去。

没过多久,在夜间小道的前方,渐渐浮现出了舞动狮子的人群。

"好气派的狮子啊!"室井十分激动。

"不过、好像、今年的狮子特别高大?"和枝提出了疑问。"的确挺大……"源太也表示赞同。

"真的很高大呢。"身后传来熟悉的声音,芽衣子猛然转过头去。

"静姨?!您怎么回来了?"

"果然练习和表演是不一样的啊。不知怎么地,在表演时失手了。"阿静微微一笑。

一坐上座敷①,脑子里就浮现出十年前正藏的身影,一看到桌上的料理,就想起芽衣子一脸失望的表情,还有她光着脚追赶自己的模样。表演开始后,刚刚拨动了几下,其中一根琴弦就忽然断掉了。以手艺生疏为说辞,阿静匆匆离开了坐席。其实,在座的熟客们都很清楚,阿静这次出席看起来并不很开心。阿静终于认识到,以前的那个"千代菊"已经不在了。

阿静微笑着注视着满脸惊喜的芽衣子,就在这时,希子忽然叫了起来。

"大哥?那不是大哥吗——"她兴奋地指着舞着狮子头的年轻人。

原来,原定的工作人员因为食物中毒纷纷倒下,舞狮子的工作只能找其他人帮忙,最后舞狮头的重任,就落到了踏实认真的悠太郎头上。看着悠太郎舞动狮头的英姿,全家人在惊喜之余,又涌出了几分自豪。

狮子的身体随着节奏左右晃动,一瞬间,身后的空隙中竟然出现了正藏的身影。注意到此事的芽衣子等人,都震惊得说不出话来。但是在狮头下舞动的悠太郎却毫无知觉,他目不斜视地从和枝身边走过去,离开了西门家的大门。

---

① 座敷,一般指日式饭店、餐厅、酒席等,此处意为艺伎表演的位置。

## 第10章 天神祭糕点

回到家中,芽衣子打开了源太送来的包裹,里面的东西令她大吃一惊。一个方形的食盒中,放着几个白白软软不成形状的点心。

"哈,鳢糕?这就是鳢糕!?"室井兴奋得不得了。

芽衣子也压制不住内心的激动,急忙向阿静确认:"就是这个吗?"

阿静从食盒中拿出一个白色点心,非常认真地打量着。芽衣子忽然意识到,这个食物一定是正藏做的,一定是他拜托源太送过来的。

"抱歉!是、是我对师父说的,说静姨很想吃这个点心。所以,他才会想到送这个过来吧。真的很抱歉,是我多管闲事了!"

阿静的眼眶有点红,看起来似乎有点生气。但就在下一刻,她忽然把鳢糕塞进嘴里,大口大口地咀嚼起来。认认真真地吃完一个之后,她又拿起了第二个。

"才不是这样的。应该更平整一点,才不是这种七零八落的样子。"

虽然一副嘲讽的口吻,但是阿静眼中晶莹的泪水暴露了她的真实想法。

"但是……很好吃,这么好吃的鳢糕,我从来没吃过。"

为了不让眼泪掉下来,阿静又手忙脚乱地吃起了鳢糕。

等大家都回来之后,希子一边清洗碗盘,一边跟芽衣子聊天。

"……今天,虽然时间很短,但是也算是全家聚在一起过了节吧?狮子舞过来的时候,我看见了,父亲也在那里。"

"……啊啊!啊!没错!你说得没错!希子!我们大家聚在一起过

节了呢!"

芽衣子开心地笑了起来。

这是在天神祭之夜,西门家中,所降临的小小奇迹。

芽衣子想跟阿静好好地道个歉,收拾完厨房的事情之后,她就直接去了阿静的房间。

"师父送来的鳢糕……您不会觉得,不舒服吗?"

"……怎么?"

"我听说静姨是被师父威逼利诱娶过来的。让你中了圈套,握着你的手写下字据什么的。"

"是这个吗?"阿静从衣袖里掏出一张纸条拿给芽衣子。芽衣子反复确认了好几遍,这张皱巴巴的纸条上,写着"永结同心  正藏  千代菊"的字样。

"……是我让他写的。趁他喝得烂醉如泥,我握着他的手写的。"

闻言,芽衣子不由得大吃一惊。阿静抬头望向芽衣子,视线透过对方,似乎望向了很远的地方。

"我第一次遇到那个男人,是在我十岁的时候。当时也是天神祭的日子,艺伎姐姐让我去买鳢糕,但我回来的时候不小心摔倒了,把鳢糕撒了一地。"

就在这时,又困又累的悠太郎走过房间外的走廊,不经意听到屋内两人对话的他,不由得停下了脚步。

"我匆匆忙忙跑回夜市摊子,但是鳢糕已经卖光了。一想到回去就

## 第 10 章 / 天神祭糕点

要被姐姐狠狠地责骂，我就害怕得哭了起来。就在那时，一个男人递给了我一盒鳢糕。"

"不要哭了，这个给你——"不知何时来到身边的年轻男子，露出了温柔的笑容，将手中的盒子递给了正坐在地上啼哭的少女阿静。回想起来，那时的正藏就跟现在的悠太郎差不多的年纪，远处唤着"正藏先生"的人，应该就是他的新婚妻子吧。

"多么英俊的人啊、穿西装的样子真好看，我以后也要嫁给这样的男人——捧着鳢糕的我，站在原地呆呆地想着。他是我的初恋。在那之后，我一路摸爬滚打，终于成为一名艺伎。在那段岁月里，我经历了各种各样的事情，有开心的也有不开心的。就当我觉得差不多该稳定下来的时候，上天让我再次遇到了那个男人。"

推开宴会的房门之后，阿静差点怀疑自己的眼睛。房间中坐着一名落魄的中年男人，正是她当年遇到过的正藏。

"虽然他看起来十分邋遢，就像变了个人似的。但是我一眼就看出来了。那时候我忽然福至心灵，觉得这是上天赐给我的。重逢的当天我就对他告白了，说愿意和他在一起。现在想起来，我真是个笨蛋啊。"

阿静自嘲地笑了笑，芽衣子张了张口，却什么都说不出来。

"当然了，他当场就拒绝了我，说了很多理由，比如没有工作啦、家里还有一堆拖油瓶啦、妻子死了还不到一年之类。就算如此，我也没有放弃，一直对他纠缠不休。然后有一天，我找了一点药，下在酒里让他喝了。我也不清楚他是真的相信了，还是被我缠得没办法，总之我终于如愿以偿，与他成亲，嫁到了西门家。哎呀呀，我这个人，真是不择手段呢。"

"……但是，父亲他为什么要说谎呢？"

"这个啊，那是一次很偶然的事件造成的。有一次我跟和枝争吵，被她说'你不过是看他好骗，趁虚而入而已'，因为说得太难听，我就忍不住反驳她，'明明是你父亲对我动了手脚，是我被他骗了'。然而这句话，却被偶尔路过的那个人听到了。他目不转睛地盯着我，然后嘴里念叨着'真是对不住''都是我的错，阿静'。就这样，一个谎言只能用另一个谎言来掩盖。从那天开始，那个人为了包庇我，就一直在这件事上说谎。"

回想着正藏手舞足蹈重复谎言的模样，芽衣子的眼角湿润了。

"虽然……我觉得他是个既软弱又狡猾，也没什么内在的人。但是，他真的很温柔，比任何人都温柔。"

在粗糙的鳢糕中，包含着那个人满满的温柔和体贴。芽衣子不由得热泪盈眶。

"我确实想过重操旧业做回艺伎，但是我无法狠下心离开这里。一方面是不想让和枝轻易得逞，另一方面，也是最重要的，是因为我对……"

留下来的理由，并不是觉得自己凄惨。芽衣子抽了抽鼻子，开口说道："因为您还对他有所依恋，是吗？"

"为什么是你在哭啊？"

"因为，我也是个不请自来的媳妇啊。"

站在走廊边的悠太郎，直直盯着眼前的拉门。

"悠太郎这个人啊，我一开始觉得他实在太优秀了……但是，一起生活之后，我发现他原来也是个有着很多缺点的人。渐渐地，我从梦境中醒了过来。但是，就算如此，我也喜欢他……比以前更加喜欢他。"

回想起两人的种种过往，芽衣子的泪水怎么也停不下来。

"明明做得一团糟，但您却说比以前吃过的都好吃……其实我也是这样的心情吧？我真的很想了解静姨的想法。现在的我，是不是和您走得更近了一些？"

看着眼前哭得稀里哗啦的芽衣子，阿静忽然伸手抱住了她。

"你能成为我的媳妇，真是太好了。"

有些颤抖，分不清是哭是笑的温柔话语，传到了芽衣子的耳中。

与此同时，在南边街道的屋子里，听完源太汇报的正藏，抬头遥望空中的明月。

"会不会生气啊，阿静。"正藏深深地叹了一声，不知是今晚第几次了。

"……别打肿脸充胖子了，老老实实说出来不好吗？其实你很想回去吧，回去那个家里。"源太毫不客气地说。

"……从十三岁开始，就咬紧牙关撑起整个家的男孩，现在已经长大了。"正藏把酒杯中的酒一饮而尽，"我不会回去的，这是我能做到的，对他最大的尊重。"

随着击掌声的响起，天神祭也结束了。西门家再度恢复了平日的生活。

"静姨，为什么你忽然要把和服卖了呢？"希子望向阿静。

阿静的房间，摆放着大量的衣物，坐在一旁的二手店老板，正在啪啪地拨打着算盘。

"不是说了,我已经不需要这些东西了,我要抱着积极的心态留在这个家。作为一个无能丈夫的妻子,可是很辛苦的呢。"

芽衣子正在往食盒里放入食物,作为那位"无能丈夫"送来鳢糕的回礼。

"啊,那我从今天开始,可以叫你母亲吗?"

"……我也可以叫吗?"希子也一脸的期待。

不过,虽然称呼改变了,但是阿静的本性是不会改变的。二手店老板离开之后,和服屋的老板又走了进来。

"不是刚刚才卖掉吗?!"

"迄今为止,我都是为了跟和枝怄气,才不管不顾地买了一大堆。从今天开始,我只买我真心喜欢的衣服。"阿静理所当然地回答,完全不觉得自己的做法有什么问题。

"啊,对了,你待会儿要去那个人那里吧。你去了之后给我好好地打探围在他身边的那些女人。尤其是那个,自以为是他老婆的老女人。听到了吗?给我都打听清楚了。"

不久之后,深受重托的芽衣子,来到了长屋,向正藏传达了阿静的意思。

"静姨她,吃得很开心呢。鳢糕。"

正藏舒展眉眼,开怀地笑了起来。

# 第11章
## 最讨厌的沙丁鱼

"安西老师要来我们家了。"

这一天,和枝扔下的一句话,让西门家的女人们陷入了恐慌。

"大、大、大、大大大……"芽衣子想说大事不好了,但结结巴巴地说不下去。

"这可不得了这可不得了。"阿静也紧张得在房里走来走去。

"大姐、大姐!"希子的脑子里已经全完混乱了,"什、什、什么!"就连和枝也失去了往日的冷静。既然男方都决定到上门拜访了,那就只有一种可能性了。

悠太郎回家之后,芽衣子一边帮他换衣服,一边汇报了这件事。

"……这,这是说,大姐以后要搬出去住了吗?"

"你说的这是什么话。"芽衣子皱起眉头,"十有八九,是有结婚的打算,所以才会去女方家拜访。静姨是这么说的。"

"……那个,静姨她,为什么会……"悠太郎总有些不放心。

"静姨说,这是大姐难得一遇的获得幸福的机会,所以我们要团结一致为她加油。"

"……团结一致?"

"是的。团结一致,大家一起为大姐加油!"

芽衣子紧紧地握住了悠太郎的双手,努力把自己激动的心情传达给对方。悠太郎也回握住芽衣子的手,用力地点了点头。

"我们终于可以熬出头了!"

第二天的饭桌上,为了顺利迎接那位安西老师的来到,大家理所当然地进行了商议。

"啊哈,老师居然认为我们家是一个非常美满幸福的家庭?"悠太郎一脸惊讶地说。

"难道不是吗?不是挺美满幸福的吗?"

"……"和枝爽快的回答,让大家陷入一阵沉默。

"算了算了,这样不是挺好的吗?我们就努力打造出一个美满幸福的西门家吧。"阿静赶紧站了出来。

"您说得没错,母亲大人。"

仿佛看到和枝嘴里吐出青蛙一样,大家都吃惊得说不出话来。诡异的讨论进行到最后,和枝居然连"芽衣子当天穿得体面一点,得有个西门家媳妇的样子"这种话都说出来了。

"那个人的事,要怎么解释才好呢?"悠太郎十分在意正藏的事情。

"既然如此,就让父亲也到家里来不就好了?"

芽衣子的提议,让悠太郎感到很不开心。但芽衣子并没有注意到对方的反应,反而自以为抓住了一个好机会,继续侃侃而谈。

"如果真的成为一家人,那是瞒不了多久的。与其在暴露之后,被人指责'你们居然说谎骗我',还不如一开始就坦诚相待比较好。"

接下来,希子也加入了芽衣子的一方,两人一起劝说家里人。但是

## 第 11 章 / 最讨厌的沙丁鱼

悠太郎无论如何也不愿意让步。

"就说他八年前去山里游玩,然后失踪了。如果是单纯的事故,也不会引起怀疑了!"

"芽衣子,能帮个忙吗?和我一起想想拿什么招待先生比较好?"

这可是和枝第一次叫芽衣子的名字,更是第一次拜托芽衣子帮自己的忙。

"一起……和大姐一起?我愿意!我会使出浑身解数的!"

芽衣子充满干劲地投入到任务当中。她翻阅了安西的著作,参考他的生平事迹,提出了各种各样的方案,但是都被和枝以"太肤浅了""炫耀手艺"等理由一一反驳了。

"那……干脆做关西的家庭料理怎么样?"

"这个不错,那就做关西特产的沙丁鱼料理吧。"

"沙、沙、沙丁鱼!"对于从不挑食的芽衣子来说,只有一种食物怎么也喜欢不上,那就是沙丁鱼料理。

"沙丁鱼料理不太好吧,太便宜了,会显得有些寒酸。"

"就是这样才好,用便宜的原材料做出美味的料理,才更能体现出做菜人的手艺。"

苦恼的芽衣子继续翻了翻安西的书,最终把目光落在了履历表中"长崎人"的字样上。

"做长崎料理怎么样?可以让对方感受到'如果成为一家人,我可以为你做家乡菜'的诚意呢。"

/ 多谢款待 1/

和枝对这个提议非常满意。刚好附近有家餐馆聘用了从长崎来的大厨,她打算去那边一边进餐,一边学习长崎料理的做法。不过这个学习并没有芽衣子的份,和枝扔下望眼欲穿的芽衣子,一个人匆匆忙忙地出了门。

得知和枝准备结婚一事之后,藤井露出了难以置信的表情:"那个大姐?真的吗?"

"……她打算装模作样到什么时候啊。"悠太郎到现在都无法接受这个现实。

"其实她之前的样子才是装模作样吧?她本质上是一个踏实认真的人呐。她那个人啊,如果被对方好好对待的话,肯定会成为一个优秀的妻子。"大村一边描着建筑草图,一边评价道。

其实大村看得很准,和枝的本性并不坏。对于前辈的观察入微,悠太郎不由有些欣慰。

这天晚上,悠太郎正在屋里读书,芽衣子忽然咚咚咚地走了进来,然后猛地栽倒在被窝上,四肢瘫软地趴在上面。悠太郎问她之前干吗去了,对方回答洗了一整天的餐具。

"在仓库里反反复复地找,翻出来之后,又是清洗又是打磨……说要给每道菜都找出最合适的餐具……喂,悠太郎,大姐以前被婆家讨厌,是不是因为这个原因?"

"我听说是因为觉得婆婆切的胡萝卜丝太粗了,私下又重新切了一遍。被婆婆发现之后,就成为两人矛盾升级的一个契机。"

## 第 11 章 / 最讨厌的沙丁鱼

从那之后,婆婆对和枝做的所有事都吹毛求疵。比如切鸡蛋卷的时候,被说切得跟风筝线似的,切牛蒡片的时候,又被要求一定要切成树叶那样薄才可以。其实说起来,和枝做饭的手艺十分高超,甚至能与一流的料理人一争高下。

"那个胡萝卜切得其实不粗糙,只是普通而已吧。"芽衣子有气无力地嘀咕。

几天之后,在一个烈日炎炎的日子,安西终于来到了西门家。他身着海归风格的西装,一派威严的学者风范。悠太郎和阿静,还有放假在家希子,与安西围坐在一张桌子前。在有些僵持的气氛中,和枝在西门面前轻轻地奉上了一杯茶。

安西慢慢地抿了一口茶,随后睁大了双眼,露出了赞赏的神情:"这是用冰做的玉露啊。"听见对方的评价,和枝微微一笑。

"真是无可挑剔的味道啊。还有除汗的功效。"

芽衣子也悄悄地尝了一口茶。她刚被清凉可口的味道所感动,就被和枝差遣去厨房准备饭菜。"这样跟平时有什么区别啊。"芽衣子一边低声抱怨,一边起身走向厨房。她将两人辛苦烹制出来的长崎料理用精美的餐具盛好,一一端上了饭桌。

看见琳琅满目的食物,安西一脸稀奇地问:"这是什么料理?"

"这是您故乡长崎的料理呀。"和枝回答。

"啊!啊呀,没错没错,是长崎料理。哎呀,很长时间没有回去了。因为父母在我很小的时候就去世了,我一直孤身一人在外面闯荡。啊,真令人怀念。"

这番话让悠太郎和阿静露出了疑惑的神情,但是和枝似乎没有放在心上,见安西开始品尝料理,还满心期待地询问对方的意见。

"……嗯,故乡的味道。"夸了一句之后,安西忽然陷入沉默,把手中的碗筷放了下来。

"……我不能再撒谎了。其实我因为家境清寒,从未吃过这么丰盛的长崎料理。后来流落至东京,给当地的银行家当起了马夫。在那里,我偷偷地学习了与金融相关的知识……和枝小姐一看就是大户人家的小姐,所以我一直难以启齿。"

原来他也是一位饱经世间风霜的人呐。安西的坦诚相告,令和枝感动不已。

"饭菜还合您的胃口吗?不用顾虑,请随意。"

最终,这一顿饭在其乐融融的气氛中结束了。但悠太郎心中的疑虑却难以消除,当和枝送安西回来之后,他不禁开口问道:"那个人,是不是有点奇怪?"就算没吃过故乡的高级料理,也不至于完全认不出来吧。

"我也觉得这件事有点可疑。"阿静附和道,"一开始我还以为他是冲着我们家的家产来的。不过仔细想想,我们家里还欠着一大笔外债呢。"

"……啊,您说得也是。也许是我多虑了。"

"你很担心嘛,大姐的事情。"芽衣子的声音里夹着一丝笑意。

"这是当然的。我们不是说好要支持她获得真正的幸福吗?"

悠太郎不好意思地偏过了头,芽衣子扑哧一声笑了出来。

## 第 11 章 / 最讨厌的沙丁鱼

"这次,我好像终于可以顺利嫁出去了。"

第二天早上,和枝在全家人的面前这样说道。原来昨天晚上送行的时候,和枝被安西当场求婚了。虽然大家表面上没说什么,但是心里都为和枝感到高兴。

"婚礼呢?什么时候举行?"阿静问道。

"我和老师都是二婚。老师在这边也没什么亲戚,就像以前那样简简单单的就行。"

那天晚上,和枝也对安西坦白了一切。比如父亲不顾家人离家出走、家人之间的关系不如表面上那样和睦,家里还欠着一大笔债务等事,就连自己当初被婆家嫌弃导致被赶出家门,连唯一的儿子也不幸去世这些事情,也毫无隐瞒都说了出来。安西听了之后,表示自己其实松了一口气。因为自己只懂些金融上的事情,其他的东西一窍不通。只要有能帮上和枝的地方,他都很乐意效劳。

"那个,小姐姐他们的婚礼呢……"

见哥哥和嫂子只顾着听和枝说话,希子忍不住替他们开了口。

"说得也是呢,你们的婚礼也差不多可以考虑一下了。"和枝居然爽快地答应了。

"真的吗?这句话我就放在心里了。以防万一,能给我写个承诺书吗?"

"老的小的,都很热情嘛。"阿静低声咕哝了一句,希子扑哧一声笑了出来。

然而就在这天的晚上，意外得知某件事的悠太郎，忐忑不安地赶回了家中。

"大姐，您之前买的股票是不是涨了，让您赚了大一笔？"

"……你怎么知道的？"

和枝之前为了婚房的事情去了京都，刚刚才回到家里。

"今天仓田来市政府了。您到底赚了多少？"

原来前不久，和枝托了仓田为她说媒。仓田找到一家合适的，因为和枝最近很少在炒股集会中露脸，就直接去市政府找了悠太郎。说媒一事让悠太郎吃了一惊，但是令他更加震惊和不安的是，大姐身上居然有一笔数目可观的钱财。在悠太郎的追问之下，和枝终于说出了明确的数目，竟然有五千元之多。

"这笔钱，还在您身上吧。您不会……交给那位安西老师了吧？"

"是不是被他骗走了"——这种话悠太郎实在说不出口，两人都还没成亲，大姐应该不会这么鲁莽吧。

"当然在我身上……你这是什么态度，真是的。"和枝沉下脸，转身走进自己的房间。

就算和枝一口咬定钱在自己身上，悠太郎的心里也踏实不下来。芽衣子觉得他有些杞人忧天。

"如果是盯着大姐的钱财，那干吗还要专程登门拜访啊。而且大姐不是说，她还跟着老师去过大学的研究所吗？"

"如果是暑假期间，研究室几乎没什么人。外部的人要打开研究室的门的方法多了去了。"

## 第 11 章 / 最讨厌的沙丁鱼

无论芽衣子怎么说，悠太郎都觉得安西之前的行动是为了让和枝安心，是为了骗钱设下的布局。

另一边，回到房中的和枝也是心神不宁。其实正如悠太郎所说，安西在白天还在劝她给新开的公司投资。如果安西说的是可信的话，上市之后她就会赚得盆满钵满。

晚饭时，悠太郎再次提到"安西老师很奇怪"的话题，和枝忽然生气起来。

"和悠太郎没关系吧？这是我投资赚来的钱，想怎么使用，是我的自由吧！"

被和枝这么一说，悠太郎立刻闭了嘴。原本和枝一个女人跑去炒股，就是想多赚点钱去偿还西门家的债务。为了让弟妹们的生活过得不那么清贫，她一边操持家务一般四处奔波，甚至不惜给人下跪求情。对一直以来辛苦操持西门家的和枝，悠太郎明白自己并没有对她指手画脚的资格。

第二天晚上，和枝抱着一叠股票，来到了悠太郎和芽衣子的房间。

"这个上市之后，会涨得很高的。到时候你拿去卖了，就可以把家里的债务还清了。"

一开始和枝对投资新公司一事还有些犹豫，但是安西对她的态度非常不满，甚至想取消婚约。和枝在他的煽动和威胁之下，最终还是决定购买了新公司未上市的股票。

"这么一来，你就是这个家名副其实的顶梁柱了。"

和枝从一开始就没想过把这笔钱占为己有，只是想找一个合适的机会转交给悠太郎。

"……大姐。难道,你就是为了这个……"

"做决断的时候就要干脆利落,这才是我办事的作风。"

面对和枝的心意,悠太郎和芽衣子感动得说不出话来。

茶叶下铺上一层薄薄的冰,随着冰块的逐渐融化,上面的茶叶也一片片地掉落下来。

"虽然只是一些小技巧。但是在夏天端上这样的甜品,客人们会觉得很开心的。"

芽衣子正向和枝讨教冰冻绿叶泡茶的方法。

"真是实用的乘凉知识呢。"

"风铃、苇帘,还有香袋。"

说起来,去拿换洗衣服的时候,和枝的房间里,挂着一个香袋的布囊。

"大姐的香袋,好像磨损得挺厉害的,我给你补补吧?"

"保持原样就行了。"

这个回答让芽衣子有些意外。香袋散发出一股清爽的味道,和枝平时一定十分珍惜地在使用它。

午后,为了向正藏汇报和枝结婚的喜讯,芽衣子来到了长屋。

"和枝再婚吗……人的一生中会发生什么事,谁也无法预料呢。"

"大姐真是一个心思缜密的人,做事特别周到。不过想一想,如果不是这种性格,也做不到精准打击对方的痛处吧。"

"那孩子从小就很聪明,做事非常踏实。每次拜托她给我磨墨,她

## 第 11 章 最讨厌的沙丁鱼

都会磨得恰到好处。如果夸她做得好，她就会说，我都记在脑子里呢，父亲喜欢用磨了一百六十八回的墨，母亲喜欢用磨了九十二回的墨。因为父亲喜欢比较浓的墨。"

听到西门家的温馨回忆，芽衣子露出了温柔的笑容。

"啊，我想打听一个事情。您知道大姐随身携带的那个香袋吗？"

正藏的神色忽然变得严肃起来："那是……和枝用她死去的孩子的衣服做成的。"

"……那就是像遗物一样的东西了？"原来还有这样的过往，难怪和枝对那个香囊视若珍宝。

"但是，那个香袋破损得很严重，大姐却说保持原样就行了……"

这又是什么缘故呢，芽衣子的迷惑并未全部解开。

和枝和安西两人肩并肩地走在夏日的绿荫小道上。

"非常感谢你这次陪我过来。"

"你的孩子，多大了？"

之前他们去拜祭的地方，正是和枝不幸夭折的儿子的墓地。

"刚满六岁。不小心掉进池子里，没有救回来。因为这件事，我被婆家赶了出来。从那时候开始，我就只好一个人打拼，这些年吃了不少苦头。都是因为这个孩子，我才能一次又一次从困境中走出来。"

和枝停下脚步，从怀中掏出了香袋，出神地凝视着。

"每当意志消沉的时候，我就会紧紧握住这个香袋。告诫自己，我绝对不能忘记这份不幸！我已经遭遇了如此多的不幸，今后一定要获得幸福。不然的话，老天爷对我也太不公平了……就这样，我化怨恨为动力，每一天都在尽力拼搏，辛辛苦苦地熬到今天。"

"……这个香袋，已经破损了呢。"安西温柔地说。

"这些磨损的痕迹，仿佛是那个孩子在对我说：'你不用再这样生活下去了。'我想用同样的布料做一个新的香袋。今后我会更加小心、更加温柔地使用它。"

"你的孩子，一定会为你感到高兴的。"

——真的能这样就好了。和枝在心里默默地祈祷着。

和枝买完土产，又送别了安西，终于回到了家里。一进家门，她就发现芽衣子等人的反应有些奇怪。

她询问了原因，原来是上班中的悠太郎忽然回来了。他脸色铁青，先是沉默不语地冲上了二楼。过了一会，又匆匆下了楼，头也不回地跑了出去。

此刻，让众人摸不着头脑的悠太郎刚回来，正阴沉着脸，凝神屏气地盯着手里的股票。

"大姐，这个公司根本就不存在！查不到登记的内容，这上面的地址也是伪造的。这个股票，是一个根本不存在的公司发行的！"

悠太郎的话让和枝目瞪口呆，她完全无法理解发生了什么事，站在一旁的芽衣子也跟她一样的茫然。

"这是欺诈！总之，我们先去报警。"

"……那、那个人也买了这家股票。难道那个人也被诈骗了？"

## 第 11 章 最讨厌的沙丁鱼

"这要等警察调查之后才知道了。"悠太郎一把抓住和枝的手臂。

"等一下,后天,我和那个人约好了见面。等我问过他之后再报警,行吗?"

悠太郎并不理会和枝的说法,强硬地拖着她向门外走去。芽衣子她们站在一旁,目瞪口呆地望着纠缠着的两人。

到了约定的日子,那个男人却没有出现。这次的事件被定性为大型欺诈案件,被各种媒体连番报道。犯罪团体人数众多,有组织有计划地大面积撒网,受害人多达五十人以上,被骗金额高达一百万元。

让悠太郎发现股票是赝品的人,是今天在办公室与他重逢的一位故人。这位新上任的城市建设的监修主管,正是以前在开明轩帮助悠太郎修建栏杆的建筑家竹元。交谈中,竹元提到自己作为京都帝大的建筑学教师前来市政府赴任。闻言,悠太郎忽然灵机一动,询问竹元是否认识同校经济学部的安西教授。正好竹元随身带着聚会时的合影,两人对着照片核对了一番,确认了悠太郎他们认识的安西教授,根本就不是照片上的这个人。

这位不知真实姓名的骗子,就这样从人间蒸发了。在之后的新闻报道中,只提及主犯已经逃亡去了海外。

自事发之日起,和枝就一直卧床不起,水米不进,整个人就跟丢了魂似的。为了让和枝提起食欲,芽衣子来到长屋,与正藏商量此事。

"多少吃一点,人也会精神一些吧。我想做点大姐喜欢吃的东西,但是大姐不愿意与我们交谈。您知道大姐都喜欢吃什么东西吗？"

"那孩子不怎么挑食，什么都吃……啊，硬要说的话，沙丁鱼吧。"

"说起来，大姐之前一直想做沙丁鱼料理呢。"

"鲷鱼和比目鱼这样的鱼的确是味道鲜美。沙丁鱼的话，根据烹制手法的不同也可以做出美味的料理呢。"

有句俗话说过，"沙丁鱼，洗七遍，味如鲷"。

"我啊，什么都喜欢吃，但是只有沙丁鱼怎么也喜欢不了。沙丁鱼的肉干巴巴的，小鱼刺又很多，鱼腥味也特别重。"

"不如这样，你就借这次机会向和枝请教沙丁鱼的做法吧？她做的沙丁鱼可是绝品啊。"

失意的时候有人拜托自己做事，会觉得自己是被别人所需要的。这样一来，说不定能让和枝打起点精神来。

芽衣子觉得正藏的意见很有道理，回到家后，她就开始了沙丁鱼料理烹饪的准备工作。

正忙着，希子忽然跑进了厨房。

"大、大姐不见了！"

和枝的房间空空如也，完全不见和枝的身影。芽衣子拜托阿静看家，自己则到附近去寻找。

当芽衣子还在挨家挨户询问的时候，去仓田家打听的希子已经回来了。

"仓田先生说大姐没去他那里，他也会帮我们一起找的。"

两人碰过头，又兵分两路继续行动。希子去市政府通知悠太郎，芽衣子则来到市场打听情况。芽衣子在市场中东奔西走，不厌其烦地向每一位认识的人打探和枝的下落。天色渐晚，多根将手电筒借给芽衣子，方便她在晚上行动。让芽衣子感到欣慰的是，随后而来的源太、室井、马介和樱子也加入了找人的队伍。

芽衣子一边向大家道谢，一边匆匆赶到了长屋。

"大姐，有没有到这边来？我回去之后她就不见了，现在大家都在找她。"

正藏脑中闪过一丝不好的预感，他皱起眉头，猛然站起身来："我去找她！"

芽衣子正要追上去，却忽然一阵头昏目眩，她不得不蹲了下来，这种情况今天已经是第二次了。

"怎么了，是不是天气太热了？"

正藏正想让芽衣子回去休息，忽然灵光一闪，想起一件事来。

"……芽衣子，快回家去。和枝从小闹脾气的时候，都会跑到厨房里去坐着，说不定她就在那里！"

两人匆匆忙忙地赶回了西门家。他们来到后院，推了推厨房的门，却发现门从里面被锁上了。阿静明明在家里，怎么会发生这种事。就在这时，一股异臭从屋里飘了出来。

"……这是，煤气？"芽衣子脸色铁青，狠狠地敲打门窗，"大姐！听得见吗？快开门！在的话就回答我！"

"等等，让开！"正藏把芽衣子推到一边。随手捡起了脚边的石头，用力地敲打厨房的门栏。

"快退下，不要把煤气吸进去！"

街坊邻居听到西门家发出的奇怪声响，纷纷出门上前围观，四下议论起来。

"怎么回事……好像是煤气的味道。"

"抱歉！可能是煤气泄漏了。你们赶紧回去吧，真是不好意思！"

在正藏的狂乱敲打之下，厨房的门终于被弄开了。他捂着鼻子和嘴巴，用手电筒朝着屋内照了过去。在光亮扫过的地方，露出了和枝跪倒在地的身影，正藏紧张地咽了咽口水，因为和枝的手里，竟然紧紧地握着一盒火柴。

"快、快把那个交给我。听话。"正藏伸出手，小步小步地走向和枝。

"……过来的话，我就点火。"和枝的手微微地颤抖着，"我会点、点火的！"

"你这个笨蛋，在胡说八道什么！"

就在正藏猛然扑过去的同时，和枝正要点火的双手，被身后的另一个人狠狠地压住了。定睛一看，原来是闻讯赶来的悠太郎。悠太郎一边摸索着煤气炉开关，一边对正藏吼道："把大姐带出去！快一点！"

正藏连拉带扯地把浑浑噩噩的和枝拖到厨房门口，芽衣子和希子赶紧迎了上去。

"大姐，您没事吧！"面对芽衣子急切的关心，和枝僵硬地扭过了脸。

"……多管闲事……"

就在下一个瞬间，正藏用双手夹住和枝的脸，用力地晃了起来。

"被骗了一次就要寻死寻活！你这样做，不是正合骗子的心意吗？！"

和枝愣愣地望着前方的地板，兴许是由于之前的拉扯，怀中香囊竟然掉了出来。

　　"……我一直都是这样活下来的。我一直想着，总有一天要让害我的那些人好看。为什么每次都是我遇到这种事情！"

　　积压太久的怨气似乎找到了爆发的出口，和枝声嘶力竭地吼了起来。

　　"我到底是哪里不好？长相？性格？不是的，这些都是运气！我的厄运要到什么时候才能结束呢！我要怎么才能扭转自己的厄运呢！二十年了，足足二十年，我身上没有发生过一件好事！我已经受够了！"

　　和枝的悲鸣在西门家回荡着，谁也不敢上前和她搭话。就在此时，一向内向的希子开口打破了沉默。

　　"大姐，一直没有遇上过好事……是因为你的心态，已经扭曲了。"

　　"……希子。"在芽衣子犹豫着该不该阻止时，希子已经继续说了下去。

　　"大姐这些年的确过得很辛苦。但是，这不是你肆意伤害别人的理由。你这样做，只会让你身边的人，都渐渐离你而去。所以无论何时，你都是孤身一人，所以这样的你才会被骗子乘虚而入。"

　　和枝一句反驳的话都说不出来，只得狠狠地咬着下唇。

　　"大姐，这二十年中，你真的一件好事都没有吗？就像今天，因为担心你，所有人都出来找你，这对大姐来说，难道不算是好事吗？你就只会自怨自艾，陷在过去的悲痛中一直走不出来，所以你才会变得这么扭曲！"

　　并不是谴责眼前的人，只想把自己的心意传递给对方。悠太郎轻轻

/ 多谢款待 1/

抱住了紧握双拳、全身微微发抖的妹妹。也许是希子的话起了作用,和枝跟跟跄跄地站了起来。

"和、和枝。"一直犹豫不决的正藏终于开口叫住了女儿,"你是个好孩子,一直都这么认真、这么努力。你变成现在这样并不是你的错,跟长相没有关系,也不是你运气不好,这一切都是我的错。是我把你嫁到那个家,让你受了这么多苦。要怪的话,就怪我一个人吧!"

听完正藏的话,和枝默默无言地走出了厨房,与此同时,希子发出了惊呼。原来芽衣子不知何时蹲了下去,正满脸痛苦地按着自己的肚子。

"你怎么了!芽衣子!"悠太郎飞奔过来。

"……肚、肚子痛。"腹部强烈的刺痛一阵阵地涌上来。

"怎么了!是不是吃了什么奇怪的东西?!今天吃了什么?"

芽衣子擦拭着脸上的冷汗,在脑海中重现着今天吃过的食物。

"大姐的话,没什么大问题,并没有吸入多少煤气。不过夫人的话,暂时别让她太过操劳,这段时间必须好好休养身体。"

悠太郎和希子把看诊的医生送至门口,发现正藏正扒在围墙上,偷窥着屋内的情形。看样子他也很担心和枝和芽衣子的情况,所以才在这里偷听。

和悠太郎对上视线之后,他十分窘迫:"……啊,走了。马上就走!"说完,便一溜烟地跑掉了。

大哥此刻的心情想必十分复杂,体贴的希子连忙说:"我去跟大伙说,大姐找到了。"

## 第 11 章 / 最讨厌的沙丁鱼

希子刚刚迈出步子,悠太郎就在后面闷闷地说:

"也对刚才离开的大叔说一声,今天,多谢他了。"

"嗯。"希子笑着点了点头,朝着正藏离去的方向追了过去。

望着妹妹奔跑的身影,悠太郎终有了希子已经长大了的现实感。一直寡言少语的希子,居然敢当面训斥大姐……她还对自己说"我觉得,大哥也一定会改变的,这一天一定会来到的,大哥愿意原谅父亲的那一天,一定会来到的"。让希子产生这么大改变的人,正是自己的妻子芽衣子。

不过,本人对自己的大事却没有什么自觉,这一点让悠太郎非常头痛。

悠太郎回到自己的房间,靠着芽衣子的枕边坐了下来。窝在被子里的芽衣子,偷偷地打量着悠太郎的脸色。看出对方怒气未消之后,便嬉笑道:"哎呀,真是大吃一惊呢。"

"身为一名成年女性,居然干出这样的蠢事!你究竟是怎么做到的,居然毫无知觉地生活到现在。都好几个月了啊!"

"我以为只是长胖了一点呀……肚子痛的时候,还以为是肚子饿了,算了,我一直都是这样的嘛。"

"有了那个决定性的症状,不会马上就联想到原因吗?"

"因为我听说环境改变之后也会导致这种情况呀,饮食也改变了很多嘛。"

"真是无可救药的笨蛋!"悠太郎呆了呆,无奈地瞪着妻子。

"医生让你这段时间好好休息,就给我好好地躺着吧。"悠太郎的口气虽然凶,但是表情却渐渐缓和下来,"真是的。"他一边抱怨着一边帮芽衣子理了理被子。

芽衣子忍不住嘀咕:"好热啊。"

这是两人之间的第一个孩子,年轻的夫妇两人都按捺不住内心的欣喜。

"总之先和静姨……静姨呢?"

被关在仓库中,遥望着唯一透亮的窗户,泫然欲泣的阿静,终于被大家想起来了。

而这时的和枝,正紧紧握着磨损的香囊,脑中不停地回想着希子刚才的话语。

"……我,必须改变自己。"

从那天开始,和枝就代替怀孕的芽衣子,重新站在了厨房中。

噗噗的煮饭声、沙沙的切菜声,厨房特有的声响纷纷传入躺在二楼休息的芽衣子耳中。

那一晚的事情,家中所有人都颇有默契地闭口不提。大家都在内心祈祷和枝能在这件事之后获得新生。

没过多久,和枝就端着食盘走进了芽衣子的房间,把料理默默地摆在了饭桌上。

"好厉害啊。大姐是怎么把料理做得这么好看的呢?"

和枝对她的话无动于衷,把食物摆好之后,又默默地走出了房间。

"……我开动了。"芽衣子喝下一口味噌汤,不由得露出了笑容。虽然和枝一言不发,但还是十分关心芽衣子的身体——这碗味噌汤有着非常温柔的味道。

## 第 11 章 / 最讨厌的沙丁鱼

另一边,还在放暑假的希子,想力所能及地帮芽衣子的忙,就一个人来到了市场。没想到市场上的大家得知芽衣子差点流产一事后,表示一定要让她补好身体,拼命地把自家店里的好东西塞到希子手里。猪肉、鲜鱼、蔬菜等等,东西多得希子差点都抱不住了。当希子准备离开时,阿富又让她帮忙传话,说照顾米糠坛子的任务就交给她了,让芽衣子不必担心。今天在市场感受到的热情,让希子对芽衣子的人缘有了深刻的认识。

快到家的时候,希子远远地看到阿静一边道歉,一边将煤气公司的人送了出来。

"煤气泄漏的事情,也不知哪家人去跟煤气公司告状了,被公司的人狠狠地教育了一顿。"

"……那要怎么办呢?"

煤气的事先暂且放下,两人牵挂着芽衣子,一同去了二楼的房间。被强制休养之后,无所事事的芽衣子就只能整天发呆,阿静为她弹奏了一曲三味线,给她增添了不少乐趣。

"好厉害啊,母亲。"

"我好歹也是给人当师父的人啊。"

就算有了短暂的娱乐时光,但是对平常从早忙到晚的芽衣子来说,这样是完全不够的。

"真的是,好闲啊、好闲啊……我整天就只能躺着睡觉吗?"

"小姐姐,你之前差点就流产了。现在必须好好休养,这是身为母亲的工作。"

和枝端着刚洗好的衣物，静静地伫立在门口。听着屋内传来阵阵欢声笑语，她无论如何做不到若无其事地走进那间屋子。此情此景，不禁让她回想起自己年轻时，站在门外偷听婆婆和丈夫对话的情形。

"怎么回事，她为什么偏偏在这个时候怀孕了？"

"没办法，要怀就怀上了呗。"

"那就把孩子留下来，让她一个人回娘家去吧？"

因为煤气泄漏一事，害得西门家被街坊邻居抱怨，还被煤气公司出面批评，这些事情，和枝都是一清二楚的。她闭上双眼，嘴里喃喃道："……不行，我不能嫉妒。"她把洗好的衣服轻轻放在门口，转身离开了。

（很难受吧，和枝。已经不是小孩子了，到了这个岁数，改变自己是一件很难的事吧。）

"大姐，还是不肯说话吗？"

这天夜里，悠太郎回到家中，一脸担心地问道。

"嗯，不过她给我做饭了，还亲自端过来了……真的很厉害呢，大姐做的料理。不单味道鲜美，就连颜色和搭配都很漂亮呢。"

到了晚饭的时候，端上的配菜更是丰富多彩。芽衣子一边对市场各位的好意感到开心，一边对精心烹制的丰盛料理感慨不已，她不由得叹了一口气。

"这个很厉害吗？"

"这可是花了很多心思做出来的。现在的我，唯一的乐子就是吃东西了。"

"……我觉得跟平时差不多啊。"

"沙丁鱼,我第一次发现它这么好吃!!一点都不腥臭!"

准备换衣服的悠太郎,从叠放整齐的干净衣物中拿出了一件衬衣。一股柔软的香味从衣服中散发出来,仔细一看,原来衣服中埋了一个小香袋。

"是不是很清爽?"芽衣子微微一笑。

"这是不是意味着,大姐开始把你放在心上了?"

"放在心上的,也许是我,也许是肚子的孩子,谁知道呢……不过,她对我的态度总算是改变了一些……"

看着一脸开心的芽衣子,悠太郎的心情十分复杂。白天,为了给仓田道歉,顺带汇报大姐的情况,悠太郎一个人来到了北滨的俱乐部。

见面后,仓田这样对他说道:

"和枝她啊,在那个家里越来越没有立足之地了吧。被人骗了这么多钱,又搞出了煤气泄漏的事,还把大活人关在仓库里。现在连悠太郎的孩子都要出生了,她在那个家,已经待不下去了吧。"

一直以来,对带着弟妹艰难讨生活的和枝,仓田都给予了很多鼓励和资助。这位豪爽借钱给西门家的恩人,现在竟然说出这种话来,这份沉重感,让悠太郎有些喘不过气来。之前他觉得和枝再婚的话,也许会比在家里好过一些,所以一直积极推进她的婚事。然而事到如今,若是再提这种事,感觉就像在嫌弃她,逼着她离开西家门似的。对于和枝的再婚一事,悠太郎决定暂时不去考虑了。

享受了和枝连续一周的精心照顾之后,芽衣子终于得到了医生"可以下床"的许可,干劲十足地再次投入到家务当中。

而正在缝合布料边缘的和枝,忽然停下了动作。她的眼前,不由自主地浮现出婆婆毫不留情地撕破尿布的情景。那是和枝为了自己的孩子,一针一线缝出来的尿布。

当时的自己忍无可忍,做出了和芽衣子一样的行为,把清洗的衣服扔在一边,匆匆跑出了家门。

"……为什么只有我,啊!不行不行。"

和枝轻轻晃了晃头,拿起布料继续缝起来。就在这时,门外传来了芽衣子的呼唤:"大姐在吗?"房门被推开时,和枝急忙把手中的物件藏在了坐垫下面。

"啊,我有件事想拜托大姐。"

和枝正寻思着芽衣子的意图,却被她兴冲冲地带到了厨房。房间中摆放着整整一盒沙丁鱼,似乎是芽衣子刚买回来的。

"我一直都不太喜欢吃沙丁鱼。不过大姐做的真是太好吃了。我吃的时候就想着,一定要让大姐教教我,怎么做出好吃的沙丁鱼料理。"

关注着和枝的脸色,芽衣子小心翼翼地说出了自己的请求。因为太过紧张,连用词都有些不自然。和枝沉默了一会,伸手拿起了一条沙丁鱼,自顾自地处理起来。意识到和枝在给自己示范之后,芽衣子赶紧手忙脚乱地跟着做了起来。

和枝先是摘掉了鱼的头和内脏,然后用盐水清洗鱼身,再掰开了两边的鱼肉。她的动作熟练自然，跟粗鲁的芽衣子一比，立刻分出了高下。之后，和枝又麻利地剥下鱼皮，用蒜臼把鱼肉舂成肉泥，配上料酒和味噌汤，再撒上一些山椒，这么一小会儿的工夫，鱼丸的原材料就做好了。接下来，再把之前的鱼身放在油锅里煎炸。

"这个，无论多少我都吃得下去呢！"

刚刚炸好的沙丁鱼天妇罗，酥脆松软，金黄闪亮，口感细腻而鲜美。注视着默默无语地炸着沙丁鱼的和枝的侧脸，芽衣子感慨道：

"料理，真的可以看出一个人的性格呢。我真的很喜欢大姐做的料理。在大姐看来，我的料理肯定有很多让你无法接受的地方吧。因为我这个人，实在是太迟钝了。不过，从今以后，我一定会慢慢改正的，所以大姐可不可以……"

就在这时，和枝突然停下了手中的动作，铁锅里的沙丁鱼被滚烫的油炸得啪啪直响。

芽衣子这才注意到，不知何时起，和枝面无表情的脸上竟然挂满了泪水。

"不可能的，不管你做了什么，我都不会……喜欢你的！"

"……咦？"

"只要看到你，我就嫉妒得不得了。我这么欺负你，让你痛苦得大哭大闹，你居然说喜欢我？你以为你是佛祖吗？'就算这样我也会原谅你'，是不是很有满足感啊？"

"我不是这个意思……"

"就这样被你原谅的话，你知道我有多凄惨吗？"

和枝声嘶力竭地吼着,一把扔下手里的东西,转身跑出了厨房。为什么,她会说出这么难听的话呢?当芽衣子从愕然中清醒过来后,立刻跟着跑了出去。

她快走几步绕到和枝面前:"等一下!你欺负我的那些事,我从来都没有忘记过!"

狼狈不堪的和枝想跑回二楼的房间,但是芽衣子拼命拦着,不准她过去。

芽衣子恨恨地说:"我当然讨厌你!只要一想到你欺负我的那些事,我就气得不得了!但是,认真回想过后,我发现你不单有令人讨厌的地方,也有令人喜欢的地方。虽然你的嘴巴很坏,总是会在各种地方刁难我,但同时你也是个非常细心,善于观察的人。正因为如此,你才能做出来这么细腻的料理。"

希子刚从外面回来,就撞见两人紧张对峙的一幕。她急忙跑进厨房,把还在燃烧的煤气炉关了。听见屋外动静的阿静,也从房间里走了出来。

"所以,尽管我很生气,但是还是喜欢上大姐了!"

"你真是太天真了。那个料理,你怎么知道我有没有放什么进去?你觉得我会好心好意地伺候你吗?"

"……大、大姐才不会做这种事情!"

芽衣子的话音刚落,和枝就伸出手,按住了她的肩头,狠狠地把她向后推了一把。猝不及防的动作让芽衣子一时失去了平衡感,跌跌撞撞地从二楼摔了下来。

"冷静一点!和枝!"

阿静从后面紧紧抓住和枝，希子则奔向了摔倒在地，一脸愕然的芽衣子。

"就算这样，你还会说喜欢我吗？！你还会觉得可以和我一起生活吗？！"

"……出、出去。"说不清道不明的眼泪，沾满了脸颊，芽衣子颤抖地喊着，"请你，请你出去！"

"这样就行了。把我赶出这个家的人，可是你啊。"

和枝推开了阿静的手，疲态地走进了自己的房间。

"……为什么？这到底是为什么？为什么会变成现在这样呢！"

胸口难受得就像要裂开一样，芽衣子再也止不住自己的泪水。

"让两人继续住在同一个屋檐下，看来是很难了。"

得知家里发生的事情后，悠太郎也赞同阿静的说法。没过几天，和枝就搬去了仓田在乡下的别墅。

一段时日之后，仓田登门拜访了西门家，为大家带来了和枝的消息。据他所说，和枝在别墅里过得很平静，每天都很精神地打理庭院的花草。在大家松了一口气之余，仓田又谈到了和枝今后的出路，他认为让和枝去一个完全陌生的地方生活比较好。

"之前相亲时我提到的那户农家，和枝说想去看看。她说自己也很期待这门亲事，想去那边开始新生活。这样可以让自己忙起来，忙起来就没有闲暇去思考其他事情了。"

城里大户人家的女人居然愿意嫁到农家去，在场的所有人，都没有料到和枝会做出这样的选择。

"……仓田先生,我想问一下,为什么,大姐会这样讨厌我呢?"

"……之前,和枝曾经不经意说过这样一句话。"

只要有芽衣子在,她就会觉得自己特别失败。

"明明和自己遭受同样的苦难,但是你却丝毫没有气馁。甚至还对罪魁祸首的自己说'我喜欢你'。你的所作所为全部击中了她的痛处,让她焦躁不已,甚至无法在家里继续待下去。"

——把我赶出这个家的人,可是你啊。芽衣子终于明白了这句话背后的含义。

"原来害她变成这样的人,是我啊。我在不知不觉当中,竟然把大姐伤得这么重……"

望着芽衣子悲伤的身影,悠太郎心里十分难受。

这天夜里,芽衣子帮着希子一同收拾和枝留下来的物件。从半开着的缝纫箱中,露出了半截白色的布料。芽衣子打开箱子一看,里面装着好几片尚未完工的尿布。

"是大姐给小姐姐做的呢。"希子说。

"……大姐,就像沙丁鱼一样呢。"明明很讨厌,但是一旦尝过味道之后——

"我怎么会,讨厌这样的大姐呢……"

眼泪不受控制地落下来,这样子根本没法好好地整理大姐的物品。

就在这时,悠太郎走了进来:"有空吗?我想跟你们说件事。"

## 第 11 章 / 最讨厌的沙丁鱼

"我有一个提议。就是趁这个机会,我们好好报复一下大姐,怎么样?"

看着眼前不知所措的两人,悠太郎像恶作剧的孩子一样露出了一个调皮的笑容。

到了和农家相亲的那一天,只有仓田为和枝送行,两人肩并肩地走在通往车站的小路上。

走到中途,马路中间赫然出现了芽衣子的身影。她抱着一个圆圆的包袱,直直地站在路中间,目不转睛地盯着迎面走来的两人,看样子已经等了很久了。"这么不巧?"和枝嘴上装傻,心里却很明白,肯定是仓田泄露了自己的行程。

芽衣子朝着和枝走了过去,走在她眼前停了下来。两人都有些紧张,凝神注视着对方。

"沙丁鱼,多谢你的款待!"

"你就是为了说这个才跑来的?"和枝扯了扯嘴角。

"是的,因为我很喜欢大姐!"

这句话让和枝青筋暴起,脸色变得很不好看。芽衣子对此视若无睹,不管不顾地把手中的包袱递到了和枝的眼前。

"这是,送别的礼物。卯野的米糠,大受好评哦。"

"这种东西,我怎么可能会要。"和枝一脸不屑地推开了包袱。

"所以,这就是我的报复!如果我喜欢大姐这件事,会让大姐生气的话,那我会一直对着大姐说'我喜欢你'的!"

和枝一时沉默下来,不知如何回应才好。她搞不清楚芽衣子到底想干什么。

"不管大姐去什么地方,做什么事情,不管大姐有多么厌烦,我都会缠着大姐,一直对你说这句话的。这就是我的报复,你对我做的那些事,我就用这个来报复你!"

说完,芽衣子再次用力地把包袱递了过去。既不是打发时间的玩笑,也不是作弄人的恶作剧,芽衣子严肃的眼神,表明了她此刻坚定的决心。

"……真有你的,好一份大礼。"和枝合上双眼,沉默了一会,随即又睁开眼,露出了一个微笑,"好啊,你的好意我就收下了,多谢。"

和枝接过装着米糠的包袱之后,毫不犹豫地扔到了地上。碰到地面的那一瞬间,包袱内的坛子发出了清脆的声响。

"我可是为了你才砸的。这样你就可以反复地报复我了。"和枝得意扬扬地笑了起来。

出乎意料的是,芽衣子竟然也露出了笑容。和枝接下了她的米糠,这就是她的胜利。

"我、我会再送米糠过来的!"芽衣子朝着径直走开的和枝大声喊道,"我会一直,一直给你送过去的!"

走在和枝身边的仓田,不禁苦笑起来:"哎呀,这是什么歪理。"

"真的是,完全败给她了。"和枝脸上,隐隐浮现出许久未见的笑容。

当和枝他们的背影完全消失之后,芽衣子弯下腰,捡起了地上的包袱。

"对不起呀,把你摔成这样。"

(没关系。好像帮上了一点忙呢,我很高兴。)

## 第 11 章 / 最讨厌的沙丁鱼

收拾好米糠后,芽衣子也转身离开了原地。

(这样一来,就算分开了,彼此之间也会留着羁绊呢。)

在无人的街道上,这个包袱里的米糠,让两人产生了一次紧密的联系。

不久之后的某一天,芽衣子打算给乡下的和枝寄东西,正兴致勃勃地挑选着物品。

"我打算尝试一下油渍沙丁鱼,上手之后,也给大姐送一份吧。"

"会被她当作农肥的哟。"阿静笑了笑。

就在这时,周围忽然晃动起来,芽衣子手中的菜刀也不小心掉了下来。

九月一日,星期六。在西门家轻微晃动的时候,在遥远的关东,发生了被称为关东大地震的震灾。这个地震,给大阪这个城市,还有西门家的命运,带来了翻天覆地的改变。

# 第 12 章
## 每日款待

"西门！在吗？"

一大清早，藤井慌张的呼唤声伴随着开门的响声，一同传进了西门家。

"快！快去市政府！有紧急招募！东京、东京全灭了！"

突如其来的消息让芽衣子和悠太郎愕然不已。他们只在新闻报道中了解到这次的震源地可能是沼津。

"东京和神奈川好像也发生地震了。神奈川县警发来了无线电波信号，请求大阪政府的紧急支援。"

"请问！东京全灭，哎，是，是指所有地区都受灾了吗？"

"具体情况还不太清楚。因为电话和电报全部中断了。"

"我先过去，然后再打听情况！"悠太郎按捺住心中的动摇，随着藤井一同匆匆忙忙地跑了出去。

芽衣子和希子去附近打听了一番，果然跟东京的联络方法都中断了，电话也打不通，电报也发不过去。思虑重重的芽衣子无心打理家务，一个人回到房间里，翻开了从老家带来的相册。

女子学校的合影、全家福的合照，还有在厨房辛勤劳作的大五的单人照……每一张照片都充满了回忆。看着看着，芽衣子忽然伸手捂住了脸，地震是在大白天发生的,餐馆肯定正在营业,厨房的火炉肯定正在燃烧……一幕幕险象环生的场景，在芽衣子的脑中挥之不去。

## 第 12 章 / 每日款待

"你都没好好吃东西吧。不管什么,多少吃一点吧?"

阿静为自己端来了馒头和茶水,可是芽衣子现在一点食欲都没有。阿静体恤她的心情,说了一句"那我先放在这里了",便推门离开了。

就这样,芽衣子一直蜷缩在自己的房间里,直到太阳西下都没有出来。不擅长家务的阿静只得亲自下厨房,手忙脚乱地准备起晚饭来。就在这时,去樱子那边打听情况的希子回来了,怀里还捧着一个米糠坛子。

"是源太先生让我抱回来的。"

源太告诉希子,让芽衣子搅拌一下老家的米糠,说不定可以让她心情放松一些。

至于樱子,她现在也不清楚家里的情况。室井不顾她的阻拦,一个人先跑回了东京。农贸市场那边,为了给东京运送急需的食物和生活用品,大家已经忙成了一团。只知道那边的灾情很严重,具体什么情况谁也说不上来。

就在希子和跟阿静说明情况的时候,芽衣子端着空空的食盘走了下来。

"……肚子饿了……"芽衣子有些窘迫地说,"这种时候,我的肚子居然还会饿!我这个人,真是无可救药了!我居然还吃了五个馒头!我是不是个大笨蛋!"

"啊!这是、你看,是你肚子里的孩子,是他肚子饿了啊!"

"没错没错!肚子里的孩子,他什么都不知道呀。所以,这跟小姐姐没关系。"

"……是、是这样的吗？"

"说起来，好好地吃饭，是你作为一个母亲的任务啊。你要是不好好吃饭，这个孩子就要受罪了。"

三人正说着，开门的声响从玄关传了过来。"水，给我一杯水"，悠太郎一边喊着一边慌慌张张地闯了进来。

"我将作为救援队的一员，前去东京参加救灾活动。"

听说市政府准备派遣船队去东京救灾的消息之后，悠太郎忙不迭地跑到了紧急救援小组的办公室。他向副市长新条提出了同行的请求，但是因为职业范围不符合和不得关照有亲眷在东京的职员等理由，被对方强硬地拒绝了。但是悠太郎不肯轻易放弃，一直苦苦哀求对方，希望可以网开一面。这时，一旁围观的竹元提出了自己的意见，他认为为了大阪今后的城市建设，必须第一时间派遣专业人员过去进行现场勘测。就这样，作为一名对东京地理十分了解，又拥有专业建筑学知识的年轻人，在竹元的交涉之下，悠太郎终于顺利成为了救助队的一员。

"因为我有勘测任务在身，所以不一定有时间专程去打听家里的情况。电报通了之后，家里的电报可能会来得更快一点。总之，我会尽力去确认情况的。"

"我们还在搬运救援物资，先走了。" 悠太郎把杯里的水一饮而尽，又再度推门而去。

"悠、悠太郎！谢、谢谢！"芽衣子双眼含泪，激动地说，"真的，太谢谢你了。"

"我也很担心他们，所以才想过去的。"

## 第 12 章 每日款待

悠太郎微笑着回答，芽衣子的心里又是感动又是欣慰。

地震发生后第二天，各种救援队和满载救援物资的船只，源源不断地从关西前往关东。而悠太郎乘坐的船只，也在预定的九月三十日从港口启程。

救援队出发的当天，芽衣子抱着慰问品来到了市政府。

"……这个，你带上吧，在船上分给大家吃。"

悠太郎接过塞得满满当当的竹篮，问道："今天，是什么馅呢？"

"是什么呢？"芽衣子露出了开朗的笑容。

"……一路顺风！路上小心！"

芽衣子目送着悠太郎渐渐离去，当完全看不见对方身影之后，她的脸色忽然沉了下去。

——没事的。一定没事的。父亲、母亲、民子，还有女子学校的大家……

为了不被乌云密布般的不安所吞噬，芽衣子一遍又一遍地告诫自己。

大地震发生一周之后，卯野家还是没有传来任何消息。

芽衣子一直在家里坐立不安，一会儿翻看新闻，一会儿去搅拌米糠，弄了一会儿实在不放心，又跑去翻看新闻，看了一会儿又焦躁不已，接着跑去搅拌米糠……在她毫无章法的搅拌之下，卯野家祖传的米糠变得越来越难吃。

担心芽衣子身体的阿静，在得知避难所开始接收东京灾民之后，便劝说芽衣子跟她一起去厨房帮忙煮赈灾饭。

/ 多谢款待 1/

避难所这边已聚集了大量的灾民,妇女会的成员正在接应他们。长长的队伍中有着各种各样的灾民:有垂头丧气毫无生气的,有表情开朗行动爽快的,有诚恳道谢的,也有一言不发的……不过他们也有不少共同点,比如都穿着很脏的衣服,脸上都带着长途跋涉的疲态。在队伍中,还有不少负了伤的灾民。

眼前的情形,让芽衣子想到了杳无音信的家人,她不由得又悲观了起来。

原本在一旁引导灾民的源太匆匆跑过来,对她喊道:

"哦!你们来帮煮饭吗?厨房在最里面,大家都在呢,快去快去!"

就在这时,一阵对话声传入芽衣子的耳中——"啊呀,你家在汤岛吗?"汤岛,是在本乡隔壁的一个町。

"你住几丁目?我也有熟人住在那边……"

芽衣子回头一看,只见一名面容和善的二十出头的青年,正在跟一位三十岁上下的女子搭话。

"等、等一下!"芽衣子情不自禁开口叫住了那个女子,虽然有些难以启齿,但是对家人的担忧让她鼓起了勇气。

"请问,你知道一家叫作开明轩的西洋餐馆吗?!那是我的娘家!请问,你了解那边的情况吗?!是不是有些地方情况比较严重?!"

"真好呢,可以嫁到这边来。我不知道你家的情况。"女子漠然望着芽衣子,不咸不淡地回复。

"——!"

"你也用不着摆这种脸色吧。"

## 第 12 章 / 每日款待

被男子责怪后,女子转身走回队伍,双眼无神地注视着前方。

"她现在的心情不太好,请多多见谅。"男子一脸歉意地挥了挥手。

厨房中,农贸市场的女将们正热火朝天地准备食物。芽衣子也跟着她们一起捏起了饭团,心中对刚才的情景依旧耿耿于怀。

"你啊,真不会看场合。对方现在肯定很难受,要多考虑一下对方的情况啊。"

被阿富教育之后,芽衣子为自己的鲁莽言行感到十分自责。为了让芽衣子不继续钻牛角尖,多根以配菜需要人手为由,把她带出了厨房。

灾民们已经在食台前排起长队,等候配发食物。芽衣子端起装着味噌汤和饭团的木盒,一路发放给所里的灾民们。走到中途,她发现角落里有个落寞的身影,仔细一看,正是刚才跟她对话的女子。

"刚才……真是很抱歉,是我太鲁莽了……这个,拿去吃吧。"

面对芽衣子送过来的饭团,女子怏怏地转过身:"给其他人吧。"见状,芽衣子又端起一碗味噌汤,特意绕到对方的跟前。

"那就……喝点味噌汤吧?多少喝点,这样才有力气。"

女子伸手一推,将味噌汤打翻在地,芽衣子的手腕上也被溅了不少汤汁。"没事吧!"注意到这边动静的阿静连忙跑了过来。目睹到这一幕的灾民们,也纷纷开始指责那名女子。

"有了力气又能怎样?"女子紧紧地握住手中的辛夷,低声喊道,"你说啊!事到如今,就算有了力气,我又能怎么样?"

"正因为是这种时候,才必须要吃饭啊!"

"等等，你快回厨房去。"

妇人会的会长佐间连忙上来拉住芽衣子，但是她依然顽固地说道：

"我知道，你现在肯定很难受。但是，如果你不吃东西的话，身体会撑不住的——"

就在那一瞬间，芽衣子的脸上泛起一阵刺痛。原来是那名女子扇了芽衣子一耳光。

"我的事情……你知道什么啊！"

女子露出阴暗的眼神，狠狠地瞪着芽衣子。

一脸无措的芽衣子，终于被佐间拖离了现场。回到厨房后，佐间等人纷纷责怪芽衣子。

"人家大老远跑来这里避难，你居然惹得人家这么生气，你在想些什么啊？总而言之，你暂时别过来了。"

但是，如果那个人还是不吃东西，那要怎么办啊？芽衣子本想追问下去，阿静一把抓住她的手腕，劝道："你冷静一点。"

"我也觉得，小芽不要出面照顾灾民会比较好。"多根赞同了佐间的意见，她指着芽衣子微微拱起的小腹，"一般情况下，大家都会祝福新生命的诞生。不过，在现在这种时候，可能一些人心理会很复杂。"

多根的话让芽衣子进一步认识到自己的轻率，越发地自我厌恶起来。

第二天，为了纾解心中的苦闷，芽衣子特意来到长屋听取正藏的意见。

"……一直待在家里，完全静不下心来。"——反复在新闻的记事栏里寻找卯野的名字，不住地唉声叹气，就算翻阅其他新闻，也尽是些让人心情低落的内容。

"去避难所会，会好受一点吗？"

"……一忙起来的话，好像，就没有这么在意了。"

"哎呀，你这说法，就像被避难所的灾民拯救了似的。"正藏做出了结论，"难道不是吗？一旦手脚活动起来了，哪怕只有一小会儿，你也从那些无所谓的担忧中解放出来了呀。"

"……啊……"被正藏一说，芽衣子也觉得有几分道理。"好像，我这个人真的很过分呢。明明是为了放松心情才去避难所的，但是却摆出一副高高在上的样子，去教训刚刚受灾的那些人。"

"……说起来，我也是这种人啊，经常做蠢事。"正藏的嘴角微微上扬，"不过，哪怕只是一点小事，只要能帮上谁的忙，都会让我十分欣慰，原来我这样无用的人，也能帮上别人的忙呢。只要对方露出一丝笑容，都能让我感受到存活在这个世间的意义。……活下去……力所能及地帮助别人，其实就是拯救自己啊。"

正藏的这番话，表面上是劝慰芽衣子，其实也是说给自己听。芽衣子的心中不由得感慨万分。

"不过，要完全理解正在受苦之人的心情，不是一件容易的事。有的时候，好心反而会办坏事。这样吧，你改变一下心态——'我是寻求拯救而来的，如果我的所作所为能帮上谁的忙，那就最好不过了'，抱着这样的心态去避难所如何？只在厨房内帮忙的话，应该没有关系吧？"

受到正藏的鼓励，芽衣子再次来到了避难所。在多根和阿富的说情之下，佐间终于同意她回到厨房里帮忙，不过只能在厨房内行动，不可以再出去接触灾民。

这天晚上，阿静拿来了一张折好的白纸，说是一位名叫胜田的男子送过来的。芽衣子回想了一下，胜田应是之前在避难所帮自己说话的好心男子。

摊开纸张，上面画着简单的东京地图，在不同的区域标注着"受灾不严重""火灾严重"等字样。

"好像是在意你的情况，特别跑去向其他灾民们打听的。真的太有心了，这样的东西，有些人可能不想看到吧，但还是帮你画出来了。"

胜田的这番心意让芽衣子感动不已。一旁的多根和阿富也不停地称赞"真令人敬佩""明明他们自己都十分艰难了"。

"我必须……努力做饭才行。"作为回礼，至少要为他们做出美味的食物。

在另一边，源太和妇人会的成员不知道为了何事忽然争执起来。

"你等一下，事情怎么会变成这样？"

"那是当然的，她会变成那样，不就因为那个人说了那种话吗？"

佐间怒气腾腾地伸手指向芽衣子，原来跟芽衣子有过摩擦的女子——谷川富美，到现在仍然滴水未进。

"就是因为你说了多余的话！要是她死在这里，你要怎么负责！"

"你这话也说得太过分了吧？"阿静顿时一脸不高兴。

"因为你们说擅长烹饪，才会把厨房煮饭的工作交给你们。现在好了，那个人还是什么都不吃，这全都是你的错！"

芽衣子听得目瞪口呆,阿静在她耳边轻声说:"有没有觉得,很像某个人啊。"

虽然对方的迁怒完全是无理取闹,但是富美的情况也不能坐视不管。

第二天,当多根和阿富再次劝富美接下饭团和味噌汤时,她竟然一语不发地跑出了避难所。大家查了查名册,也没查到她在大阪有什么可以投奔的亲戚。

"因为我说了那种话,她才会一意孤行。"芽衣子叹了一口气。

"别这样想,我觉得问题不在你身上。"源太连忙安慰芽衣子。

阿富不禁感慨道:"总而言之,只有让她自己产生食欲才行。"

"如果有那种,一看就想吃得不得了的食物就好了。"

阿静无心的一句话,让芽衣子陷入了思考。

"……她是东京人吧。想吃得不得了的食物……不知道行不行得通。"

同为东京人的芽衣子,认为荞麦面应该能够刺激她的食欲。之后大家便马不停蹄地行动起来,源太出门寻找能打荞麦面的店家,厨房开始了煮面的工作,烧汤的大锅下燃起了柴火,有人忙着炸天妇罗,有人忙着切小葱。

"东京的人,真的这么喜欢荞麦面吗?"希子等人都是关西人,平时吃乌冬面比较多。

"说到江户[①]之子,当然是新荞麦呀。"

到了用餐的时候,搭配了天妇罗的荞麦面果然大受灾民们的欢迎,

---

① 江户:东京的旧称。

但是，富美依然一口都没吃。

这天夜里，芽衣子一行人再度聚集在"美味介"咖啡店。

"她一直死死盯着呢。""还吞了几次口水。"源太和阿静讨论着当时的情况。

已经过了整整两天了，阿静脑中忽然冒出一个猜想："她是不是想死啊？"

"但是，她不是特意跑到大阪来避难了吗？"樱子有些纳闷。

"不管理由如何，如果她再不吃东西的话……真的会……"

究竟要做出什么食物，才能让对方没有抵抗之心地吃下去呢？芽衣子一边思索着这个问题，一边回到了西门家。

玄门的门缝里，夹着一封书信，信上还有一张纸条，写上了送信人的留言："西门君拜托别人把这封信带到了市政府。我夹在门上了，请见谅。藤井。"

这是悠太郎送来的告知家人是否平安的信件。芽衣子有些惶恐不安，但她马上定了定心神，慢慢撕开了信封。

"前略，卯野全家和聘用的员工，还有阿雄，大家都平安无事。"

四四方方的字体传达了令人惊喜的消息，芽衣子大大地松了一口气，全身一下子就没力了。一旁的希子和阿静也十分欣喜，但是芽衣子的神情依然有些凝重。

"如果，是完全相反的情况，那又会怎样呢？谷川小姐，如果只有她自己一个人活下来的话……"

## 第 12 章 / 每日款待

（仅凭想象，是很难体会到当事人的心情的。）

芽衣子一边写着回信，一边陷入了沉思。

（不过，要完全理解正在受苦之人的心情，不是一件容易的事。）

正如正藏所说，感同身受地理解他人的痛苦，真的很难做到，芽衣子终于理解了这一点。

第二天，芽衣子和希子来到避难所的厨房准备食物，随后源太也走了进来。

"地震不是在白天发生的吗？煮饭的火就烧了起来，全家人都在火灾中丧命了。结果最后，只有她一个人被救了出来……跟大家聊了一下，大概就是这么一回事。"

胜田为了了解富美的情况，特意去向灾民们打听了一番，告诉了源太。

"她似乎一直都想不开，不愿意吃饭，好像也是为了惩罚自己。"

这番话，让芽衣子产生了强烈的共鸣，因为这段时间以来，她也是同样的心境。

"……原来是这样啊……那……那准备一些不用生火烹制的食物，会不会没有这么反感呢？"

"……我觉得跟这个关系不大。应该是要那种，让她发自内心地，强烈地想吃下去的食物……"

就在这时，阿富突然闯了进来："谷、谷川小姐她！"

富美如今已经虚弱得意识模糊，甚至无法从棉被中坐起来。医生赶过来诊断之后，表示病人情况危急，最好赶紧入院治疗。不过，妇人会的人不愿意搬运病恹恹的富美，佐间厚着脸皮对源太说："喂喂，你过来搬一下吧？"一边说一边将源太推向病人的方向。

"为什么你们不干呢？这不是妇人会的工作吗？"阿静忍不住反驳了一句。

"体力活还是男人干比较好。"源太不动声色地拦下了阿静。他拜托定吉拖来大板车，然后和胜田一起将蜷缩的富美从被团中拉了出来。

另一方面，正在着手准备午饭的芽衣子，正在为自己的无能为力感到沮丧。

"明明吃得比别人多出一倍……却不能做出让人产生食欲的食物……"

希子的安慰对芽衣子也没什么效果，她闷闷不乐地洗着芋头。

"真是收获之秋啊。美味的食物比比皆是。"

多根故意用芽衣子也能听到的声音，对着希子说道。

"就算是谷川小姐，也一定会有什么食物让她胃口大开吧。你看这些当季的食物，是多么的美味啊，一定能把谷川小姐救回来的。食物中蕴含着力量，你不这么认为吗？"

就在这时，阿静忽然冲了进来，嘴里直喊着"不得了啦不得了啦"，芽衣子等人虽然不清楚发生了什么事，但也随着阿静来到了门外。远远一望，只见原本躺在拖板车上奄奄一息的富美，此时竟然微微弯着腰，努力向前探出半边身子。一旁的源太，将插着秋刀鱼的炭盒放在她眼前，拼命地喊道："看，说到秋天，就是秋刀鱼！"

炭烤秋刀鱼肉的香味，一阵阵地飘进鼻中，富美原本无神的眼中，此刻竟然盈满了泪水,她直直地盯着烤着秋刀鱼的炭盒,源太赶紧将炭盒递了上去。

炭火冒着青烟,滋滋作响地烤着插在上面的秋刀鱼。富美默默无语地望着,鱼油滴在炭火上的声音,鱼肉散发出的香味……眼前的一切让她不由自主地回想起以前在家里的情景。

每当秋季来临,家里的饭桌上定不会少了秋刀鱼的身影。营养丰富、价格便宜的秋刀鱼,是深受寻常百姓喜爱的当季美食。因为富美最喜欢吃秋刀鱼,所以丈夫和孩子们都会心照不宣地把自己的那一份分给富美。

"孩子他妈,真的很喜欢吃秋刀鱼呢。"

"这是第几条了呀?"

调笑的口吻,只为了看到对方开心的笑容。

曾经这样幸福的餐桌,现在已经烟消云散了。"孩子他妈,你可以吃了。"脑海中,忽然浮现出丈夫的身影,他温柔地笑着,不停地对自己说,"吃吧,吃得饱饱的。"

富美颤抖地伸出一只手,缓缓地靠近秋刀鱼,源太顺势将一串秋刀鱼放在她手里。就在下一刻,富美猛地张开嘴,狠狠地咬住了肥美的鱼身。眼泪不停地从脸上滑落下来,她把秋刀鱼凑在嘴边,大口大口地啃了起来。

"哎呀呀,秋刀鱼真是好厉害啊。"

多根被眼前的情形感动,不由得热泪盈眶,站在她身旁的芽衣子和阿静,也一同湿润了双眼。

从那天开始,富美就开始慢慢进食了。胜田在东京的职业是寿司师父,现在他也重操旧业,在临时搭建的台子上为大家捏起了寿司。富美跟着孩子们一起排队,领下了这份难得的大餐,随后站在一个角落开开心心地吃了起来。在远处观察的芽衣子,将一切都收入了眼帘,她不由深深地感慨——

真的。正藏说得没错,能帮上谁的忙,其实就是拯救自己。

日子一天天过去,灾民一个接一个地离开了避难所,或是投奔亲戚,或是投奔熟人。避难所里的灾民越来越少,在厨房里做饭的人也随之减少,最后只剩下芽衣子一人。

富美只身一人在避难所待了一段时间之后,也做出了回东京的决定。这天夜里,芽衣子把卯野的米糠,分出一定的量,放入几个小坛子里。

"也给谷川小姐做一份吗?"希子一边帮忙收拾,一边问道。

"小源帮我问过了,她说想要。"

"这个米糠,现在到处生根发芽呢。"

用米糠制作的腌菜,得到了避难所中大家的一致好评,胜田等人纷纷表示想要一份作为礼物带走。

到了第二天,芽衣子来到厨房,为富美做完了最后一顿早餐。在这个厨房中,芽衣子曾经削过堆积如山的萝卜,洗了一筐筐的红薯,捏了数不清的饭团,现在,它终于到了完成任务的时候。正当芽衣子忙于清扫的时候,背后传出了开门的声音。

"多谢款待。"

## 第 12 章 / 每日款待

埋头苦干的芽衣子以为来人是源太。"没什么的,小事一……"还没说完,她忽然察觉到声音的主人另有其人。

"果然是你。"富美抱着食器靠在门口,露出了一个笑容。

"你、你发现了吗?"

其实富美在很早之前,就注意到为大家烹制食物的人,就是跟自己有过冲突的芽衣子。

富美把芽衣子带到空无一人的避难所,让她坐了下来,动手为她梳理头发。

"你是发型师吗?"

富美手中的梳子,是之前源太帮忙找来的。

"我的丈夫开了一间贩卖发油和美发工具的小店,我们原本是一个很普通的家庭,但是因为我的疏忽,竟然让家里变成那样……我在那个家里实在待不下去,就迷迷糊糊地跟着其他人来到了大阪。我真的不想活下去了,但又狠不下心去寻死……所以,我对肚子饿得咕咕叫的自己十分厌恶。心里明明觉得自己死了最好,肚子却自顾自地叫了起来……因为对这样的自己感到羞愧,所以决定不吃任何东西。但是,最后,还是败给了秋刀鱼……"

在意识模糊的那一刻,竟然闻到了最喜欢的炭烤秋刀鱼的香味,这样一来,自己无论如何也坚持不下去了。

"就在我有了想吃东西的念头时,脑海里忽然出现了丈夫和孩子的身影。我觉得他们在劝我'吃吧、吃吧、没关系'。这明明就是不可能的事,但是人类,就是这么自以为是的生物呢。"

## 多谢款待 1

"其、其实,我也是一样的!明明这么担心家人,但肚子居然还会饿,真是太讨厌了……但是,不管是什么人,在这件事上肯定都是一样的!不吃饭就没有力气,大家都是一样的!"

所以,虽然不能完全理解,芽衣子也多多少少能体会到富美的心情。

"这就是大家活着的证明……不管彼此之间有多少差异,有多少矛盾,只有在吃饭这件事上,大家都是一样的,这是我们相互理解的基础。这、这些都是女校的老师告诉我们的!所以,所以,你不要、不要再这样……责怪自己了!"

这样下去,就会越来越搞不清楚自己,变得为了逃避一切而止步不前。

虽然有些词不达意,但是芽衣子的安慰之意,富美已经充分感受到了。

"……谢谢你,虽然是救济的食物,你却做得这么好吃。"

"没、没什么大不了的。"

"你不用谦虚。就连味噌汤,你也从没做过一次重样的。"

用当季的新鲜食材做出的味噌汤,无论是汤汁还是材料,都充满了烹制之人满满的心意。

"托你的福,每天我吃完早饭,就会想着午饭的内容,吃完了午饭,又会想着晚饭的内容,吃完了晚饭,又会期待起第二天的早饭。就在这样的期盼中,我度过了五天,十天,不知不觉当中,我竟然产生了再度握起木梳的想法。"

富美一定是一位手艺高超的发型师。她的双手在芽衣子的头上灵活地盘绕,不一会就盘出了一个美丽的发髻。

/ 第 12 章 / 每日款待

"虽然是秋刀鱼让我有了吃东西的欲望,但是,是你的味噌汤,让我真正有了活下去的动力。"

一股热流涌上心头,芽衣子感动得说不出话来。

"真的,非常感谢你的款待。"

送走最后一名灾民之后,这个避难所也完成了它的任务。

室井原本的言行就异于常人,自从他执意出走之后,樱子就一直寝食难安,担心那个家伙有没有做出什么招人厌恨的事,有没有遇到什么危险的情况。就在前几日,樱子的期盼有了结果,室井终于回到了大阪。

虽然衣物变得又脏又破,庆幸的是身体没有受到任何伤害,他还带来了樱子的父母平安无事的消息。不过自从回到大阪之后,室井的言行就越发怪异了。

至于悠太郎这边,暂时还没有回归的消息。芽衣子在家等待的期间,从收到民子来信的樱子口中,得知了宫本老师去世的消息。

"好像是不慎卷入了火灾……本来确认尸体身份需要一段时间,不过她的身边掉了一把菜刀,上面正好刻着老师的名字。"

宫本老师在磨刀石上认真磨菜刀的身姿,迄今仍然鲜明地烙印在芽衣子的记忆中。和富美交谈的时候,也总是回想起宫本老师的谆谆教诲。

因为受到的打击过大,回到家里的厨房之后,芽衣子就浑身无力地滑坐在地板上。往事一幕幕浮上心头,当初为了让讨厌纳豆的悠太郎喜欢上纳豆,也是宫本老师给兴致勃勃的自己提出了建设性的意见。

"……好想,吃纳豆啊。"

芽衣子推开门，晃晃悠悠地朝农贸市场方向走去。找了一圈之后，才发现大阪根本没有卖纳豆的地方。她跑去向源太打听，对方说来了大阪之后就没再吃过纳豆。买不到纳豆这件事，让芽衣子的心情越发郁闷。

整理了一番心情，芽衣子回到了家中。走到玄关时，发现地板上多出了不少木屐。这时，阿静从屋里走了出来，说樱子夫妇带着关东煮来家里做客了。阿静口中的关东煮，就是东京人所说的杂烩。

"太感谢了！我都没来得及做饭，真是帮了大忙。"

走进客厅之后，只见室井睁大双眼，愣愣地盯着眼前的煮锅。"室井先生？"叫了好几声之后，室井终于转过头来。不知为何，他忽然对着芽衣子露出了一丝苦笑。

"回来之后，他一直是那副心不在焉的模样，你别在意。"樱子附在芽衣子的耳边小声说道。

关东煮烧开之后，大家围着饭桌开开心心地吃了起来。这时，芽衣子的精神才稍微好了一些。

"这边的杂烩，也会放章鱼呢。"

"这本来就是东京的杂烩嘛。听说因为是从东京传到大阪的，所以就被当地人叫作关东煮。"

听到博学的马介的解说之后，芽衣子忽然想起一件事来。

"为什么关东煮能在这里生根，纳豆却不可以呢？"

"啊……果然，没有纳豆啊。"樱子不小心说漏了嘴。

看来，大家都知道了芽衣子四处寻找纳豆一事。因为芽衣子久久没有回家，希子就去农贸市场找源太了解情况，樱子得知这件事之后，就向大家解释了芽衣子突然采取行动的原因。

"啊,难道,这个……是因为大家担心我才……?抱歉,让你们这么费心……"

樱子夹了满满一碗关东煮,放在了芽衣子的面前。

"这不是为了你一个人,我们一起来吊唁老师吧。"

"吊唁?"

樱子忍住眼中的泪水,认真说道:

"宫本老师不是一位十分看重饮食的人吗?教会我们这一点的,也正是宫本老师啊。所以,我们要认认真真地吃东西,踏踏实实地活下去,这才是对宫本老师最好的怀念。"

听完友人的话,芽衣子也红着眼眶点了点头。

"我觉得,痛痛快快地吃东西,是最令老师高兴的事了!对不对?"

眼中含泪的两人相视一笑,就像在竞赛似的,一同端起碗筷,大口大口地吃了起来。

"……来吧,这种时候可少不了这个!"阿静拿出一瓶日本酒,豪爽地打开了瓶盖。

"好、赶紧拿上来!"

这一夜,大家就着关东煮,大肆畅饮了一番。

半夜时分,室井终于从发呆状态中恢复过来,他磕磕绊绊地讲述起在东京的见闻,因为醉酒,还有几分口齿不清:

"追、追不上……什么都追不上……活、活下来的人们,光是继续活着,就已经筋疲力尽了。就、就算想处理亲友的尸体,也、也完全顾不上……"

不管是人力还是物资,所有东西都严重匮乏。这样沉痛的情景,在自己的眼前上映了无数次。在这样的困境下,室井一边帮忙烹制救济粮,一边艰难度日。某一天,他正煮着白萝卜汤,忽然发生了强烈的余震。

"那个时候,地面忽然剧烈地摇晃起来,煮锅整个被打翻在地……锅、锅里的菜全部洒出来了,一点不剩……不过,在翻过来的锅底上,竟然还粘着一块烧焦的萝卜。变成深棕色的萝卜,烧得焦黄的锅底……不过,这块萝卜、真好吃啊。啊、这是理所当然的,因为它把其他食材熬制出来的味道,全部吸收进去了啊。我、我一边吃着、一边想,因为是锅底的萝卜,才会这么好吃……不对,它必须好吃,为了那些打翻在地的食材,它必须拼尽全力变得好吃才行!"

室井饱含激情的讲述,让大家陷入了沉默。

"……必须写下来……我也,必须成为美味的锅底萝卜!"

说完这句话之后,室井一头倒在饭桌上,呼呼大睡起来。

芽衣子向锅底唯一一块白萝卜望了过去。

(没错,就是这样的。)

谁也没有出声,大家都在心里咀嚼室井刚才说的话。

(留下的人们,一定要成为锅底萝卜那样的存在。)

这块寄托了大家深切期待的锅底萝卜,被芽衣子用筷子夹了起来。

那天之后,室井就利用"美味介"工作之余的闲暇时间,全心全意投入到了小说创作中。

## 第 12 章 / 每日款待

这一天,源太风风火火地闯进了店里,塞给正在打下手的希子一包东西。

"交给那家伙!"说完,他又一阵风似的跑了出去。希子定睛一看,也不知道源太从哪里搞到的,竟然是在大阪难得一见的纳豆。

"那家伙,在这种事情上,真的很厉害呢。"马介苦笑着评价道。

希子点了点头,源太身上有着太多自己不具备的东西,对她来说,是一个非常耀眼的存在。芽衣子也是一样的,不顾自己的身孕,仍然坚持在为避难所的人准备慰问品。

"完全体谅别人的心情,是一件很难的事。一味地同情对方是不行的,就算想要帮助对方,有时候会也在不经意之间伤害到对方。"

芽衣子一边捏着饭团,一边对希子说道。与和枝相处时,她也有过同样的体会。不过,无论是什么人,肚子饿了就会想吃东西,这对她来说,就是这个世上唯一的真理。

"所以,无论如何,我都会相信食物的力量!"

"……芽衣子,好像变了一些,好像又什么都没变。"

听着樱子的评价,希子和马介不由得相视一笑。

逐渐成长的芽衣子,终于等到了身负重荷,疲惫不堪的悠太郎的归来。

"……我回来了。"

"欢迎回家!"芽衣子接过了悠太郎的行李,上面的臭味熏得她皱了一下眉。

看起来悠太郎在那边没有好好地洗过澡,衣服都污浊不堪,浑身满是尘土。芽衣子赶紧让悠太郎先去澡堂,自己则趁着这个空当,用早早准备好的秋季食材烹制晚餐。

"已经是秋天了呢。"

水煮红薯、茄子炒鱼尾、松茸天妇罗,面对丰盛的饭菜,悠太郎不由得发出了由衷的感慨。在东京的他因为每日都在奔波,连季节的变化也没有察觉到,其中的辛苦,一般人肯定是难以想象的。看着悠太郎大快朵颐的模样,芽衣子多多少少松了一口气。

据悠太郎说,卯野家的人,只是个别受了轻微的小伤,大家的气色都不错。

"我上门拜访时,他们已经在开展救灾活动了。他们将店里储备的食材,全部拿出来为灾民烹制食物。"

"救、救灾活动?明明他们自己也受灾了呀?"阿静大为惊叹。

"我家里的人,都是很有精神的。"听到卯野家还是原来的样子,芽衣子微微一笑。

当悠太郎询问大五为什么不发电报时,他反倒吼了起来:"现在哪有时间做那种事!"得知芽衣子怀孕一事后,阿郁连连低头给悠太郎道歉:"这下子那孩子就更能吃了,不好意思,给你们添麻烦了。"

芽衣子盛了满满一碗饭递给悠太郎。

"你瘦了不少呢,明明以前脸有这么圆。快吃吧,尽情地吃,努力成为锅底萝卜。"

"锅底萝卜?"

## 第 12 章 / 每日款待

听完室井的故事,悠太郎又惊讶又感慨。

"……看来,我也必须努力了呢,努力成为锅底萝卜。"

回到房间之后,悠太郎伸展四肢,心满意足地躺在自己的床上。

"果然,还是家里好啊。有房顶,有床有被,还有丰盛的饭菜……"

"悠太郎,比我想象中更有精神呢。"放下心来的芽衣子,不由得说起了自己先前的担忧,"室井先生他啊,看起来受到了很大的打击呢。"

"……去现场之前,我从各方面了解了不少的情况。至于火灾的现场……我以前也看过的……只是火灾规模有所不同罢了。"

晚些时候,芽衣子收拾完楼下的家务后,又登上了二楼。来到房间附近时,屋内忽然传来了一阵奇怪的声响。她赶紧推开了房门,只见床上的悠太郎紧皱着眉头,人有些迷糊,正咬牙切齿地发出痛苦的呻吟。

看着悠太郎痛苦的神情,芽衣子才明白自己想错了。

"……怎么可能会不在意呢。"

第二天,芽衣子和往常一样,在玄关给悠太郎递上了一盒便当。

"今天,是什么馅呢?"悠太郎问道。

"是什么呢?"

芽衣子的回答让悠太郎平添了几分安心。"……那我走了。"他再次踏上去市政府的道路。

昨天晚上,芽衣子问悠太郎明天想吃什么时,他的回答是"普通的就行"。拥有平淡温馨的生活，是一件多么幸运的事，现在的他，比任何时候都深切地感受到这一点。

而芽衣子能做的，就是帮助悠太郎回到这样平淡温馨的日常生活中来。

竹元紧紧地盯着悠太郎拿回来的受灾照片，倒塌的建筑物宛如废墟一般，竟然令人无法分辨出地平线的位置。这样的照片，绝对不适合在优雅的品茶时间欣赏。

"石造、砖造的房屋，基本上都崩塌了，木造的房屋，因为过于密集，导致火灾蔓延，受害情况最为严重。"

"这个呢？"竹元指向混凝土建造的房屋，只见窗户上的玻璃纷纷裂开，屋内焚烧的痕迹十分严重。就算是混凝土建造的房屋，火灾时也会因为高温导致玻璃的熔化，使得火势进一步蔓延。

"嗯，看来还有很多需要改进的地方。其他钢筋混凝土建筑物的受灾情况如何？"

不停地翻看照片的竹元，脸上没有丝毫的动容，反而隐隐露出些兴奋的神色。悠太郎带着些异样的感觉，继续讲解下去。

"就算是混凝土建筑，根据地基和设计的不同，受灾情况也不尽相同。"

"那好，调查报告就根据这些内容进行汇总……怎么，你有什么意见？"

"我只是心情比较沉重。这么多被压死和被烧死的人……就好像，

## 第12章 每日款待

人类制造的建筑物杀死了人类一样。"

"……真是无聊的伤感，"竹元用鼻子哼了一声，"说不定明天，天灾就降临在我们身上了。这些对我们来说，都是非常有用的参考，既然把建筑师作为职业，就应该有这样的觉悟。"

"……您是真心的吗？"悠太郎不由得火冒三丈，"您是没看到那些场景，才能毫不在意地说出这种话！"

"没错，亲眼看见的只有你一个人！我希望你有这个自觉！"竹元毫不示弱地反击回去，"听好了，负责大阪城市建设的那些人，谁都没有亲眼见到那些场景，只有你，只有你一人亲眼见到了！这就意味着，你的发言可以左右上层领导的想法，现在的你，有这样的力量！"

悠太郎的报告，决定了今后调查的方向，调查团的最终结果，毫无疑问将对大阪的城市建设产生巨大的影响。

"就算本人对此毫无自觉，但是现在的你，正身处在如此重要的位置上！"

"调查团两周之后就出发。想让他们知道的情况，想让他们做好的准备，你都必须用最浅显易懂的文字巨细无遗地整理出来。"

虽然对竹元的态度心有不甘，不过悠太郎还是在藤井和大村的帮助下，开始了调查报告的整理工作。当他回到家里时，已经夜幕深沉了。

食案上，并排摆放着各种各样的食材，有味噌汤、梅干、干木鱼，还有炒青菜、鸡肉荞麦和纳豆馅等等。在食案的旁边，摆放着一个盛满清水的碗。

正当悠太郎摸不着头脑时，芽衣子从厨房端来一只热气腾腾的土锅。

"你先去睡吧，不是有孕在身吗？"

"我白天抽空睡饱了。"芽衣子把土锅放在悠太郎的面前，露出一个神秘的笑容。

随后，她一把揭开了土锅的盖子："快看，新米蒸的米饭！"

"哇啊！"悠太郎情不自禁咽下了一口唾沫。芽衣子舀起一勺热腾腾的米饭，当场捏起了饭团。

"平时的便当都是冷的吧，新米做出来的热乎乎的饭团，那是完全不同的。请！首先是盐饭团！"

芽衣子将裹上海苔的团饭，递到了悠太郎的面前。悠太郎接过饭团，狼吞虎咽地吃了起来。

"好吃！真好吃！米饭好甜啊！光是这样就很好吃了！"

"这就是当季新鲜食材的力量！"

看着小腹微隆的芽衣子开心地将手上的米粒塞进嘴里的模样，悠太郎内心涌出一股热流——眼前的光景，美得就像一幅画一样。

"……我，一定要守护，"悠太郎喃喃自语道，"守护现在的生活，这就是我的工作……这就是我的锅底萝卜。"

"没错，你看，起码要把能买新米的薪水赚回来。"

对方好像没有理解到自己的意思，悠太郎也从善如流："是呢，你说得有道理。"

"来吧，客人！下一个，要吃什么呢！这里什么都有哟！"

自从在避难所见过胜田展示捏寿司的手艺之后，芽衣子就很想亲手做一次来看看。虽然不清楚发生了什么,不过熟悉妻子性格的悠太郎多少也能推想出来。

"……你其实就是想做这个吧?"

"咦?不、不行吗?"

看着芽衣子天真的反应,悠太郎温柔地笑了起来:"……你一直保持这样就可以了。"

芽衣子露出了疑惑的表情,停下了手上的动作,她僵硬着四肢,一直维持着捏寿司的姿势。这是在做什么……悠太郎这才发现芽衣子误解了自己的话。

"就这样保持下去吧!"他忍不住放声大笑起来。

"咦?咦?为什么?"

这个时候,悠太郎还不知道,这次大地震不仅动摇了千里之遥的大阪市民的内心,也深深地影响了大阪今后的城市建设——

## 第13章
## 福气来了!

时间飞逝,大阪终于从关东大地震的余波中恢复过来。在初冬的某一天,悠太郎的工作迎来了巨大的改变。

"上面决定,小学校使用钢筋混凝土技术建造。"

因为预算不足等问题,这个原本即将终止的项目,在竹元的提议下,改为钢筋混凝土技术的示范性建筑而延续了下来。

"因为在这次地震中,木造建筑的损害情况非常严重,所以上面经过讨论,得出了大阪市的建筑应该尽快导入钢筋混凝土技术的结论。"

悠太郎听完藤井的解说,不由得打量了一眼沉默不语的大村。关于震中建筑物倒塌原因的调查还在进行中,现在就要建什么示范性建筑,实在是言之过早。事后,悠太郎以"应该找出根本原因"为由去找竹元理论,却被对方彻底地无视,碰了一鼻子灰的悠太郎只得无功而返。

当他精疲力尽回到家中之后,却发现家人的言行处处透着怪异。刚走到玄关处,希子就上前为他接过脱下来的鞋子。洗完澡出来,饭桌上竟然摆放着他最喜欢吃的土手锅。进餐的时候,其他人不停地关心他,吃得怎么样,要不要再来一杯酒……

"……发生什么事了?你们怎么都怪怪的,这么无微不至地关照我。"

"啊……"芽衣子朝阿静投去了求助的目光。

"是、是这样的。卯野家来信了,说年末的时候,芽衣子的父母和

## 第 13 章 / 福气来了!

弟弟会来拜访我们家。"

原来不是为了自己啊,悠太郎有些失望:"这样啊,那不是好事吗?"

"但是呢,我们家的情况……不是挺复杂的吗?就比如说,有些事情,到现在还没解开误会呢。"

芽衣子话中所指的,正是正藏被外界一直误解为早已去世这件事。察觉到对方意图的悠太郎,脸色一下子变得很不好看,他没有做出任何反应,埋下头默不作声地吃起饭来。无论阿静和希子怎么劝说,悠太郎都绝不松口。他甚至表明,如果要把正藏接回来,他就一个人跑去"美味介"的二楼打地铺。

"等、等一下!你这样做的话,会让对方父母非常担心的——"阿静立刻紧张起来。

"如果你们一定要告诉他们实情,就不要有任何隐瞒,把所有真相都说出来吧。告诉他们,那个男人有多么不责任,又做过多少过分的事。一定让他们认识到,把宝贵的女儿嫁到这种家里来是一件多么愚蠢的事。"

芽衣子捂住了额头,虽然没指望悠太郎会答应,但是没想到对方竟然反感到这个程度。

第二天,就在悠太郎打算再去找竹元理论的时候,大村忽然插了一句嘴。

"既然上面说了用钢筋混凝土技术,那你就用呗。"

"……我并不是在顾虑大村先生!"

"我是觉得,你为了自己,也必须接下这次的工作。"

藤井体会到大村的意思，也跟着说：“我们会尽量协助你的。”

"我不会介意给你打下手的，栋梁。"大村抬头望向悠太郎，"从今天开始，你就是我们的头儿了。"

其实，大村对于时代的变迁，多多少少也有些预感的，所以他对项目的更改并没有什么意见。比起可能成为建筑史上分歧点的项目调整，上面选择了悠太郎担任负责人才是让他最疑惑的地方。

昨天夜里，他邀请竹元去喝小酒，趁机提出了这个问题。

竹元的回答则是：“如果说悠太郎身上有什么与众不同的优点，那就是责任感。他对任何事都有着强烈的代入感，也就是作为当事者的认知。并不是我提拔了他，而是我判断出，他这样的人才是这个项目最合适的人选。"

说完，他一口气喝完了杯子里的海带泡酒。

"就像便宜酒里放入海带也能变成高级酒一样，这是同样的道理。"

这一天，正当芽衣子为腹中的孩子辛苦缝制尿布时，一名从未见过的客人忽然来到了西门家，这位身材干瘦的中年男子自称叫岩渕，是为拜访正藏而来。

岩渕说自己曾经是正藏的手下，芽衣子问他为何事而来，他却不愿意多说，只强调必须跟本人直接谈。芽衣子感觉此人似乎另有隐情，不过还是带着他去了正藏所居住的长屋。

"我还以为他现在和家人幸福地生活在一起呢。"岩渕对正藏另住一处的情况有些意外。

/ 第 13 章 / 福气来了!

"请问,岩渕先生和父亲以前是做什么工作的呢?"

虽然对方只给出了"在矿山从事普通的工作"这样暧昧的回答,但是芽衣子能感觉出对方和父亲的关系很不一般。正如她所料,当正藏看到岩渕之后,立刻露出了震惊的神情。他以"我们有很多话要说"为由支开了芽衣子,只带着岩渕一人进了屋。

芽衣子只得带着满心疑惑回到了家中。就算问了阿静,也只知道正藏以前从事过金属炼制方面的工作,因为他很少在家里谈这些事情。至于当时不到六岁的希子,就更不清楚父亲的工作了。一般人并不会对此刨根问底,只是因为芽衣子好奇的天性,才对这位前任一家之主的工作内容产生了极大的兴趣。

"那个人在做什么,我也不太清楚。"

准备晚饭时,芽衣子问了悠太郎,得到的果然也是相同的回答。

"……这不是很奇怪吗,为什么大家都不知道呢?"

悠太郎并没有继续这个话题,他凝视着正吃力地盛饭的芽衣子的小腹,叹了一口气:

"这个孩子,下个月就要出生了吧。"

"和这个孩子有什么关系吗?"

"这个孩子,今后也会去上小学吧。我必须建造一个十分安全、牢固的小学才行啊。这么重要的建筑,之前的木造设计却被全部推翻了,竟然安排我来做钢筋混凝土的设计。"

"好、好厉害啊!"芽衣子发出了惊叹,"这不是你实现梦想的第一步吗？这么好的一个机会，让你亲手为孩子们打造安全的学校呢。"

而且被任命为项目领导，应该是仕途上的一次飞跃吧。但不知为何，悠太郎的表情有些凝重。

"……不管怎样，都是一件值得高兴的事啊……"

——反驳的话，只会显得惺惺作态，悠太郎只得回复道："我会加油的。"

第二天，向正藏请教完正月料理的芽衣子刚回到家，就看到玄关里摆放了一个包裹。令人吃惊的是，这个包裹居然是和枝寄给芽衣子的。拆下外面的包装之后，里面是一堆叠放得整整齐齐的婴儿尿布，上面还放着一封笔迹优美的礼笺。

"我想这些很快就可以用上了，这是我一针一线缝出来的，倾注了我的祝福。希望能帮上你们的忙。和枝。"

"这是……大姐送过来的？"芽衣子十分感动。

"没想到，这个人真的会改变呢。"阿静露出了难以置信的表情。

不过想想看，以前西门家每年的正月料理和走亲串户都是她一个人打理的，这种缜密的心思和周到的安排，一般人是难以企及的。

就在这时，芽衣子忽然注意到衣物上的异常，原来每一块尿布上的线头都没有缝合，露出了长长的线头。

不愧是和枝，竟然想到这么刁钻的方法来为难人。不过这些缝好的尿布，对于不善缝纫又有孕在身的芽衣子来说实在是太可贵了。所以三人最后还是选择把线头补好，把尿布留到孩子出生之后使用。

## 第 13 章 / 福气来了！

芽衣子说完尿布的事情后，樱子毫不留情地大笑起来，马介则感慨道："正月料理里包含了祝福，尿布里包含了诅咒，其实都是一个道理啊。"

"祝福？"芽衣子露出了不可思议的表情。

"正月料理这种食物里，蕴含了人们各式各样的祝福。比如黑豆代表今年诸事风顺，青干鱼子代表顺利怀上孩子，敲牛蒡则代表身体健壮。"

人们利用谐音，在正月料理中倾注了对新一年的祝福。

芽衣子对此感动不已，她对从牛乐商店赶来的源太说道："像这样，在新一年第一天，通过食物向上天祈福，我觉得是个很好的风俗呢。因为，大家想祈福的事情，真是太多了。"

说完，她的眼睛有些湿润。

"……是啊。"

"啊，说起来，小源正月有什么打算？我父母那几天要来大阪，你有空的话，也可以过——"这时，染丸猛然蹿了上来，打断了芽衣子还没说出口的话。

"小源他呀，要跟我去伊势宫拜拜呢！"她一边说，一边抱紧了源太的手臂。

"这事，咱们还没说好吧！"

自己的操心似乎是多余的呢。芽衣子笑望着推推搡搡的两人，不动声色地退了出去。

受到马介的话的启发，芽衣子决定尝试做具有自己风格的正月料理。

余下的时间不到一个月，芽衣子紧锣密鼓地行动起来。她挺着大肚子从市场上买回一堆食材，一回到家中就认真翻阅自制的料理笔记。

另一边，悠太郎在多如山堆的资料中反复查阅，虽然经常加班到很晚，但是图纸的设计却没有丝毫进展。

同是在年末埋头苦干的两人，充满干劲的芽衣子和焦虑不已的悠太郎形成了鲜明的对比。

最近，芽衣子也察觉到悠太郎心情似乎有些低落。

"料理真好啊，也不会伤害到他人。"

吃着晚饭的悠太郎，发出了一声叹息。芽衣子想给丈夫打气，但却无从下手，心思各异的两人就这样迎来了第二天。今天是除夕，芽衣子在厨房里围着锅碗瓢盆忙前忙后，让她十分苦恼的是，还有一个食盒的料理没有做出来。她一边品尝着小菜一边思考着菜品，就在这时，阿静和希子走了进来。

"你的家人，是今天到吧？"

被希子这么一说，芽衣子才想起这件事来。其他人把正藏的事说漏嘴就糟了，必须给赶紧给他们知会一声才行。芽衣子匆匆忙忙赶到"美味介"，见樱子一人正在店里打扫卫生。

"啊，那件事要保密是吧。之前悠太郎过来的时候，跟我们说过了。"

"……说过了啊，悠太郎。"芽衣子松了一口气，扶着腰在椅子上坐了下来。

就在这时，背后的窗户中传出了令人怀念的声音："什么事要保密啊。"

"父、父亲！你、你怎么在这里！"

提着巨大包袱的大五哈哈大笑起来。站在他身边，是同样旅行打扮

## 第 13 章 福气来了！

的阿郁和照生，两人也冲着芽衣子露出了开朗的笑容。

"地震那会，室井告诉我们，他在名叫'美味介'的咖啡店打工。"

一家人正叙着旧，室井从二楼走了下来。他一脸胡须，头发也是乱糟糟的，邋遢得像个受难的灾民。室井给卯野家的人随便打过招呼之后，走到桌边坐下来，又掏出随身携带的稿纸写起了小说。听樱子说，室井正在写一篇通过关东煮来表现世间万象的小说。虽然听起来有点不知所云，但是室井满满的干劲大家都感受到了。

过了一会儿，阿郁不满地盯着垂涎于牛奶蛋卷的大五："吃了这个，我们就出发吧，西门家的人还在等我们呢。"

"……我知道了。"

不知道为何，大五的脚步显得有些沉重。芽衣子和照生在前面慢慢地走着，她不经意地回过头，望了一眼身后的父母。

"父亲他，不想去西门家吗？"

"去了那边，不是要跟那些妯娌打照面吗？有点可怕呢。"

让卯野家意外的是，最后坐在餐桌对面的人，竟然是和蔼可亲的继母和天真可爱的小妹。大五总算是松了一口气，照生对比自己小一岁的希子不由得心生好感。

"……请问、那个，不是还有一个人吗？"大五的视线在屋子中搜索着和枝的身影。

"我没告诉你们吗？抱歉，大姐已经嫁出去了。因为一些事情，就在地震发生之前不久嫁出去的。"

"……我完全没听说这件事!"

"你连地震都不发个电报来,没资格对我说教。"

父女互不相让地斗了一会儿嘴,大五又说想出去散步,晚饭就不用费心了,还把一脸不乐意的照生也拖了出去。看见亲家这般直爽干脆的做派,阿静和希子安心了不少。

芽衣子回到厨房继续准备正月料理,阿郁也以帮忙为由,跟着她走进了厨房。

"不管怎样,也算是放心了。我来之前一直担心,不知道见面之后会变成什么样子。你父亲也非常担心你的情况。我知道你们都很忙,不过也要记得经常寄信回来啊。"

"……抱歉。"就算自己即将成为母亲,但在母亲阿郁面前,自己永远都是个孩子。

做完年终总结之后,悠太郎悄然地回到了家中。

虽然大体已经设计出来,但是怎么也不满意,最后还是撕碎了扔进垃圾桶。到头来,能提交上去的东西一件都没有,还把大竹惹得火冒三丈。大竹严厉地质问他:"有道歉的工夫为什么不好好做设计?"对此,悠太郎正直地回答:"我不知道怎么才能设计出最坚固的构造。"

"经过震后调查之后,我知道了就算是钢筋混凝土的建筑也不能保证百分之百的安全性。我没有自信能做出万无一失的建筑设计。"

在实际运用中,建筑设计的优劣甚至跟人的性命息息相关。一旦出了问题就没办法挽回了。

"你的意思是说,虽然你有责任心,但是你没有背负责任的觉悟,

/ 第 13 章 / 福气来了!

是吧?"竹元露出了鄙夷的神情,"够了,这个项目我会交给别人来做的。对你来说,这个任务太重了。我对你很失望。"

悠太郎想为自己辩解,却被竹元毫不留情地赶了出来。无可奈何的他只得回到建筑科的办公室,并对大村和藤井表示了歉意。

"不过,你小子这种想法,在工作上是行不通的啊。这个世界上,根本不存在完美无缺的设计啊。"

大村的话语,深深地刺痛了悠太郎的心,直到现在都没缓和过来。

下班之后,心情沉重的悠太郎刚走进玄关,就听到屋内一阵欢声笑语。

"哦,小悠,我们来打扰了。"

大五和芽衣子站在灶台前,两人有说有笑地做着牛肉火锅的汤底。

"大阪的牛肉火锅是用料酒和酱油烧的吧?东京是用作料来熬的。"

听完父亲的讲解,芽衣子舀起汤汁尝了一口:"啊呀……真好吃!"鲜美的味道让她睁大了双眼。

客厅的餐桌上,两家人其乐融融地一边进餐一边聊天,唯有悠太郎一副心不在焉的样子,也不怎么和别人搭话。

"小悠,你看起来没什么精神呢。有什么烦恼都说出来。我们不是一家人吗?"

"……您说得没错。是这样的,我被上面指派修建钢筋混凝土造的小学。"

"哦哦!这不是很厉害吗!"

大五摆出一副自信的长辈风范,但当悠太郎滔滔不绝地说出专业问题之后,他的气势就渐渐弱了下去。卯野家的人都看出来了,大五完全不懂悠太郎说的东西。

"——结果,我就完全无法判断了,不知道自己的方案到底行不行。"

"你是害怕,自己不能设计出能保证孩子们安全的学校吗?"阿郁问道。

"……算是这样吧。我一直拿不出让自己满意的方案……"

正在分牛肉和蔬菜的芽衣子,不经意地插了一句嘴:

"这么难的问题,这边的父亲是没法给你意见的。得向另一边的父亲请教才行啊。不如,就让我去问问他——"

话还没说完,芽衣子一抬眼,发现周围的视线全部集中在自己身上。

"另一边的父亲,是谁?"

阿郁的发问,让芽衣子意识到自己刚刚说漏了嘴。但是话都说到这个份上了,看样子是瞒不下去了。

"我完全没听说过!这件事!"大五把盛满酒的杯子狠狠地砸向餐桌,"喂,阿悠!你不是说他已经死了吗?你之前是这么对我说的吧!"

"是、是失踪了!"阿静连忙为悠太郎说话,"十年前,他一个人离家出走了!所以,我们全家人就都当他已经死了!"

"就是这样!我们也是今年才知道的,没想到他还活在世上。"希子也拼命地向大五解释。

"因为实际情况太复杂了!"

"情况复杂就可以胡说八道吗?找到亲身父亲这么大一件事,不找我商量就算了,居然还想瞒着我!喂!阿悠!"

## 第 13 章 / 福气来了!

"非常抱歉!"悠太郎已经认命了,大五无论发多大的火他都愿意承受下来。

"本来是不想说的,小悠啊,你们不给芽衣子举办婚礼,还把她当女佣使唤,这么多委屈我都忍下来了!这都是因为,我相信小悠你这个人!但是,你们居然瞒了我这么多事情。我已经无法再相信你了!因为,小悠你根本就不信任我!觉得我不值得依靠!"

"……我不是这个意思……"其实悠太郎很清楚,大五说中了事情的核心。

"那你为什么都不告诉我!你今天也打算继续瞒下去吧!"

悠太郎沉默的回应,更加激怒了大五,他愤愤不平地走出了客厅,阿郁见状不妙,赶紧起身追了上去。刚刚还充溢着欢声笑语的饭桌,一下子就安静下来,只有炉子上的牛肉火锅还在噗噗地冒着热气。

和枝的房间被当作客房分给了卯野的父母。大五回屋之后,就一头栽进了被团中。

不知道的事情一件件冒出来,不被女儿和女婿信任的感觉,实在是太寂寞了。阿郁非常明白丈夫此刻的心情,但是把女儿嫁出去之后,这种事情是不可避免的,作为娘家人不能再抱有事事包揽的心态了。

"女儿婆家的事情,也轮不到我们这种外人指手画脚吧。"阿郁故意提高了音量,"如果阿照娶了媳妇,亲家对我们的家事指指点点的话,你也会觉得不像话吧!肯定会大骂对方'别开玩笑了!'"

就在阿郁劝说大五的时候,阿静来到了房中。在阿郁的催促下,大五也不好意思继续躺下去,只好起了身,对着阿静坐下来。

"非常抱歉,请两位不要生气了。这一切都是我与和枝的错,是我们让那个人逃命似的离开了这个家,又对外宣告他已经死了。从那之后,悠太郎就立志代替父亲支撑起这个家,从十三岁开始,他就抱着对父亲的憎恨,一直努力拼搏到现在。然后,芽衣子嫁过来之后,也一直在努力调节家里的紧张气氛。我们本来打算全部告一段落之后,再将这些事情告知你们。"

看着跪在榻榻米上诚恳道歉的阿静,大五也有了一些反省之意,刚才自己的举动的确是太过鲁莽了。

第二天早上,大五不顾所有人小心翼翼的关注,一个人跑出了西门家。悠太郎虽然心结未解,但是一听到大五出门了,就赶紧出门寻人。但是他去了很多地方,都没有找到大五。

大五究竟去了什么地方呢?难道,是跑去找正藏了吗?这个想法令人难以置信,但是现在只有这个选择了。

"你真的要去见他吗?"

给大五带路的人,就是昨天大五和照生在市场闲逛的时候遇到的源太。

"总之,我只是去打个招呼。"大五平静的表情下翻腾着怒气。

"为什么找上我啊……"源太一边抱怨着,一边带着大五来到了长屋。

"师父,在吗?"源太朝屋内呼唤了一声。

抛家弃子的男人,一定是个粗野狂躁的人吧,大五吞了一口唾液。

## 第13章 / 福气来了！

然而，当对方出现在眼前之后，他不由得大吃一惊——竟是一位好爷爷模样的温柔男子。

"呃，这个人呢，是芽衣子的父亲。大叔，这位就是——"

"啊……芽、芽衣子受你照顾了。"大五慌慌张张地低下头。

"哪里哪里，我才是受她诸多照顾！芽衣子真是个好孩子，怎么夸都不过分。"

正藏把两人带进了屋，还用酒盐腌制的炭烤鲷鱼大肠招待他们。

"哇！这就是大阪所谓的处理吗？"

"没错没错。"正藏笑嘻嘻地拿出了日本酒，大五也跟着兴奋起来。

"自从芽衣子来了之后，那个家终于有了生机的感觉。真是太感谢她了。芽衣子真的是个开朗的好孩子。"

"那家伙一直是这么大大咧咧的，不过说起来，小悠在工作上，似乎遇到了难题。"

大五将昨天晚上听到的话，简单地重述了一遍。

"因为是孩子们使用的地方，所以想尽可能地建得牢固些，不过他对自己的方案一直都不太满意。"

"……经历地震之后，肯定会把这些也考虑进去的。打小时候开始，那孩子的责任感就很强，因为凡事都太好强了，有时候就有些钻牛角尖。"

正藏看起来对悠太郎的情况非常了解，并不像一个会被孩子憎恨的父亲。

"……我说，你有没有想过，跟悠太郎谈一谈？"

"我要是对他指手画脚,他肯定会气得火冒三丈呢。"正藏笑着说。

"但是,这才是作为父母的责任吧?就算对方气得冒火,也要帮他排忧解难。"

"……"

正藏没有正面回答这个问题,一杯一杯地和大五对饮了起来。

另一方面,为了准备鱼片火锅的食材,芽衣子和阿郁去了市场,到银次的店里采购了所需的材料。

大五一直没有回来,据希子说,出去寻人的悠太郎也一直没有回来。就在众人担心两人是不是遇到什么事情的时候,源太突然找上门来。

"大叔和悠太郎,回来了吗?"

"咦!咦!他们在一起吗?"

"大叔让我带他去找师父,我就带他去了。一开始他们还在认真谈话,后来就热火朝天地讨论起料理了。两个人都喝了不少酒,不太清醒的样子。"

后来,染丸把悠太郎带过来,让他把醉醺醺的大五带走了。

"走的时候,大叔还一直嚷要继续喝,我告诫过他们不要喝得太晚了。"

"真是麻烦你了,小源。"因为源太为人可靠,所以不知不觉就太过依赖他了。

没过多久,玄关处传来开门的声响,还伴着些不成调子的歌声。喝得酩酊大醉的两人终于回来了。

## 第13章 福气来了！

"悠太郎！父亲！真是的，你们没事吧？"

"啰嗦！我和小悠，已经成为真正的父子了！"大五举起了拳头。

悠太郎也跟着举起了拳头："是的！"两人勾肩搭背，摇摇晃晃地走进了屋。

从正藏的长屋出来之后，两人又去了小酒馆，在那里坦诚相待地聊了一番。因为芽衣子的缘故，悠太郎对正藏的印象已经改变了不少。现在家里只有他一人仍在坚持不让正藏回来。其实，对现在的悠太郎而言，只是没有合适的机会让他放下拳头罢了。

"……我知道！是这么一回事！我也恨不得把说过的话吞回去！"

"一时上头说出来的气话，如果一直拖下去，就会错失收回去的时机了！"

"……我、我啊，觉得终于跟小悠成为真正的父子了！"

"我也是！父亲！"

心灵相通的两人，就这样越喝越多，变成了两个扭着身体哼着小曲的醉汉。

除夕来临了——女人们在厨房里制作正月料理，男人们在外面热火朝天地打年糕。

芽衣子和希子出门给正藏送正月料理去了。余下的人就忙中偷闲，吃起了刚刚打好的年糕。年糕的作料也十分丰富，有萝卜泥、腌白菜，还有黄豆粉馅等等。新鲜出炉的年糕实在是太美味了。

"最能吃的那个人还没回来呢。"

闻言，悠太郎不由望了望玄关的方向，就在这时，脸色惨白的希子从外面跑了进来。

"快、快叫产婆！小姐姐好像要生了！"

希子的话让在场的所有人都大惊失色，幸好没人因为受惊而将年糕卡在喉咙里。

原来芽衣子在回家途中忽然阵痛不已，大汗淋漓的她被室井和樱子两人搀扶着，一步一挪地回到了家中。见情况紧急，悠太郎赶紧出门叫来了产婆。已经不是悠闲准备过年的时候了，所有人都因芽衣子突如其来的临盆而手忙脚乱。不过，当芽衣子坐上榻榻米之后，原本还在痛苦呻吟的她，竟然抓起了桌上的年糕，大口大口地咀嚼起来。

"你这孩子，都这种时候了，还吃什么年糕啊！"阿郁大声吼道。

"要吃就只有现在了，刚刚打好的年糕啊！"大五深有同感地点了点头。

芽衣子在二楼的房间躺下之后，产婆也及时赶到了。楼上不时传出阵阵呻吟声，让楼下的悠太郎和大五紧张不已，两人不停地在屋里来回踱步。

"不用急于这一时吧？"陪在芽衣子身边的阿郁忽然高声喊道。

"必须马上交给他！"接下来的是芽衣子的声音。

楼上的动静令悠太郎坐立难安，当他打算登上二楼一探究竟的时候，芽衣子却一脸狰狞地从楼上走了下来。

"怎、怎么了？！"

## 第13章 / 福气来了！

芽衣子咬牙切齿地把手中的信纸递给了悠太郎。

"这、这是什么？"悠太郎茫然无措地接过了信纸。

"……快看。"

"……"

"快看啊！"

说完，芽衣子又艰难地登上了楼梯。

"加、加油哦。"悠太郎被芽衣子的气势镇住，只得呆呆地目送她回到二楼的房间。

信纸上，端端正正落着正藏的名字。

随后，悠太郎翻开了这封满载着正藏心意的长信。

"给悠太郎：你们的孩子，马上就要出生了吧，恭喜你们。现在，我有一件非常重要的事，想告诉即将成为父母的你们。"

接下来的内容，揭露了正藏长久以来对家人难以启齿的过去。

正藏以前的职业，是矿山的工程师。主要工作是挖掘作为国家基础产业的铜矿，同时将铜矿加以精炼。但是挖掘矿石会导致一系列的副作用，而这些副作用对村民的影响比他原先预想的要严重得多。

周围村落的农作物渐渐无法结出果实，河川上浮起大量的鱼类尸体，最终连村民的健康也受到了损害。

当村民们的抗议浪潮一日高过一日时，上面指派正藏去调节矛盾并且安抚村民。虽然还未查明矿物毒性具体有多大的危害性，但是因病而亡的村民却越来越多。处于风口浪尖的正藏，被身上的重任压得喘不过气来，他的精神一天天地衰弱下去。

就在这个时候，悠太郎他们的母亲，因为卷入火灾不幸去世了。

"看到这里你应该明白了。我啊，嘴上说着为了家人不得已放弃了工作，但其实是懦弱的我受不了工作压力而选择了逃避。我遗弃了受害的村民们，也遗弃了坚持工作的同事，以家人的死亡为借口，从痛苦不堪的工作中逃了出来。本想把家作为自己的避风港，但是没有想到，我在家里竟然没有了立足之地。然后，我又一次选择了逃避。但是，抛下一切寻求安心的我，无论逃到什么地方，都无法从深深的罪恶感之中解脱出来。"

从那之后，正藏才感受到了什么叫真正的痛苦。

"那一天，我终于明白了一件事。我逃避困难的代价，就是永远失去了自己的生存价值。我失去了一切让自己为之自豪的东西。像我这样一无是处的家伙，还在每天消耗动植物的生命苟延残喘，我真是个无可救药的废物啊。"

前几日上门拜访的男人，正是他从前的部下岩渊。岩渊给正藏带来了当地反抗运动组织者的书信和遗物。这是这位组织者的遗愿，他去世之后，他的遗物和书信就被村民送到了公司。

一脸疲态的岩渊，在临走时留下一句话——"那个村子，仍然保持着你离开时的模样。"那个毅然回到工作场所的消瘦身影，超越了工作的是非，显得那样的高大又神圣。直到今天，他依然坚持留在那个地方与困难作战，不像懦弱的自己，只能当一名狼狈的逃兵。

正藏不由得埋下头，朝着对方离去的背影，双手合十，无声地祷告起来。

## 第 13 章 / 福气来了!

"如果,能让你见识到我英勇奋斗的身姿就好了。这样一来,冰雪聪明的你,就不会有我这样一个一事无成被人耻笑的父亲了。当你在工作上有了疑问的时候,我也可以亲口传授你自己的经验和意见。真的非常抱歉,我现在能做的,就只有给你道歉这件事了。请你千万不要成为我这样失败的父亲。为了你即将出生的孩子,为了其他孩子,你一定要成为能给他们带来光明和美好未来的优秀之人。正藏。"

回过神之后,悠太郎已经不知不觉走在了去往长屋的夜间小路上。长屋的窗户上透出了灯光,悠太郎压制着内心的紧张,一步一步走到了门前。当他伸出手正准备敲门时,门却忽然从里面被推开了。正藏从屋里走了出来,穿着一身外出旅行的行头。

"……马上要生了。"悠太郎简单的一句话,让正藏吓了一大跳:"咦?!是、是今天吗?!"他之前听说是下个月来着。

"孙子的脸,你应该去见一见吧。"悠太郎握紧了手中的信纸,抬起了头,直直地向正藏望过去。

"我就要成为父亲了,所以,你也好好当一个爷爷吧。以后就会有一个孩子叫你爷爷了,你不能继续当一个废物了。既然我是你的儿子,你欠这个世间的债务,就由我来偿还吧。我一定会建造出坚不可摧的建筑。如果你的工作是破坏……那我的工作就是……保护。所以,从今以后,我不准你再逃避下去,你一定要在我身边见证我的成功。"

听完悠太郎一鼓作气的发言,正藏沉默了一会儿,一下子钻回了屋内。

里面久久没有动静,悠太郎无奈地叹了一口气,就在这时,门忽然又被推开了,正藏提着酒,手舞足蹈地走了出来。

"可、可以吗?……我真的可以去探望他们吗?"

正藏的眼底有些泛红,悠太郎还没来得及回答,他就如同兔子一般跑了出去。

在另一边,芽衣子还在汗流浃背地努力着。

"我……不行了!"筋疲力尽的芽衣子带着哭腔说道。

"结束之后,就可以吃过年荞麦面了哟。"阿郁为女儿打气。

……荞麦面?就在芽衣子幻想着吃面的美好场景时,一阵洪亮的婴儿啼声响了起来。一个可爱的女孩子诞生了。

产婆把孩子递给了芽衣子。望着怀中哭泣的小婴儿,芽衣子的眼眶湿润了。

"不好意思,我可以进来吗?"

推门而入的,正是孩子的父亲悠太郎。他刚刚走到玄关,就听到了像是迎接他回家的婴儿啼声,便迫不及待地冲了上来。在外等待的阿静和希子等人,也随着悠太郎陆陆续续地进了屋。

悠太郎笨拙地抱起了小婴儿,仔细地打量起来:"比我想的小多了呢。"

"差不多也该喂奶了,这孩子来到这个世上也不容易呢。肚子应该饿了吧。"

被产婆这么一说,芽衣子觉得自己的肚子也饿了起来,大五煮好的荞麦面似乎已经在向她招手了。

/ 第 13 章 / 福气来了!

悠太郎用思考的姿势夹起一根荞麦面,送到了正给孩子喂奶的芽衣子的嘴边。

"真是辛苦你了。"

伴着悠太郎的温柔话语,芽衣子满心欢喜地吃下了荞麦面。

其他人聚集在一楼的客厅中,一同吃上了热腾腾的荞麦面。不只是正藏,就连源太也跟了过来,他一边喝着热汤,一边讲述今日发生的趣事。同行的染丸扭了脚,被一位正好路过的威猛的相扑力士出手相助,结果她对那人一见钟情。像买新衣服一样,见异思迁的她干脆利落地甩了源太。

"女人真是恐怖呢。翻脸跟翻书一样。"

"一定会有更合适的人啦。"希子嚼着荞麦面,含糊地说道。

"对了,芽衣子的名字,是怎么取的?"室井提出了一个问题。

"这个人啊,取了一个不得了的名字。"阿郁苦笑着望向大五,"女人蕴育生命,所以女孩子就是生命之子,生命之子写成汉字就是'命子'。但是这样写出来有点羞耻,就选了同音字,写成'芽衣子'。"

(没错没错,那个时候两人争得好厉害,换成同音字还是我的提议呢。)

"轮到阿照的时候,他就想从天道大神中取'天道'二字作为名字。"

(天道大神是保护生命的神明嘛,寓意比较好,这也是我提议的。)

"因为天道大神是用光芒普照世间万物的,所以最后就写成了'照生'。"

"西门家呢,是怎么给孩子取名的?"樱子问过之后,希子一脸期待地看着正藏。

"他们的名字中都有一个词义优美的汉字。比如和枝的和,就是和顺的和;悠太郎的悠,是悠久的悠;希子的希,则是希望的希。"

"这么说来,那个孩子的名字,要怎么取呢?"阿静伸手指向二楼。

阿郁提议:"我们先去看看孩子,再慢慢考虑吧?"

祖父祖母们轻手轻脚地来到二楼,从门缝中偷窥屋内的情形。年轻的父母和小婴儿都进入了甜美的梦乡,身边还摆着两个吃得干干净净的面碗。看着发出细细鼾声的小婴儿,大家心中都充满了幸福感。

"吃饱了就睡呢。"阿静轻轻一笑。

"三人都是'多谢款待'喔。"阿郁打趣道。

也许是被眼前温馨的画面所感动,正藏悄悄地擦了擦眼角。

"……好了,我回去了,孙子的模样也看过了。"

"走夜路不方便吧。反正都来了,就留到早上吧。"阿静若无其事地说道。

这时,就像是信号一般,从外面传来了除夕的阵阵钟响。

元旦的早上,饭桌上摆上了准备已久的正月料理。大五和正藏坐在家长席位上,相互说着贺岁之词。随后,悠太郎也怀抱着孩子,带着刚完成重任的芽衣子一同坐了下来。

"新、新年快乐。"

"终于等到全家人共聚一餐了。"

就这样,大家一边聊天,一边吃起了精心制作的正月料理。虽然经

/ 第 13 章 / 福气来了!

历了不少波折,但是看着全家人其乐融融进餐的场景,芽衣子的心里有种说不出的开心。

"不过你啊,居然能做出这么异想天开的料理。"大五感慨道。

在传统年菜的一旁,整整齐齐地摆放着芽衣子特制的正月料理。阿郁轻轻撞了下女儿,芽衣子不好意思地说:"那我就开始了哟。"

"……据说正月料理里包含着人们对生活的祝福,我就做了一份包含我自己的祝福的料理。"

用海苔制作的料理,用波形代表海浪的波纹,希望希子今后的人生乘风破浪勇往直前。

扎成小口袋的料理,代表了"母亲"之意,表达了阿静永远是自己的母亲的愿望。这个料理有两种不同的馅,一个是关西口味,一个是关东口味。听完解说,阿静和阿郁不由得相视一笑。

给大五的,是用鲷鱼的鱼卵做成的料理。

"鲷卵,就是大五!"①

"哈哈,只有我是谐音哟。"大五豪爽地笑了起来。

给正藏的料理,则是用莲藕做的。因为莲藕有洞,拿起来就像望远镜,包含了"就算不在身边也可以守护家人"的意味。

"不过这个,好像有点勉强了。"

"没有没有!我只有今天才在。吃完这个就走了,不打扰你们了。"

"反正都来了,不如吃了西门家的煮年糕汤再走吧。"阿静又若无其事地接了话。

---

① 日语里鲷卵的发音与大五相同。

/多谢款待 1/

用沙丁鱼做成的奇怪料理,则是为喜欢吃沙丁鱼的和枝准备的。

"这也是为我自己做的。因为我想精进自己做菜的手艺,想让大姐对我赞不绝口,所以就做了这个沙丁鱼料理。"[1]说完,芽衣子深深地吸了一口气,"然后,这是给悠太郎的。"

令大家大感意外的是,这份年菜居然是用河豚肉做的。悠太郎也有些惊讶。因为河豚在关西是被禁止公开食用的,不过背后偷偷品尝的人并不在少数。

"这是拜托银次先生分给我的。如今我们可以平安无事地吃河豚料理,是因为有无数贪吃鬼为我们铺平了道路,他们之中甚至有不少人,为了品尝鲜美的河豚丢掉了性命。都是托了他们的福,我们才可以吃到这样的美味。"

顺便一说,河豚在关西有着"铁炮"的说法,比喻河豚像铁炮一样,一碰就会送上性命。

"悠太郎以前曾经说过'料理不会伤害人'。但是,这个说法是不对的。市场上贩卖的食材、我们正在吃的料理,所有的食物,都是经过前人的不断尝试,才变成现在的普通食物的。所以现在的我们,同样也可以给未来的人们铺路呀。这不是一件很有意义的事吗?"

"……你说得对。就算犯了错,只要纠正错误,再次向前迈进就可以了。"

芽衣子的心意令悠太郎十分感动,他对正藏在信中所说的内容也有了更深的理解。

---

[1] 日语里沙丁鱼的发音与称赞相似。

## 第13章 / 福气来了!

"啊,啊啊啊!"大五突然大叫起来,"孩、孩子的名字,就叫'福'怎么样?!给大家带来福气的孩子!是不是一个大气又好听的名字!"

"也太大气了吧,就像芽衣子那样,把字分开吧。"正藏用手指蘸了酒水,在饭桌上写下了"福久"两个字。悠久的久,用了和父亲悠太郎名字意义同样的词。

"不错!就用这个,真不错!"大五大声叫道。

"……那就用这个名字吧。"和芽衣子对望一番之后,悠太郎表示了赞同。

"……小福久,小福久。"芽衣子对着小婴儿叫起了她的新名字,就像听懂了一般,小婴儿忽然睁开了眼睛,露出了可爱的表情。

"……她好像也很满意这个名字呢!"

西门的饭桌上,响起了一阵爽朗的笑声。

〔1924年(大正十三年),元旦。在这一天,西门家福气临门。恭祝大家在新的一年生活顺利美食满腹。〕